EROTICAL

Band 5

Heiter bis Wolkig…

4 erotische Geschichten

von

Simon Jorsen

2021

Herstellung und Verlag

BoD - Books on Demand, Norderstedt

ISBN: 9783753499499

INHALT

Naturheilverfahren

Heute saß ich zum zweiten Mal im Warteraum von Frau Doktor Heilkraut Stängel. Frau Dr. Stängel hatte einen hervorragenden Ruf als Naturheilkundlerin mit angeborener Pillen-Spritzen- und Tropfenphobie. Nach all den aktuellen Vorkommnissen und Pannen war auch ich sehr misstrauisch gegenüber der Schulmedizin und der Pharmaindustrie geworden. Letztere hatte zunehmend die gesamte Produktion an Pharmawirkstoffe nach Indien verlegt, wo man nun die dort heimische Heilkraft mit Kuhmistbeimischungen durchsetzen wollte, wegen der Preisgestaltung. Kühe hatten keine Lohnforderungen und auch keine Gewerkschaft, so dass ihre Produktion von Dung sehr kostengünstig gestaltet werden konnte. Es sollten auch ausnahmslos nur heilige Kühe zur Produktion zugelassen werden, die von Natur aus heilen. Da es in Indien fast nur heilige Kühe gab, herrschte also kein Mangel an Rohstoffen.

Ich war da sehr skeptisch und vertraute zunehmend auf die Fertigkeiten der einheimischen Kräuterweiblein. Ich möchte aber niemanden bekehren, ich äußere nur meine persönliche Meinung und gebe nur meinen höchstpersönlichen Erfahrungsbericht zu Protokoll.

Mein Arbeitgeber hatte jeden Betriebsangehörigen vertraglich zu einem jährlichen Arztbesuch verpflichtet. Bei Verstößen wurden Gehaltskürzungen verordnet. Der Personalabteilung sollte ein Attest vorgelegt werden, aus dem der allgemeine Gesundheitszustand des Mitarbeiters bescheinigt wird. Einzelheiten erfährt der Personalchef nicht. Frau Dr. Stängel hatte mich untersucht und mein blendendes Allgemeinbefinden attestiert.

Dennoch sitze ich gut einen Monat später wieder in ihrem geschmackvoll designten Wartezimmer und lese in der Zeitschrift *Geo*, dass Windräder jährlich tausende von Zug- und Seevögel schreddern. Welch grandiose Umweltpolitik der Grünen.

Frau Dr. Heilkraut Stängel ließ mich nicht über die Gebühr warten und begrüßte mich mit zusammengelegten Händen und einem sanft-frischen *Namaste*. Frau Dr. Stängel war kein Müsli, Blaustrumpf oder Heideröslein sondern eine äußerst elegante, sehr hübsche Frau, die besonders, wenn sie voranschritt, auf Männer blutdrucksteigernd wirkte. Daher wurde der Blutdruck zuvor von einer weniger vorteilhaft ausgestatteten Person gemessen. Die gepolsterte Tür zu ihrem Praxisraum schloss sich von selbst, geräuschlos.

„Guten Morgen, Frau Dr. Stängel!"

„Guten Morgen, Herr Jorsen! Was führt Sie zu mir? Es ist kein gutes Zeichen, wenn ein Patient schon so bald nach seinem vorherigen Besuch unaufgefordert beim Arzt erscheint. Was kann ich für Sie tun? Wo kann ich helfen? Wo drückt der Schuh? Was habe ich übersehen?"

Sie sprach wie ein schwirrender Schmetterling, leicht und taumelnd.

„Tja, Frau Doktor, seit ich das letzte Mal vor gut einem Monat hier bei Ihnen war, leide ich unter verstärkter Maskulinität!" druckste ich in der Hoffnung, verstanden zu werden, herum.

6

„So etwas habe ich ja noch nie gehört! Sie müssen mir schon genauer Ihre Symptome schildern!"

Das hatte ich befürchtet, jetzt sollte ich einer fremden, symptomverstärkenden Person meine Beschwerden schildern. Ich durchwühlte meinen verfügbaren Wortschatz:

„Nun, es wird häufiger enger im Bereich meiner Unterleibsbekleidung."

„Ja, ich erinnere mich! Bei meiner kürzlichen Untersuchung übergingen wir diesen Bereich Ihres Körpers wegen Ihres angeblich unüberwindbaren Schamgefühls. Ich hätte darauf bestehen sollen, jetzt haben wir den Salat!"

„Wieso Salat? Sie wollen doch nicht etwa...!" ich erschrak.

„Nein, ich will gar nichts! Das ist nur so eine Redewendung!" Sie rückte ihre Brille zurecht.

„Wie jetzt? Ich leide an einer Redewendung?" versuchte ich, mich zu retten.

„Nein. Natürlich nicht! Ich weiß nur selbst zu wenig darüber. Ich sollte mich zuerst belesen – in der Fachliteratur. Aber helfen Sie mir, gibt es bestimmte Anlässe?"

„Allerdings! Es gibt in letzter Zeit zunehmend erotische Auslöser, zumindest bilde ich mir das ein – auf der Straße, im Bus, im Fernsehen und am Arbeitsplatz." gestand ich.

„Ha, das haben Sie sehr schön beschrieben. Da haben wir's!" Frau Doktor klatschte mit der flachen Hand auf den Schreibtisch, dass es krachte und ich erschrak.

Ich war nur Fragezeichen.

Sie sah kurz in ihre bzw. meine Akte:

„Hier sehen Sie, Sie kommen in die gewissen Jahre. Sie ahnen, dass Ihre Manneskraft Sie vielleicht bald verlassen könnte. Sie testen verstärkt bewusst Ihre sexuelle Ansprechbarkeit. Alles nur Einbildung. Haben Sie nicht eine weibliche Aufsichtsperson zu Hause?"

Ich schüttelte den Kopf.

„Dann wird es Zeit, Herr Jorsen, höchste Zeit! Damit wieder alles ins Lot kommt und damit Sie und das erforderliche Organ nicht von der Schwerkraft übermannt werden. Haben Sie mal an eine sexuelle Hilfskraft gedacht?"

Wieder schüttelte ich den Kopf.

„Aber ich kann Sie beruhigen. Dieses Phänomen, die sexuelle Ansprechbarkeit unbewusst auszutesten, nimmt beim alternden Mann zu, zumindest in der überwiegenden Zahl der Fälle. Der Mann will's wissen, ob er's noch ist und er muss es sich ständig beweisen. Unbestritten, er hält sich fit. Die Resultate sind erstaunlich – wenn auch meist nur erflunkert! Ich kenne sehr viele Frauen, jenseits der Sechzig, die gerne noch einen funktionierenden Mann im Bette hätten. Die jungen wollen da nicht so gerne ran. An der Küste weiß man's besser: Der junge Matrose erlernt das Handwerk am besten auf der alten Fregatte. Ganz schön pfiffig, die Ostfriesen! Wie kamen die bloß zu ihren Witzen? Aber ich schweife ab! Wenden wir uns wieder Ihrem Anliegen zu!"

Sie blickte zur Decke, dann wieder zu mir:

„Ich will's Ihnen erklären! Sie sollen nicht meinen, wir Ärztinnen hätten keine Ahnung oder können nix... Ich muss etwas ausholen... Grundsätzlich geht man in der Therapie auf zweierlei Weise vor und ich setze mal voraus, dass Sie tatsächlich den Wunsch nach Heilung verspüren und ich Sie davon überzeugen konnte, dass Ihr Fall ein psychischer Irrtum ist; so ist er doch für Sie relevant, Gefühle sind immer real, wenn auch deren Grund irreal sein kann. Zu meinen Therapie-Vorschlägen:

Also erstens, und ich fokussiere mich jetzt ausschließlich auf Ihren Fall! Wann immer Ihre Attacken auftreten, werden Sie heftig bestraft und zwar so lange, bis Sie aus Furcht vor der Strafe Ihre Gedanken ordnen und damit die Auslösung löschen. Ihr Problem wird aber nicht behoben, nur unterdrückt und tritt womöglich bei bestimmter Konstellation wieder ans offene Tageslicht. Das kann jeden Moment geschehen. Das ist keine Heilung, das ist der Versuch einer Austreibung. Exorzisten gingen so vor, als ihnen das Brennholz für die Scheiterhaufen zu teuer wurde. Ich schweife schon wieder...

Die andere Variante empfiehlt, das Leiden anzunehmen, durchzuhalten, so dass der Köper Antikörper bildet. Diese Antikörper schützen Sie von nun an, wann immer diese Attacken auftreten. Sie sind zwar nicht geheilt aber geschützt oder immun. Verstehen Sie?"

Natürlich hatte ich verstanden und nickte zustimmend.

„Wir werden die zweite Variante vorziehen und beobachten, wie Sie auf die Therapie ansprechen. Ich werde Ihnen ein Rezept ausstellen; das erwarten die Patienten."

Sie griff zum Rezeptblock und schrieb schweigend vor sich hin, wartete, bis die Tinte getrocknet war und überreichte es mir mit den Worten:

„Dieses Rezept können Sie nicht in der Apotheke vorlegen, es sei denn, Sie kennen da einen flotten Feger, also ein Mädel, das auch Apothekerin ist und willig die Belastung durch die Therapie auf sich nimmt. Ob sie gewissenhaft Protokoll führen will, wage ich zu bezweifeln. Einer sexuell-erotischen Hilfskraft traue ich auch nicht eine saubere Protokollführung zu."

Ich las die gestochen scharfe Handschrift:

Greifen Sie dreimal täglich zu Frau Doktor Heilkraut Stängel, zehn Tage lang.

Ich nickte zustimmend:

„Und wann wollen wir beginnen?"

„Jetzt sofort! Ich werde nur noch etwas den Schreibtisch freimachen!" meinte sie.

„Das geht nicht! Ich muss zur Arbeit." protestierte ich.

„Doch das geht! Ich kann den Genesungsvorgang bis in alle Einzelheiten überwachen. Ich werde Sie hier im Therapieraum unter Beobachtung behalten und die Maßnahmen selbst vornehmen. Ich unterrichte Ihren Arbeitgeber, dass Sie an einer ansteckenden Krankheit leiden, und das Personal Ihres Betriebes gefährden. Er wird dankbar zustimmen. Falls wir die Dosierung variieren müssen, weil Sie nicht ansprechen oder überreagieren, können wir das sofort umsetzen. Das ist medizinisches Neuland; wir müssen gewissenhaft und vorsichtig vorgehen. Das kann ich niemand anderem überlassen!"

Sie schob das Arbeitsgerät vom Schreibtisch beiseite, denn dieser soll ja jetzt zweckentfremdet werden.

„Herr Jorsen, Sie gehen in den Therapieraum, kleiden sich um. Sie tragen jetzt nur noch diese Klinikhemdchen, wie Sie die aus den Arztserien kennen. Ihre Garderobe werde ich konfiszieren, damit sie mir nicht ausbüchsen. Ich werde mich auf dem Schreibtisch hinbreiten und Sie erwarten. Sie kommen herein und berichten in einem Wort über Ihren Gemütszustand. Alsdann werden wir zur ersten Applikation schreiten.

Danach ziehen Sie sich zurück und ergründen Ihre veränderte Gemütsverfassung."

Ich tat, wie Frau Doktor verordnete. Als ich ihr Arbeitszimmer betrat, entfuhr mir nicht einmal ein Wort für meinen Gefühlszustand, sondern nur ein einzelnes ‚Oh!!!' Sie verschaffte sich einen Eindruck über meine Bereitschaft zur Kooperation und lehnte sich wieder zurück. Während ich die erste therapeutische Behandlung von ihr entgegen nahm, griff sie nicht zum Notizblock. Nach der Tat griff sie rasch nach ihrer Kleidung und dem Arztkittel und schob mich in den kleinen Therapieraum, wo ich über mich und meinen Heilungsprozess nachdenken sollte.

Kurz nach zwölf Uhr mittags rief sie mich wieder zu sich. Die Praxis war während der Mittagspause geschlossen und sollte erst wieder um halb drei öffnen.

„Nun, unser Vertrauensverhältnis Patient-Arzt hat sich vertieft. Wir sollten unseren neuerlichen Umgang miteinander auch sprachlich zum Ausdruck bringen, ohne dabei die Autoritätsdistanz zu verletzen. Wir sollten uns jetzt beim Vornamen nennen und ich habe auf Dauer das Sagen!

Also wie ist es dir ergangen, danach, während der Applikation war ich ja dabei. Ich empfand dich klar und eindeutig sogar leidenschaftlich bei der Sache. Guter Einstieg, aber wir werden sehen."

„Natürlich, Heidekraut, du bleibst die Autorität und du hast das Sagen... Ich fühlte mich dabei prächtig, auch noch bis zu zwei Stunden danach entspannt, geradezu streckenweise euphorisiert, wenn ich daran dachte, dass ich mit einer solch attraktiven Frau... – da fehlt mir jetzt das passende Wort!"

„Das wird dir bei Gelegenheit schon noch einfallen. Ich schätze eine gewählte Sprache! Aber was geschah nach Ablauf dieser zwei Stunden?"

„Nun, es setzte wieder ein, dieses maskuline Drängeln! Vielleicht sogar noch stärker!"

„Sehr schön! Aber ich vergaß, dich zu ermahnen, du darfst während der gesamten Therapie keine Frieden stiftenden Maßnahmen ergreifen! Hast du mich verstanden?"

„Was soll das denn nun schon wieder heißen?" fragte ich etwas ungehalten.

„Nun, du sollst nicht Hand an dich legen! Ich brauche dich im aktuellen Gefühlszustand, wie immer er auch sein mag. Das ist sehr wichtig! Andernfalls kommt es zu Fehldiagnosen. Hast du mich verstanden?"

„Ja doch, Heidekraut! Jetzt weiß ich, was du meinst!"

„Gut, dann können wir zur zweiten Behandlung übergehen. Bist du bereit?"

„Ja, Heidekraut!"

„Schön, ich sehe schon! Wir haben jetzt auch etwas mehr Zeit und sollten es daher etwas gemütlicher angehen in deinem Bett. Einverstanden? Eine Stunde?"

Ich nickte.

Wir machten es uns gemütlich, wenn auch sie über mir war, wegen des schmalen Bettes; für mich sehr angenehm und anregend. Sie lobte mich:

„Es freut mich, wie akkurat dein P-Punkt auf mich anspricht!"

„Was soll das denn sein, mein P-Punt?"

„Du weißt genau, was ich meine! Falls nicht, einigen wir uns darauf!"

„Nein, weiß ich nicht! Das kann Patient, Praktikant, Proband, Pappenheimer heißen; das ist gerade mal das, was mir spontan einfällt."

„Beruhige dich! P und Punkt, also P. ist dein Organ der Wahrheit. Du kannst mir viel erzählen; aber P. sagt immer die Wahrheit und gibt präzise Auskunft darüber, wie er sich fühlt. Meine Diagnose im Augenblick: er fühlt sich prächtig!"

Danach hatten wir noch genügend Zeit, um zu ruhen, was zusätzlich Behaglichkeit schuf.

Die Praxis schloss kurz nach neunzehn Uhr. Heidekraut erschien mit Notizblock, interviewte mich und vollzog den dritten Behandlungsschritt. Ich schlief gut in dieser Nacht, selbst in unvertrauter Umgebung.

Am nächsten Morgen war sie schon sehr früh in der Praxis, lange bevor der Patientenverkehr einsetzte.

„Wie hast du geschlafen? Wie geht es dir? Beim Mann sollen sich gerade in den frühen Morgenstunden gar wundersame Dinge ereignen. Ich wollte Zeuge sein und wenn du bereit bist, dann können wir sogleich tätig werden."

„Das ist gut, denn gerade morgens ist mein Leiden besonders stark ausgeprägt!"

„Nun, du trägst aber auch nichts Beengendes!"

Während sie sich bereitmachte und ich bemerkte, dass sie sich auch auf der darunter befindlichen Textilebene sehr aufregend gekleidet hatte, erklärte sie:

„Heute ist Freitag! Am Wochenende werden wir die Dosis auf vier- oder fünfmal pro Tag erhöhen. Ich kann mich dann ausschließlich um dich kümmern und den Heilungsverlauf studieren und dokumentieren. Ich werde dann auch noch ein ausführliches Interview abhalten und einen Fragebogen ausarbeiten. Ich kann mich nicht erinnern, schon einmal so bei der Sache gewesen zu sein!"

Ich wollte sie küssen, aber:

„Das Küssen sollten wir tunlichst unterlassen, das könnte die Ergebnisse verfälschen!"

„Du hast Recht, ich klage ja auch nicht über eine über-erregte Zunge!"

„Richtig, wir könnten sie aber mit einbeziehen... Schau'n mer mal!" sann sie vor sich hin.

„Du warst sehr überzeugend heute! Hat sehr viel Spaß gemacht! Was war anders?"

„Dein sexy Outfit darunter, das war sehr ansprechend; das trägt womöglich nicht zu meiner Genesung bei, war aber stimulierend. Ich fühlte mich gemeint!"

„Ich hab's bei P. schon bemerkt... unermüdlich! Ich werd's im Protokoll vermerken. Na, noch ist nicht aller Tage Abend! Bis heute Mittag!"

Sie begab sich an die Arbeit und ich versank in Selbstbetrachtung. In der Mittagspause erschien sie ganz erregt, nahm mein Report zu Protokoll. Ich fragte:

„Muss das denn sein, dass deine Sprechstundenhilfe täglich meinen Blutdruck misst? Sie klopft nicht einmal an! Sie ist mir unheimlich!"

„Ja, das ist Routine! Aber sie ist keine sie, sie ist ein er; das soll aber niemand wissen; selbst er möchte es vergessen. Er befindet sich noch in Hormontherapie." erklärte Dr. Stängel. „Meine ärztliche Schweigepflicht gebietet mir, nicht darüber zu reden.

„Der Damenbart ist unübersehbar!" Ich war gemein, der arme Kerl.

„Heute war ein Vertreter bei mir! Er bot mir einen sehr vielseitig verwendbaren Therapiestuhl an. Er ist für den Patienten bequem, in allen Dimensionen verstellbar, hygienisch, rollbar und leicht und sicher zu bewegen und ein Tablett lässt sich ausklappen, wo ich meinen Block ablegen und während der Arbeit Notizen machen kann. Er ist geradezu ideal für unser Projekt. Er wird Anfang nächster Woche geliefert. Ich werde ihn mit dir einweihen."

„Was hast du mit mir vor?" fragte ich etwas besorgt.

„Ich muss das noch durchdenken. Jetzt und heute Abend verfahren wir nach bewährtem Muster. Morgen werde ich die Zügel straffer anziehen. Aber wie ist deine Stimmung? Sollen wir mit der Therapie fortfahren?"

„Oh ja! Ich freue mich schon immer sehr auf dein Kommen, obwohl das Therapieziel mir immer häufiger vor den Augen verschwimmt. Ich fühle mich auf die Therapie reduziert und es schleicht sich der Gedanke ein, dein Versuchskaninchen zu sein."

„Dann freu' dich doch! Stell' dir vor, du wärst eine Laborratte, dann wird's dir gleich bessergehen. Aber falls wir diese Variante abbrechen, werden wir die erste Variante anwenden müssen! Du erinnerst dich?"

Ich nickte, aber das wollte ich auf keinen Fall. Ich wollte nicht für die Sache leiden. So vollzogen wir mit großem Vergnügen noch zwei weitere Male unser Ritual. Ich schlief tief und fest, obwohl ich nicht wusste, was am Wochenende mit mir geschehen sollte. Immerhin, Frau Doktor machte meinetwegen Überstunden und opferte ihre freie Zeit. Das beruhigte mich.

Sie war pünktlich zur Stelle, um Zeuge des morgendlichen Ereignisses zu sein. Sie führte eine kleine Reisetasche mit, deren Inhalt sie nicht preisgeben wollte. Sie ging sogleich an die Arbeit, vermaß mich und schrieb die Fakten nieder.

„Wir sind heute allein in der Praxis; wir brauchen also nicht mehr so vorsichtig bei der Geräuschentwicklung sein!" ließ sie mich wissen. Sie las ihre Notizen durch.

„Der Ablauf heute ist ungewiss; daher werden wir Intervalle festlegen. Das Dreier-Intervall verlief problemlos, eher symptomverstärkend als lindernd." murmelte sie vor sich hin. „Gehen wir erst einmal frühstücken: ich habe im Warteraum servieren lassen!"

Ich aß mit gutem Appetit. Sie notierte, was und wieviel ich zu mir nahm. Das hat schon was von einem Versuchskaninchen!

„Arbeitest du gern mit mir?" fragte sie, ohne aufzublicken

„Oh ja!"

„Ich habe gestern noch viel über deine Argumente nachgedacht. Sie sind mir wichtig. Dein P. sagt zwar immer die Wahrheit, aber er erklärt nicht seine Bewegründe. Ihr beide solltet gut zusammenarbeiten. Habt ihr ein gutes Verhältnis? Versteht ihr euch? Oder gibt es Spannungen? Du kannst unbesorgt mit mir darüber sprechen!"

„Also, er ist mir häufig ein Rätsel, trifft eigene Entscheidungen. Er ließ mich in der Vergangenheit gelegentlich im Stich. Das ist schon peinlich, mitten im süßen Gefecht desertiert er. Und ich weiß nicht einmal warum! Schrecklich! Oder er ballert los, viel zu früh... Die Dame ist noch gar nicht vorbereitet! Schrecklich! Ich wünsche mir etwas mehr Gehorsam, Disziplin! Sicher, ich werfe auch manchmal die Flinte ins Korn, ohne das vorher anzukündigen; aber das steht mir zu!"

„Du nennst ihn manchmal Flinte? Das ist interessant!"

„Nein, das tue ich nicht! Das ist eine Mundart, verstehst du?"

„Über Mundart haben wir überhaupt noch nicht gesprochen. Also bitte, wir sollten unser Projekt nicht überfrachten; es läuft uns sonst aus dem Ruder. Wir können nicht ständig ein Fass aufmachen. Dann kommt nichts Verwertbares dabei heraus."

Wir gingen in den kleinen Therapieraum, letztendlich in meinem Bett an die Arbeit. Die Arbeitskleidung war stets die gleiche. Manchmal behandelte sie mich von oben herab, dann wieder unterzog sie sich. Ich sollte stets auf sie reagieren. Auf pikante Unterwäsche habe sie heute bewusst verzichtet. Sie wollte nur ihre Wirkung auf mich erkunden. Ich würde deutlich kräftiger auf sie reagieren, wenn sie sich von oben herab positionierte. Das sei sehr interessant, meinte sie.

Wir machten eine dreistündige Kuschelpause. Nach Ablauf der Ruhephase überprüfte sie mich ohne Vorankündigung visuell, entblößte sich und notierte „fabelhaft".

„Dein Reproduktionsapparat läuft nun auf vollen Touren; wir wollen ihn heute etwas überhitzen. Hoffentlich kommt er nicht zu Schaden, ein Kolbenfresser oder so… Es zahlt sich aus, wenn du dich nicht selbstbesudelst!"

Nach einer weiteren dreistündigen Unterbrechung, wiederholte sie ihre Überprüfung. Sie jubelte:

„Na endlich! Er schwächelt! Das ist fantastisch! Jetzt kann ich mit meinen Tests beginnen!"

„Darauf bin ich nicht vorbereitet!" klagte ich.

„Das sollst du auch nicht! Du sollst unvorbereitet das Testprogramm durchlaufen! Jetzt hätte ich gerne eine Schreibkraft zur Hand, dann könnte ich mich ausschließlich meiner Beobachtung zuwenden und müsste für meine Notizen nicht immer unterbrechen!"

Sie war ganz aus dem Häuschen.

„Küss' mich!" schwärmte sie.

„Ich denke, wir sollten das tunlichst unterlassen!" erinnerte ich sie.

„Nun wollen wir die Wirkung des Kusses auf die Bereitstellung deiner uneingeschränkten intakten Maskulinität überprüfen. Ich werde einen Handspiegel benutzen, einen Augenblick bitte!"

Sie hatte ihn rasch zur Hand. Offenbar hatte sie diese Situation wohl schon im Voraus durchdacht. Als wir uns dann das erste Mal küssten, die dazu passende Position gefunden hatten, sah sie in den Rückspiegel. Wie sie mich trotz dieser Akrobatik küsste, fuhr es mir doch mächtig in die Lenden. Sie notierte: deutliche Reaktion aber nicht anhaltend stabil! Sie war sehr mit sich zufrieden und legte den Spiegel beiseite.

„Nun werde ich eine andere Methode anwenden und testen, wie du darauf reagierst! Ich werde mich dir in verschiedenen obszönen Posen anbieten. Erschrick' also nicht! Es dient der Wissenschaft!"

Da ging aber gewaltig etwas mit mir vor, aber nach Ende der Vorstellung blieb nichts für eine Standing Ovation übrig. Sie bat um eine kleine Unterbrechung, verschwand für kurze Zeit und erschien in süßem, sexy Outfit. Die Wirkung auf mich war überzeugend aber ihrer Meinung nach nicht nachhaltig genug. Sie legte alles wieder beiseite, schritt wieder unbewaffnet zur Tat und begann, ganz einfach Hand anzulegen. Der Erfolg war ermutigend und sie verfeinerte ihr Tun. So schwelgten wir aneinander in den frühen Nachmittag, heiter, störungsfrei und problemlos.

Nachdem Frau Doktor abgestiegen war und sich mit einem zufriedenen Schmunzeln um die Lippen ankleidete, erklärte sie mir, dass ich jetzt eine Erholungspause verdient habe, sie jetzt ein paar Besorgungen machen würde, mich hernach zu einem weiteren Reigen wieder aufsuchen werde und mich anschließend zum Italiener einladen werde. Dazu würde sie mir dann auch wieder meine Kleidung aushändigen. Das Kussverbot war bereits kassiert worden, so dass sie sich mit einem Küsschen verabschiedete und mich an das Verbot des Selbstbesudelns erinnerte.

Gut gelaunt erschien sie gegen vier. Ihr zufriedenes Schmunzeln um die Lippen war ihr nicht abhandengekommen.

„Du bist guter Dinge?"

„Wundert es dich? Ich bin in der Hoffnung gekommen, dass mir jetzt gleich wieder Gutes wiederfährt. Wenn das kein Grund zur Freude ist...? Oder hat es bei dir eine Eintrübung gegeben?"

„Nein, überhaupt nicht! Ich habe dich erwartet!" beruhigt ich sie.

„Sehr schön! Dann wollen wir auch keine Zeit verschwenden und ein neues Stückchen wagen! Ich habe etwas die Orientierung verloren; ich weiß jetzt nicht, das wievielte Mal das jetzt ist. Ich müsste im Protokoll nachsehen; dazu habe ich jetzt aber keine Lust. Lass es uns aus purem Vergnügen tun!

Wir vollzogen unseren Reigen aus purem Vergnügen. Als wir uns ankleideten, zeigte sie mir die sexy Dinger, die sie erworben hatte und jetzt anzog.

„Wenn ich mit dir ausgehe soll es drunter und drüber fesch aussehen. Ich fühl mich wohl darin, weil ich weiß, du erinnerst dich ständig daran, was ich anhabe."

Es war nicht weit bis zum Restaurant; wir fuhren dennoch in ihrem Wagen:

„Wenn du nichts dagegen hast, würde ich dich anschließend gerne mit nachhause nehmen. Dort ist es gemütlicher und du solltest nicht so lange unbeaufsichtigt sein; ich werde dich vermissen! Zudem können sich während des Schlafs unerwartete Dinge ereignen, die mir entgehen und womöglich ungenutzt verstreichen. Das wirst du doch verstehen?"

Ich verstand, zumal sie ihre Hand auf meinen Oberschenkel legte mit dem Hinweis, dass der Wagen Automatik habe. Im Restaurant wollte sie, dass wir nebeneinandersitzen, nicht gegenüber, das würde den Zugriff erleichtern. Ich verstand.

Als wir bestellt hatten, gestand sie, ein Anliegen zu haben, worüber sie gerne geredet hätte, denn es sei Erklärungsbedarf notwendig:

„Als wir deine Therapie begannen, taten wir das unter anderen Voraussetzungen. Anhand meiner Beobachtungen, bezweifele ich, dich von deinem Leiden heilen zu können. Anstatt sich zurückzuziehen, entwickelt sich deine Maskulinität gut und expandiert sogar. Mein Eindruck ist, nur dein Leidensdruck ist verschwunden."

„Das stimmt!" bestätigte ich.

„Wenn also Therapie nicht möglich ist, sollte man die Behandlung abbrechen, findest du nicht?"

Ich schüttelte energisch den Kopf:

„Nein, das möchte ich nicht! Wir wissen nicht, was sich in der kommenden Woche ereignet. Nach meiner Rechnung endet unser Projekt mit Ablauf des kommenden Wochenendes; es sei denn, du willst die Therapie abrechen, die Dosis erhöhen oder verringern."

Heidekraut lächelte:

„Dann sind wir uns einig! Auch mir liegt viel daran, fortzufahren. Ich protokolliere zwar deine Reaktionen, Verhalten, Ansprechbarkeit und wie sich diese Dinge verändern. Meine aber auch, gesondert. Mit mir gehen auch seltsame Wandlungen vor. Du musst wissen, seit langer Zeit habe ich mich ausschließlich meiner Arbeit gewidmet. Es gab nicht einmal eine sexuelle Grundversorgung; es herrschte hochgradiger Vitamin M Mangel, ich schien erloschen, wenn du verstehst, was ich meine?"

„Natürlich, verstehe ich das!" nickte ich.

„Schön! Also nachdem du vor einigen Tagen mit deinem Anliegen in meiner Praxis erschienen bist, schlug ich spontan einen ungewöhnlichen Therapieansatz vor. Ich bekam ganz heiße Ohren, als ich mich so sprechen hörte. Ich weiß nicht, ob das dir aufgefallen ist..."

Ich schüttelte den Kopf.

„Ich schrieb dieses Rezept aus und schlug mich als Heilmittel vor, ließ aber die Nebenwirkungen außer Acht. Die Nebenwirkungen bei mir!"

Ich sah auf, sie sah nieder.

„Die ersten Male stand ich nur zu meinem Wort. Aber bereits während der Nacht danach beschlich mich ein lang vermisstes Wohlbehagen. Ich freute mich auf den nächsten Tag. Ich schätzte die Häufigkeit unserer Begegnungen und vor allem die geregelte Bereitstellung. In meinem Unterbewusstsein lag mir überhaupt nichts mehr an deiner Genesung. Ich sah häufig auf die Uhr, um ja nicht zu spät zu kommen. Ich mag's gar nicht aussprechen, aber bei mir ereigneten sich Dinge, wie beim pawlowschen Hund... Je näher der Zeiger der Uhr auf den verabredeten Zeitpunkt vorrückte, umso mehr braute sich da etwas zusammen, dieser Willkommens-Cocktail... Das beunruhigte mich, beruhigte mich aber auch... Ich war noch ansprechbar! Als ich das akzeptierte, glühte eine unbändige Freude in mir auf. Ich wurde ruhig, ausgeglichen, schlief hervorragend, freute mich auf den kommenden Tag, wurde übermütig mit der Erhöhung der Dosis Mann. Ich hätte nie gedacht, dass da so viel Heilkraft drinsteckt. So, nun weißt du es! Du bist zum Glück nicht heilbar!"

Ich legte meine Hand auf ihre Hand.

„Leg sie lieber auf meinen Oberschenkel!" riet sie mir. „Du bist Rechtshänder; du kannst während des Essens deine Hand dort liegen lassen und ab und zu zudrücken!"

Wir hielten uns nicht unnötig lange im Restaurant auf. Heidekraut brauste nachhause. Sie hatte dort schon zuvor alles nett hergerichtet. Als die Tür ins Schloss fiel, wurde sie ruhiger. Ich riss sie in meine Arme. Woher kam nur all diese Gier dieses Kusses?

„Lass uns ein vergnügliches Bad nehmen!" schlug sie vor.

Es ging auch weiterhin vergnüglich zu, bis uns die Puste ausging und wir in einen neuen Tag hineinschliefen, der, so hofften wir, sich nicht wesentlich vom vergangenen unterscheiden sollte.

„Der wissenschaftliche Anspruch unserer Studie ist wohl dahin, dennoch sollten wir das Experiment nicht abbrechen. Nicht selten fallen Ergebnisse anders aus als erwartet. Vielleicht ist unsere Reparatur noch nicht abgeschlossen." meinte sie beim Frühstück.

„Der wissenschaftliche Anspruch war nie vorhanden, mit nur einem Probanden!" erwiderte ich.

„Ich wusste nicht, dass du auch noch reimen kannst! Aber daran habe ich auch schon gedacht! Was hältst du davon, wenn wir die gleiche Studie mit einer größeren Anzahl an männlichen Teilnehmern wiederholen, mit Studenten zum Beispiel?"

„Wie jetzt? Du mit zwanzig Studenten, dreimal täglich zehn Tage lang?"

„Ja, zum Beispiel!" meinte sie gelassen.

„Das wäre sechzig Mal am Tag!"

„Du kannst schnell rechnen! Hinzu kommst du ab zwanzig Uhr!"

„Das will ich nicht, selbst wenn's ein Scherz ist!"

„Und warum willst du das nicht – selbst wenn's witzig ist?" fragte sie gespielt erstaunt.

„Ich will das nicht! Ich will dich für mich allein! Sag mir, wenn ich dir nicht genüge! Ich will dich für mich allein!" sagte ich erregt.

„Das gefällt mir! Das will ich hören! Aber du hast ja mitbekommen, dass ich hohe Ansprüche an Quantität und Qualität stelle. Was ist, wenn du meiner überdrüssig wirst?" fragte sie jetzt in ernster Sorge.

„Dann werden wir Mittel und Wege finden, um dem vorzubeugen oder dafür sorgen, dass das nicht geschieht!" sprach ich etwas lauter als sonst.

„Ich wollte dich nicht in Panik versetzen. Ich wollte nur wissen, wie deine Einstellung dazu ist. Doch lass uns das Ganze doch einmal umdrehen. Es wäre doch mal interessant, wenn dich zwanzig Studentinnen durch- und austesten, findest du nicht?"

„Das würde mich total überfordern! Undenkbar! Interessant wäre allerdings, herauszufinden, auf wen würde ich nach einer gewissen Abstinenz ansprechen und warum und wäre das auch gegenseitig?"

Der Sonnentag wurde zum Wonnentag und wir lernten, dass man nicht immer auf den Auslöser drücken musste, um ausgelassenen Spaß zu haben. Hauptsache war, dass die Verbindung dauerhaft aufrechterhalten werden konnte. Sie bediente mich sehr virtuos und förderte Seiten an mir, die ich zuvor nicht kannte, aber sehr gern kennenlernte. Sie war eine unermüdliche Förderin meiner Unermüdlichkeit.

In einer Ruhephase schien sie entrückt. Sie lag in meinem Arm. Ich wagte es nicht, sie zu stören, fragte dann aber doch, ob etwas falsch gelaufen sei. Sie schüttelte den Kopf:

„Nein, ich hatte nur eben eine Art Vision und ich zögere noch, sie dir zu erzählen. Vielleicht riskiere ich, dass du mir davonläufst!"

„Das werde ich nicht, aber lass' dir Zeit. Früher oder später kommt alles ans Licht!"

„Du hast Recht, es soll ans Licht kommen, Also gut... Ich schätze den Überfluss dieses Wonnetages und ich sah mich... Du kennst doch die Redewendung von den Schmetterlingen im Bauch. Ich sah mich nicht mit Schmetterlingen, ich sah mich mit lauter Dämonen im Bauch und sie tobten so heftig, dass man das an meiner Bauchdecke bemerken konnte, als bewege sich ein Baby darin. Ich erschrak über das, was sie darstellten."

„Waren sie bösartig, quälend, zerstörerisch?" fragte ich.

„Unter Umständen... eher Frivolitäten, Unanständigkeiten... Dinge, die man als Frau auf keinen Fall tun darf! Du könntest abweisend auf mich reagieren!"

„Das brauchst du nicht befürchten!" beruhigte ich sie. „Ich mache dir folgenden Vorschlag: Wir heißen deine Dämonen willkommen und wenn sie das nicht wollen, jagen wir sie und knöpfen sie uns einzeln vor. Wir fordern sie auf, das zu tun, was sie so zu bieten haben. Alsdann verwandeln wir sie zu Diamanten oder Perlen und machen aus ihnen eine Perlenkette, ein Schmuckstück! Nur ich werde diese Perlenkette sehen können, wenn du sie anlegst. Dämonen zu Diamanten! Du kannst stolz auf sie sein – und schon verlieren sie ihre Schrecken. Allein die Jagd auf sie wird uns beiden Spaß machen; du erleichterst dich und bereicherst mich!"

„Du bist unglaublich mit deinen Einfällen. Wir entzaubern sie und lassen sie uns bezaubern! Unglaublich! Ich kann nur hoffen, dass du nicht eines Tages deinen Vorschlag bereust!"

„Wohl kaum! Wir gehen gemeinsam auf Schatzsuche und heben sie gemeinsam: jeder Dämon ein Diamant! Ich hoffe, du hast genug davon!"

Heidekraut strahlte aus allen Rohren und griff heftig nach mir.

Der nächste Tag war wieder ein Arbeitstag, den wir begannen, wie es das Rezept vorsah. Am späten Vormittag wurde der neue Behandlungsstuhl geliefert und aufgestellt. Ich hatte das Privileg, ihn mit meiner Ärztin einzuweihen. Ich hatte nur die Aufgabe, mich hinein zu setzen; sie setzte sich mir zugewandt auf meinen Schoß, natürlich in Therapiekleidung, ihr Protokollblock fein säuberlich auf dem Tablett zur linken. Sie übernahm alle Manipulationen, womit die Akkuratesse ihrer Versuchsanordnung an Wert gewann. Sie war begeistert!

So verfuhren wir konsequent bis Freitagabend, Dienstschluss. Das Wochenende verbrachten wir wieder bei ihr und diskutierten unsere Therapie für die Krankenakte. Wir kamen zu folgender Schlussfolgerung:

Trotz gewissenhafter Abfolge des Therapieplans konnte die Maskulinität des Patienten nicht geheilt werden. Die Phasen der Erregbarkeit hatten sich sogar noch verschlimmert. Da der Allgemeinzustand des Patienten ausgezeichnet war, können die Attacken in Grenzen beherrscht werden, falls der Patient in dauerhafter Behandlung bei seiner erfahrenen Therapeutin verbleibt. Es ist zu vermuten, dass die Krankenkasse die Kosten für diese weiterführende Behandlung nicht übernehmen werde, zumal einige Nebenwirkungen, wie temporäre Ausfallerscheinungen durch übermäßigen Gebrauch aufgetreten sind.

gezeichnet Frau Dr. Heidekraut Stängel

Frau Dr. Stängel teilte mir inoffiziell, d.h. privat, mit, dass nun sie an verstärkter Femininität leide, in teilweise verheerendem Ausmaß. Sie hatte nicht geahnt, dass sie so unterernährt war und nun mit Heißhungerattacken kämpfe. Da sie einen Kampfpartner hat, sind die Symptome beherrschbar. Sie hofft, dass nach Stillung diese Basishungers ihre Unersättlichkeit erhalten bleibt. Man kann nur hoffen, dass den beiden die Therapie aneinander gelingt. Zumindest sollte der moderate Umgang der beiden miteinander im Bett und auf der Heide einen vergnüglichen Verlauf ihrer Alltagsbeschwerden gestatten.

Schloss-Hotel

Unsere beiden Firmen arbeiteten seit Jahrzehnten in hervorragender Weise zusammen. Ich hatte die bestehenden Kontakte bereits von meinem Vorgänger übernommen, gepflegt und ausgebaut. Ich besuchte unseren Partner mehrmals im Monat, hielt mich manchmal mehrere Tage dort auf, um feine Details mit deren Ingenieuren zu besprechen. Geringe Missverständnisse oder Abweichungen vom Soll konnten enorme Kosten und teuren Müll verursachen. Das blieb uns, dank unserer Sorgfalt, bisher erspart.

Diese Firma, von der hier die Rede ist, liegt im östlichen Franken, langezeit im Zonenrandgebiet wirtschaftlich benachteiligt und von staatlicher Förderung abhängig. Die Region Oberpfalz konnte ihre Ursprünglichkeit bewahren. Sie galt langezeit als rückständig, was heutzutage neuerliche Beachtung und Anerkennung findet, da Naturbelassenheit nun als Wert eingestuft und geschützt wird. Ich mochte diesen Charme von Land und Leuten und hörte gern die fränkische Mundart. Heute ein modernes international agierendes Kunststoffverarbeitungsunternehmen, hervorgegangen aus einer Jahrhunderte alten Lederfabrik, stellt in großer Stückzahl komplizierte Bauteile für diverse Fahr- und Flugzeuge her.

Dazu werden präzise Spritzgussformen benötigt, die ein Negativabbild des späteren Bauteils darstellen. Sie sollen millionenfach ohne Qualitätsverlust das Endprodukt auswerfen. Diese Spritzgussformen stellt die Firma her, für die ich arbeite. Wegen der hohen Drücke muss die Form stabil sein, damit das Bauteil passgenau gefertigt werden kann. Naturgemäß sind solche Formen für anspruchsvolle Teile sehr teuer, damit stets die bestmögliche Qualität garantiert werden kann. Unsere Firmen waren ein fein aufeinander abgestimmtes Räderwerk, das zu beiderlei Nutzen arbeitete. Moderne 3D-Drucker könnten uns zum Verhängnis werden, falls sie in Zukunft schneller ihre Aufgaben erledigen sollten.

Ich war mit Leib und Seele Ingenieur und freute mich regelmäßig, wenn ein Besprechungstermin angesetzt wurde. Manchmal schienen die Probleme unlösbar, doch irgendwie schafften wir es dann doch gemeinsam, die Aufgabe zu lösen. Das schuf geradezu auch freundschaftliche Begegnungen. Wenn alles getan war, ging es zum entspannten Teil des Tages. Wir tranken frisches, würziges Vogtland-Bier und gingen anschließend gemeinsam zum Essen in eines der vielen hervorragenden Landgasthäuser.

Während des Essens wurde ich gefragt, ob ich schon mein Zimmer im renovierten Schlosshotel bezogen habe.

Ich nickte, weil ich kaute, aber sodann antwortete:

„Oh ja! Es ist wunderschön – sehr geschmackvoll eingerichtet mit einer begeisternden Aussicht über dies gesegnete Land. Ich fühle mich wie der Schlossherr persönlich - großzügig und keinesfalls beengt wie in den Gasthäusern."

„Nun, als wir hörten, dass das Schloss zu einem Tagungszentrum umgebaut werden sollte, haben wir uns an den Renovierungskosten beteiligt und in den einstigen Kellerräumen ein Wellnessbereich errichtet. Wir besitzen ein Zimmerkontingent, wo wir unsere Geschäftsfreunde unterbringen können. Sie gehören zu den ersten, die die neuen Räume bewohnen. Lassen Sie uns bei Gelegenheit ihr Urteil wissen."

„Das werde ich! Aber was weiß man über die Geschichte dieses Anwesens? Es interessiert mich, was dort früher geschah! Wie alt ist es?"

Nun, genau weiß man das nicht. Aber es soll auf den Grundmauern einer alten Festung errichtet worden sein. Die kleine Anhöhe macht es strategisch bedeutsam. Womöglich haben es bereits die Römer seinerzeit errichtet; präzise Hinweise gibt es nicht. Danach war es eine Art Abtei mit einigen Mönchen. Nachweislich haben sich Kreuzritter eine gewisse Zeit dort aufgehalten. Genauer dokumentiert ist die Zeit als Casimir von Stetten das Anwesen übernahm. Er soll aus Böhmen stammen. Zumindest ranken sich zahlreiche Geschichten um ihn. Das Volk konnte zu jener Zeit weder lesen noch schreiben; so wurden diese Geschichten als Erzählungen übermittelt. In wieweit dadurch der Wahrheitsgehalt gelitten hat, kann ich nicht beurteilen. Ich erzähl' es Ihnen, wie es sich die Leute hier und heute den Gästen erzählen.

Also, Fürst Casimir bezog die Burg mit seinem Weib, eine bezaubernde, üppige Schönheit aus Mähren und der Dienerschaft und erklärte sich zum Herrscher über das kleine Land. Franken war seinerzeit recht wohlhabend; es lag an den Handelsrouten Ost-West und Nord-Süd. Es fiel reichlich Wegezoll an, und der Fürst ließ sein Domizil recht solide und hübsch herrichten. Er vergötterte seine Gattin und betätigte sich emsig als fleißiger Ehemann, wenn Sie verstehen, was ich meine."

Natürlich verstand ich:

„Gewiss doch!"

„Dennoch, der ersehnte Nachwuchs blieb aus! Der Fürst war ratlos und suchte den Pastor dieses Dorfes auf. Der ließ sich detailgetreu berichten und bescheinigte dem Fürsten, dass er seine ehelichen Pflichten korrekt vollzog. Doch womöglich habe der Herrgott andere Pläne mit ihm! Fragend sah der Fürst seinen Ratgeber an. Dieser überlegte nicht lange und machte ihm einen Vorschlag. Er habe doch sicher von den Plänen des Kaisers gehört, das Heilige Land von den Heiden zu befreien. Er, der Fürst Casimir, könne sich doch dem Heer des Kaisers anschließen, um somit seine Gottesfurcht zu beweisen. Der Herrgott würde ihm das gewiss vergelten.

Casimir wollte darüber nachdenken, denn sein zweiter wichtiger Lebensinhalt war, für sich einen besonders vorteilhaften Platz im Paradies zu sichern, denn das Leben sei kurz und die Zeit bis zur

Auferstehung von den Toten gewiss ewig lang. Da solle es schon angenehm und komfortabel zugehen, selbst wenn es ihm im jetzigen Leben einige Opfer abverlange.

Als er seinen Beschluss seiner Frau vortrug, war diese ziemlich ungehalten: wer solle sie denn in seiner Abwesenheit beschützen, unterhalten und im Ehebett durchglühen? Sie werde sich zu Tode langweilen! Sie brach in Tränen aus und konnte und wollte sich nicht beruhigen. Casimir wollte sie trösten, er komme ja bald wieder und er könne ja vor seiner Abreise seinen Einsatz verdoppeln oder verdreifachen, damit sie sich nach Entlastung sehne. All dies konnte sie nicht beruhigen und da soll er ihr die Schuld zugeschoben haben und den folgenden denkwürdigen Satz ausgesprochen haben: „Ja, wenn du eben nicht für Nachwuchs sorgst, dann musst du dich eben langweilen. Eine Kinderschar würde dich ganz schön in Atem halten."

Sofort versiegte der Tränenstrom; Elsbeth drängte sich in seine Arme. Er deutete das als Bitte um Vergebung, denn er hatte einige Wissenslücken bezüglich der menschlichen Fortpflanzung.

Casimir gliederte sich ins kaiserliche Heer ein, als es vorbeizog und ritt gen Süden. Nach etlichen Monaten kehrte er einigermaßen zerzaust nach Hause zurück. Sein Weib war überglücklich und sie präsentierte ihm zwei bezaubernde kleine Mädchen, Zwillinge, die sie zwischenzeitlich geboren hatte. Sie waren der Mama wie aus dem Gesicht geschnitten, hatten aber die gütigen, braunen Augen des Fürsten.

Casimir bedankte sich bei seinem Freund, dem Pastor überschwänglich und sagte ihm einen großen Teil der Beute nach der kommenden Jagdsaison zu. Auch der Pastor freute sich, dass er sowohl Gott als auch dem Menschen dienen konnte. Er schlug vor, ein weiteres Mal Gott seine Ergebenheit und seinen Dank zu beweisen; es würde ihm gewiss seinen vorteilhaften Platz im Paradies sichern. Das werde ich! Soll er begeistert ausgerufen haben. Seine Gemahlin war erzürnter als beim ersten Mal. Mit seiner Abreise würde er sie ihrer Lebensqualität berauben und sie habe ein Anrecht auf eine artgerechte Behandlung. Der Fürst verschloss sich ihr mit dem Argument, er habe Gott zu gehorchen. Das konnte sie nicht entkräften.

Als er zurückkehrte, noch mehr beschädigt als beim vorigen Mal, ward ihm ein Knabe geboren. Dem Fürsten standen die Tränen der Rührung in den Augen, ihm fehlten die Worte: er hatte einen Sohn! Wem sollte er mehr danken, seinem Gott oder seinem Weib. Elsbeth glaubte, sein Sohn, Casimir der zweite, würde ihn nun am Ort halten. Doch das Gegenteil war der Fall. Mit Jubel zog er ein weiteres Mal ins Heilige Land. Doch ziemlich ächzend kehrte er zurück; Verwundungen, Entbehrungen und Krankheiten hatten über die Maßen an ihm gezehrt. Er war nicht mehr in der Lage, seinem Weibe weiterhin so reichlich zu dienen, wie sie es erwartete, insbesondere nach Monaten der Abwesenheit. Im Augenblick war das auch nicht aktuell, denn sie hatte einen mächtig dicken Bauch und ächzte selbst. Ein weiterer kräftiger Junge ward geboren. Unverkennbar, er hatte die gütigen, braunen Augen seines Vaters.

Casimir ließ von nun an gezwungenermaßen die Finger vom Heiligen Land, griff aber auch nicht mehr so häufig nach seinem wieder aktiven Weibe. Dennoch wurde ihm ein weiterer Knabe und im Jahr darauf noch einer geboren. Er war stolz auf sich und tat nun kaum noch etwas Anderes, als zu danken. Als dann noch ein kleines hübsches Mädchen folgte, und er sich nicht an sein Zutun erinnern konnte, suchte er das Gespräch seines Freundes im Pfarrhaus. Pfarrer Gotthelf wusste Bescheid: Die Wege des Herrn seien unergründlich; dies Ereignis sei ein Beweis für ein Wunder und die Großherzigkeit und Güte des Himmlischen Vaters. Gott dankt ihm, dem Fürsten, auf Seine Weise.

Die Unterredung mit der Frau Gemahlin verlief anders. Ihre große Kinderschar war ein Grund täglicher Freude, nicht ein Anlass zum Grübeln. Vielleicht habe sich etwas Saat des Fürsten in einer Nische versteckt und sich erst später, als wieder genügend Platz vorhanden war, in ihr gepaart. All das erschien dem Fürsten nicht sehr glaubhaft. Womöglich hatte sein Weib eine unbefleckte Empfängnis erfahren und es sei des Fürsten Pflicht, sein Weib und seine späte Tochter nun anzubeten. Er begann, sich eigenartig zu verhalten; er verneigte sich vor seiner Gattin, bekreuzigte sich vor seiner Tochter, nahm die Aura beider Gestalten wahr. Zweimal am Tag zog sich Elsbeth für einige Zeit in ihre Gemächer zurück – am Morgen und am Abend. Casimir war neugierig; welche Gebete verwendet sie, um mit der göttlichen Welt in Kontakt zu treten? Er tat, was er nie zuvor tat, er lauschte. Doch was er hörte, glaubte er nicht; das waren sehr diesseitige, wenn auch gutturale Geräusche; die eine Stimme kannte er; es war die Stimme seines besten Freundes, wenn er ihn auch noch nie so gehört hatte. Vielleicht erteilt der Herr Pastor der Fürstin Unterricht, oder nimmt ihr die Beichte ab, oder vollzieht womöglich eine Teufelsaustreibung. Sollte er eingreifen, dazwischen gehen? Er entschloss sich, zu gehen aber auf lange Sicht dranzubleiben.

Tatsächlich, das Ritual wiederholte sich zweimal pro Tag. So hartnäckig konnte doch kein Teufel sein! Und wie war es dem Pastor möglich, zweimal am Tag unbemerkt die Gemächer der Fürstin zu betreten? Er beschloss, sich Gewissheit zu verschaffen und öffnete mit Gewalt die Tür. Die Position, die der Herr Pastor einnahm, war eigentlich dem fürstlichen Gemahl vorbehalten, daher begriff Casimir sehr schnell. Jetzt brüllte er, so wie er es im Heiligen Land gelernt hatte, um die Heiden zu vertreiben. Hier hatte er weniger Erfolg. Die Ertappten hatten Argumente zur Hand. Der Pastor zog sich zwar zurück, meinte aber, es sei nicht so, wonach es aussähe. Die Gemahlin gestand, regelmäßig von bösen Geistern heimgesucht zu werden und der Herr Pastor sei ihnen dicht auf den Fersen. Casimir verfing sich in einer Endlosschleife der Schnappatmung. Zeit genug für den Herrn Pastor sich eilig anzukleiden und durch eine kaum sichtbare Tapetentür in der Wand zu verschwinden.

Tatsächlich hatte man bei den Renovierungsarbeiten einen unterirdischen Gang entdeckt, der den Keller des Pfarrhauses mit dem Keller der Burg verband. Das ist an sich nichts Ungewöhnliches, denn im Falle einer Belagerung mussten ja die Bewohner der Burg versorgt werden.

Die Fürstin bat ihren Gatten um Vergebung und versprach, künftig den Pastor in seiner Amtsstube aufzusuchen, um die Beichte abzulegen. Dem Fürsten stand nicht der Sinn nach Vergebung und belegte sein Weib mit einem furchtbaren Fluch, obwohl sie ihm eine reiche Kinderschar geboren hatte. Dem Fürsten fiel auf, auch der Herr Pastor hatte gütige, braune Augen.

Die Haushälterin des Pastors verstand nun auch, warum die ersehnten Übergriffe ihres Herrn ausgeblieben waren – schließlich gehört das in einer ordentlichen Pfarrei dazu. Sie hatte schon vermutet, ihr Herr sei vom anderen Ufer, was eine Sünde ist. Seine andauernde Mattigkeit in dieser Hinsicht war nur allzu verständlich. Sie war stinksauer auf diese Fürstin und schickte ihren ganz persönlichen Fluch dem des Fürsten hinterher.

Diese Flüche taten ihre Wirkung; zumindest behaupten das die Leute hier. Im Schloss spuke es! Ich glaube nicht an Spuk, aber es passt zum Lokalkolorit. Sie werden sehen, dass ich recht habe.

Wir hatten viel gegessen. Die Portionen sind in Franken reichlich. So schlug ich es aus, in mein Quartier, das Schloss-Hotel, gefahren zu werden. Ich wollte laufen, um der vielen Knödel, dem Schweinebraten und dem vielen Bier und Wein Herr zu werden. Zudem war der Abend mild, es roch nach Heu und der Mond schien. Die kleine Anhöhe hinauf werde ich schon schaffen. Es war mucksmäuschenstill. Die Rezeption war nicht mehr besetzt aber bei Bedarf konnte man Personal herbeiklingeln.

Ich stieg die Treppe hinauf und zog mich in mein Zimmer zurück. Ich hatte mich überfressen und war etwas matt; ich öffnete das Fenster und zog die weißen Vorhänge davor. Der leichte Nachtwind blähte sie hin und wieder und erzeugte in den Winkeln des Gebäudes ein geheimnisvolles Säuseln. Ich wurde schläfrig, ahnte aber, dass ich mit meinem vollen Bauch wohl nicht gut schlafen werde.

Dennoch, ich musste eingeschlafen sein, denn als ich wach wurde, hatte sich der Mondschein verändert. Die Vorhänge tanzten zu lautloser Musik. Es zog im Zimmer. Ich sah mich um. Die Tür war geschlossen. Ein Mondstrahl fiel auf eine reglose Gestalt; sie erschien und verschwand. Narrten mich meine Sinne? Es waren wohl die Vorhänge, die sich windende Schatten an die Wände warfen. Doch da war sie wieder, doch an anderer Stelle, näher... Ich richtete mich auf, rieb mir die Augen. Ein neuer, etwas länger dauernder Lichtstrahl des Mondes enthüllte mehr. Es war eine weibliche Gestalt, die sich mir näherte, ohne den Boden zu berühren. Die Frau war von üppiger Schönheit, entweder nur in einen hauchzarten Schleier oder feinen Dunst gehüllt.

„Hallo, wer sind Sie?" fragte ich.

Sie antwortete nicht, lächelte geheimnisvoll bis sie an meinem Bett stand, zum Greifen nah! Ich griff nach ihr; sie wich aus; ich griff nur in ihr Gewand; es war nicht spürbar. Sie strich ihr Haar hinter ihr linkes Ohr:

„Ich folge einer uralten Tradition, einem Jahrtausende altem Brauch, der hier noch gepflegt wird. Der Hausherr überlässt dem männlichen Gast die hübscheste Frau im Haushalt. Das kann die eigene Tochter aber auch die hübscheste Magd sein. Sie hat die Aufgabe, dem Gast des Nachts Vergnügen zu bereiten. Marco Polo berichtete darüber. So wurde auch den Folgen der Inzucht in abgelegenen Gemeinden und Stämmen begegnet. Ich muss dich allerdings fragen, ob du mich zu deinem Vergnügen haben willst?"

„Du bist sehr attraktiv! Dir kann ich nicht widerstehen. Nur allzu gern wünsche ich dich an meine Seite. Ja, ich will!"

„Dann gib mir deinen Lieblingsnamen!" sagte sie und schüttelte den Schleier von ihrem Körper. Ihre Haut schimmerte im fahlen Mondlicht wie reinstes Porzellan. Sie löste die Spange aus ihrem Haar, schüttelte ihr Haar über ihre Schultern und schlüpfte unter meine Decke. Was sich bisher als diffus und virtuell darstellte, manifestierte sich jetzt eindeutig als allseits betastbar. Ihr Haar kitzelte mein Gesicht.

„Solange du deinen Pyjama anlässt, wird keine echte Freude aufkommen!" sagte sie und legt selbst Hand an.

„Während ich dir nun all deine Kleidungsstücke und, so hoffe ich, dir auch deinen Verstand raube, lass mich wissen, was dir Vergnügen bereitet; denn deswegen bin ich hier, es wäre schade, wenn es mir nicht gelingt! Als Vorschlag und Anregung, überlass' dich ganz mir! Ich mach' mich gern am Mann zu schaffen! Dir sei alles erlaubt nur keine Gewalt! Lass mich wissen, was dir gefällt, damit ich es verstärken kann!"

Sie sprach in fränkischer Mundart; das steigerte noch ihren Charme. Sie küsste mich herzhaft, so dass meine Gedanken nicht abschweifen konnten.

„Du bist wunderschön! Zum Glück scheint der Mond sehr hell!" sagte ich.

„Du magst mich ansehen? Du hast Glück, ich mag mich dir zeigen! Deine Blicke nähren deine und meine Sinne!" Sie richtet sich auf, kniete zu beiden Seiten meines Oberkörpers und verschränkte ihre Arme hinter dem Kopf. Sie sah wahrhaft prächtig aus und wandte mir ihre Kehrseite zu.

„Schön zu sehen, dass ich dir gefalle! Übrigens ich heiße Rebekka, aber du kannst mich nennen, wie du willst. Wie du heißt, weiß ich ja bereits! Ich bin deine Magd! Der erste Hahnenschrei wird mich verschwinden lassen!"

Wir verbrachten zauberhafte Liebesstunden. Rebekka war unglaublich talentiert, geradezu virtuos und ließ keine Langeweile aufkommen. Sie aktivierte Fähigkeiten in mir, die ich zuvor überhaupt nicht kannte. Der erste Hahnenschrei war unüberhörbar und erklang viel zu früh.

„Ich gehe jetzt!" hauchte sie. „Es war sehr schön mit dir. Aber du wirst Eier zum Frühstück wollen!"

Ich verstand nicht, aber schon war sie im Dunkel des Zimmers verschwunden. Meine Knödellast hatte ich abgearbeitet und schlief noch ein paar Stunden tief und fest. Als ich erwachte, konnte ich nirgendwo die kleinste Spur unserer nächtlichen Aktivitäten entdecken. Ich musste das alles nur geträumt haben, zumal auch die Zimmertür von innen verschlossen war. Doch im Frühstücksraum erkannte ich Rebekka und winkte ihr zu.

„Guten Morgen! Mögen Sie Kaffee oder Tee?" fragte sie.

„Rebekka, ich bin's! Die vergangene Nacht mit dir war fantastisch! So etwas habe ich noch nicht erlebt!" flüsterte ich laut.

„Ich möchte Sie bitten, Ihre unzutreffenden Andeutungen zu unterlassen. Falls Sie mit Ihren unangebrachten Fantasien nicht klarkommen, sollten Sie sich in Behandlungen begeben. Andernfalls werde ich Meldung machen, damit man Ihnen Hausverbot erteilt! Ich warne Sie hiermit!"

Ich war sprachlos, völlig durch den Wind und schüttelte nur hilflos mit dem Kopf. Sollte ich das alles wirklich nur geträumt haben? Mir sind an sich sexuell anzügliche Bemerkungen wesensfremd. Rebekka sah mich unentwegt an:

„Sie mögen gewiss zwei Eier?"

„Ja, gewiss! Woher wissen Sie das?"

„Ich weiß gar nichts! Ich habe nur gefragt? Gebraten oder gekocht, hart oder weich?"

„Wie bitte?"

Rebekka rollte mit den Augen:

„Mögen Sie gekochte Eier oder Spiegeleier; falls gekocht, hart oder weich?"

„Ähm, ja, zwei Spiegeleier hart gebraten!" stammelte ich.

„Na, ich hoffe, Sie kommen am Buffet allein zurecht!"

Sie verschwand. Die Verwirrung ließ sie zurück. Was war nur los mit mir? Ich kippte zwei Tassen Kaffee herunter, in der Hoffnung, dass sich mein Zustand bessert. Hatte ich Grund, ernsthaft an mir zu zweifeln? Ich konnte mich doch an alle Einzelheiten erinnern, musste sogar innerlich grinsen, weil ich es dreimal hintereinander geschafft hatte. Wahrscheinlich doch ein heftiger Traum, ein Hirngespinst. Angeber, im Traum!

Die Eier wurden mir wortlos geliefert. Rebekka sah mich an:

„Geht's besser?"

„Oh, ja danke! Entschuldigen Sie bitte! Ich habe gegenüber einer Dame noch nie solche anzüglichen Bemerkungen gemacht. Bitte entschuldigen Sie!"

„Schon gut! Schon vergessen! Alles ist irgendwann das erste Mal!" Sie nickte mir freundlich zu.

Ich konnte mich fangen. Ein Geschäftspartner holte mich gegen neun Uhr ab:

„Guten Morgen! Ich bin etwas zu früh; wir haben keine Eile. Der Kaffee ist hier nur so gut, dass ich gerne zwei Tässchen hier trinke. Ich hoffe, ich störe nicht. Falls Sie noch Erledigungen haben, lassen sie sich nicht aufhalten!"

Ich ging noch mal auf mein Zimmer, holte meine Unterlagen. Das Bett war noch nicht gemacht. Das Fenster stand weit offen... Wir fuhren zur Firma.

„Haben Sie gut geschlafen?" wurde ich gefragt.

„Nicht besonders!" gestand ich. „Wirre Träume... Es lag wohl am zu reichlichen Essen. Heute werde ich etwas zurückhaltender sein!"

„Mir ging's ähnlich! Zuviel und zu spät, das bekommt uns nicht im fortgeschrittenen Alter. Zudem war Vollmond, da geschehen merkwürdige Dinge!"

„Da haben Sie recht!" stimmte ich zu. „Da geschehen sehr merkwürdige Dinge!"

„Aber gespukt hat es nicht?" fragte mein Kollege.

„Nein, gespukt hat es nicht!" bestätigte ich.

Während der Arbeit schweiften meine Gedanken häufig ab, und ich musste einige Male auf eine gewisse Art zurückgeholt werden. Ich war froh, als wir für heute Schluss machen konnten. Das Feierabendbier wollten wir uns jedoch nicht nehmen lassen und meine Stimmung heiterte sich auf. Ein frischer Salat sollte heute genügen, ebenso ein früher Fare-well-Schnaps. Ich ging zu Fuß nach Hause. Die Rezeption war noch besetzt und noch vor zehn Uhr lag ich im Bett. Die Tür war fest verschlossen. Der noch volle Mond warf lange Schatten.

Ein Geräusch ließ mich aufschrecken. Es zog; die Vorhänge wehten heftiger. Wie gestern ließen sie Schatten über die Wand huschen.

„Pst!" hörte ich ganz deutlich. „Ich bin's! Bitte mach' keinen Lärm. Nichts konnte mich davon abhalten, dich wieder zu besuchen. Ich habe mich so sehr nach dir gesehnt! Nur du kannst mich abweisen. Doch du musst mich auch aus meinem Schattendasein erlösen und sagen, dass du mich willst!"

„Ja, ich will dich!" sagte ich wie in Trance.

Rebekka huschte auf mich zu, entledigte sich ihres Schleiers und schlüpfte unter meine Decke. Sie übersäte mich mit Küssen und zerrte mir meinen Pyjama vom Leibe.

„Du hast mir gestern so wohlgetan. Ich schwebte wie auf einer Wolke. Heute brauchen wir nicht bei null anzufangen. Lass mich deine Magd sein; lass mich dir gefallen, dir zu gefallen sein. Nichts will ich dir verweigern, wenn es deinem Vergnügen dient."

Ich streichelte ihren Rücken und sie beruhigte sich etwas. Sie flüsterte mir ins Ohr, so dass es kitzelte:

„Ich bin gern am Mann! Männer haben so wunderbare Dinge, kräftige Hände und dieses Wunderding. Doch seit gestern denke ich nur noch an dich. Ich weiß, dass mich Männer sehr anziehend finden. Das macht mich wählerisch. Hier haben die Männer fette Bäuche, dafür aber keine guten Manieren, so wie du. Du bist schlank, nicht zu muskulös, verwendest ein apartes Rasierwasser, kleidest dich ansprechend, sprichst in wohl gesetzten Worten und dieses

Wunderding, also weißt du... (Sie kicherte.) Dieses Hotel beher-bergt gelegentlich im Zusammenhang mit Seminaren Intelligenz und prächtige Mannsbilder, echte Prachtkerle. Es gelang mir, dank meiner Stellung, meinen Opfern genau in dem Moment ein frisches Handtuch zu übergeben, wenn sie gerade die Dusche betraten oder verließen. Es gab keine Beschwerden!

Doch seit gestern ist alles anders. Seit gestern will ich nur noch dich, unaufhörlich und wieder und ganz und ohne Ende. Ich weiß nicht wie und was du mit mir machst, was nicht schon andere mit mir taten, aber du würdest es nicht schaffen, mich vom Hof zu prü-geln. Du bist ein Sahnehäubchen; ich seh dich so gerne an! Dabei bist du so tollpatschig; ich könnte dich auffressen und würde es auch gern tatsächlich tun, nur hab' ich dann nichts mehr von dir. Ich will dir deine Traumfrau sein, was immer du darunter ver-stehst. Überall nimmst du deine Träume mit und mit deinen Träu-men auch mich. Was für eine schöne Vorstellung!

Was hätte ich nur getan, wenn ich dich gestern überfordert hätte, dir nicht die Sehnsucht nach mir zurückgelassen hätte und du hät-test mich heute abgewiesen. Ich mag mir nicht den Kummer, die Tränenströme vorstellen, die ich vergossen hätte, und das tage- und wochenlang... Doch ich bin jetzt hier zur rechten Zeit am rech-ten Ort und wir werden es noch ein bisschen bunter treiben. Du magst doch Farben?"

„So lange du mir kein blaues Auge schlägst, schon!" sagte ich.

„Witzig bist du auch noch! Das kann ja heiter werden! Doch wenn ich jetzt darum bitten darf, über mich herzufallen. Mir ist so ganz danach! Mal sehen, wer zuerst ermattet. Und vergiss nie: nicht im-mer ist die Unterlegene auch die Besiegte!"

Wir begaben uns tatsächlich in eine turbulente Nacht. Hätte der gütige Hahn nicht gekräht, hätten wir wohl weitergemacht. Denn beim ersten Hahnenschrei zerfloss oder zerstieb sie buchstäblich unter meinen Händen.

Doch wieder fand ich nach ein paar Stunden erschöpften Schlafs nicht die geringste Spur unseres Tobens – keine Sachbeschädigung, kein durchtränktes Bettlaken, keine Kratzer auf meiner Haut. Wieder zermarterte ich mir mein Hirn. Hier ging etwas vor sich, dass ich mir nicht im Geringsten erklären konnte. Es muss ein Traum gewesen sein.

Rebekka musterte mich misstrauisch. Als von mir keine Gefahr auszugehen schien, sprach sie mich an:

„Guten Morgen, mein Herr! Wohl geruht heute Nacht?"

„Ja danke, bestens!"

„Sie machen aber den Eindruck, als könnten Sie zum Frühstück heute vier Eier vertragen!"

„Wenn Sie meinen, Rebekka, dann wird das wohl stimmen!" sagte ich etwas pikiert, da mir diese Anspielung heute Morgen nicht sehr gut bekam. Zweideutige Anspielungen sind Frauen erlaubt, nicht aber den Männern.

„Übrigens", fuhr sie unbekümmert fort. „haben Sie heute Nacht nicht das Geheul der Wehrwölfe gehört. Sie heulen immer in der ersten Nacht nach Vollmond."

„Nein, ich habe nichts gehört, Rebekka!" seufzte ich.

„Seltsam, es war nicht zu überhören und es kam nicht weit von Ihrem Fenster. Sie müssen einen gesegneten Schlaf haben. Werwölfe sind äußerst selten und meines Wissens nur noch hier bei uns anzutreffen! Sie stehen allerdings unter Naturschutz. Sie sollen sogar die Gestalt von Menschen annehmen können. Sehr seltsame und vielseitige Wesen!"

„Rebekka, ich habe es heute früh sehr eilig. Wenn ich dann um die Eier bitten dürfte. Omelett wäre sogar noch besser!"

„Wie der Herr wünschen!" sagte sie nun deutlich pikiert.

Als ich nun an meinem Tisch saß und vor mich hin grübelte, lief es mir plötzlich eiskalt den Rücken herunter. Was, wenn nun mein Gebrüll heute Nacht als das Heulen der Werwölfe ausgelegt wird.

Ich sollte mich was schämen! Aber wirklich… Es kam noch gruseliger: wenn nun meine nächtliche Besucherin eine verwandelte Werwölfin war und ich mich mit einer Wölfin gepaart hatte?

„Alles Quatsch!" sprach zum Glück die Stimme der Vernunft in mir: ich kann hier doch nicht jedermann erlauben, mir schauerlichen Unsinn einzureden, nur damit das Lokalkolorit stimmt! Ich schüttelte so heftig den Kopf, so dass mir fast die Brille von der Nase geflogen wäre.

„Bleibende Schäden davongetragen?" meldete sich mitfühlend Rebekka.

Ich war mir da nicht so sicher.

Wir schlossen unsere gemeinsamen Arbeiten am Freitag ab. Ich reiste aber erst am späten Nachmittag des Sonntags ab. Jede Nacht war mir meine Gespielin erschienen und begeisternd waren wir stets über einander hergefallen. Ich wunderte mich über gar nichts mehr. Von meiner Abreise erzählte ich ihr nichts. Doch auf der Rückfahrt dachte ich nur an sie. Sie wird mir fehlen! Schließlich hatte sie mich zum schillernden Liebhaber gemacht. Vielleicht kommt mir das bei der Partnersuche zugute. Ob das in Norddeutschland ankam? Eine Bescheinigung, eine Art Leistungsnachweis hatte Rebekka mir nicht ausgestellt.

Abends ging ich mit gemischten Gefühlen zu Bett. Einerseits konnte ich wieder einmal viele Stunden durchschlafen, andererseits solch einen vergnügten, weiblichen Wonneproppen im Bett, das hat schon was! Doch die Entscheidung trafen andere.

Kurz nach Mitternacht stand Rebekka ganz ohne Gewand an meinem Bett und bat um mein erlösendes Ja, damit sie aus dem Schattenreich heraus in mein Leben und in mein Bett steigen konnte. Warum sie mir denn nachgereist sei, wollte ich wissen. Nun, sie hätte es gewiss nicht ausgehalten, bis ich wieder einmal nach Oberfranken kommen werde. Sie hätte da ein gewisses Suchtproblem! Tränen der Schuld wegen ihrer vermeintlichen Aufdringlichkeit wusste ich rasch zu beseitigen, indem ich sie kräftig in den Arm nahm. Warum sie denn nackt gereist sei, fragte ich. Nun, sie habe keine Koffer, antwortete sie, was ich nicht so richtig logisch nachvollziehen konnte. Dennoch vergnügten wir uns auf die gewohnte Weise, die uns beiden so guttat.

Doch ich erschrak, als ich aufwachte. Sie lag noch immer im Bett an meiner Seite – sie war nicht verschwunden- und die Sonne schien. Ich weckte sie und fragte, warum sie denn noch immer bei mir sei. Das sei ganz einfach, erklärte sie, bei mir gäbe es keine Hähne und demzufolge auch keinen Hahnenschrei. Das war allerdings logisch.

Über die Schürzenjägerei

Mein Name ist Jeremias Jollenstett und ich bin Vorsitzender des Vereins zur Rettung der Schürzenjägerei und Herausgeber des Vereins-Journals *Der Schürzenjäger*. Erlauben Sie mir, meinem Erfahrungs- und Einschätzungsbericht ein paar einführende Erläuterungen voranzustellen. Ich gestehe, dass ich nicht objektiv sein werde, weil ich ein glühender Anhänger dieser Sportart bin. Ich sehe aber, dass sich immer mehr Männer von diesem Brauchtum abwenden. Besonders die Jugend ist wenig aufgeschlossen. Wie konnte es soweit kommen, dass junge Männer von einem winzigen flirrenden Bildschirm mehr angezogen werden als von einem Rockzipfel oder Wimpernaufschlag?

Die Ursachen sind vielschichtig! Ich versuche sie zu ergründen in der Hoffnung, dass sich die Begeisterung für die Schürzenjägerei potenzieren lässt und sich damit deren Anhängerschaft verjüngt. Nun, die Passion der Schürzenjägerei ist ausschließlich Männersache und man beobachtet allerorten das Schwächeln dieses einst so dominanten Geschlechts. Wir beobachten eine Verweiblichung der Welt infolge der Hormonbelastung unserer Gewässer und deren unzureichende Entfernung aus dem Trinkwasser.

Lieber Leser verstehen sie meinen Beitrag als ein leidenschaftliches Plädoyer – hier schreib' ich nun und kann nicht anders, selbst wenn ein Schittstorm auf mich herniederbricht.

Die Schürzenjägerei ist uraltes Brauchtum. Sie wird seit dem Altertum ausgeübt, eigentlich seitdem es Kleidung gibt. Es ist ein Europäisches Brauchtum und wird ausschließlich vom Manne ausgeübt. Da der Mann zur Jagd verpflichtet war, um Familie, Stamm oder Sippe zu ernähren, beherrschte er auch die Kunst des Anpirschens, was ihm bei der Schürzenjägerei sehr zum Vorteil gereicht. Diese Sportart war fast überall in Europa international ausgeübt worden und durch Migration auch in den Überseegebieten wie Amerika und Australien verbreitet, falls nicht religiöse Gemeinschaften sie aus moralischen Gründen stigmatisierte. Als sogenannte Kernländer sind besonders die mitteleuropäischen Länder aber auch das Vereinigte Königreich und ganz besonders Schottland und auch Italien zu nennen. In Deutschland gab es eine starrköpfige Ausnahme, Württemberg. Im Gegensatz zur Schleifenschürze wurde in dieser Region die Kleiderschürze bevorzugt, die vorne verschlossen wird und damit von der Trägerin gut überwacht werden konnte. Mundartlich nennt man dort diese Kleiderschürze, das *Schaffeskleidle*, was allein schon durch den sächlichen Artikel *das* keinesfalls erotisierend wirkt. Mehrere Interventionen, dieses abtrünnige Fehlverhalten zu korrigieren, waren in der Vergangenheit fehlgeschlagen, sodass dies Territorium aufgegeben wurde.

Als Herausgeber des *Schürzenjägers* hatte ich mich nicht jahrelang, sondern jahrzehntelang um den Fortbestand und Wiedererstarken dieses Brauchtums bemüht. Ich schrieb Werbendes, Abschreckendes, zeichnete schwarz, malte rosa. Ich muss aber auch eingestehen, dass mir auch Fehler unterlaufen sind, sodass die Me-Too-Bewegung erstarken konnte. Dieser Bericht ist also nicht nur ein Plädoyer, sondern auch eine Beichte, verbunden mit der Bitte um Vergebung.

Die Schürzenjagd wurde in früheren Jahrhunderten unverhohlen und leidenschaftlich vom Adel betrieben. In Pfarrhäusern wurde sie ebenfalls aber deutlich weniger geräuschvoll ausgeübt. In beiden Fällen war weibliches Dienstpersonal vorhanden. Mit der französischen Revolution verschwanden großflächig der Adel und auch die klerikale Dreistigkeit und damit auch das benannte Brauchtum.

Auf niedrigerem Niveau vollzog sich jetzt die Jagd in Wirtshäusern, Trinkhallen, Werkstätten, Manufakturen, Bauernhäuser, Büros, Bussen, Krankenhäusern und Herbergen. Man griff niveaulos nach Kellnerinnen, Mägden, Dirnen, Stenotypistinnen, Waschfrauen, Marktfrauen, Marketenderinnen, kurzum mach allem, was halbwegs weiblich schien. Es hagelte Ohrfeigen und andere Derbheiten. Ich möchte mich nicht länger in diesem schändlichen Milieu aufhalten. Das gehobene Bürgertum pflegte ebenfalls die anspruchsvollere Variante der Schürzenjagd, allerdings mit weniger Personal.

So konnte sie abgelaufen sein, die adelige Schürzenjagd: die Magd oder die Mägde betraten den Speisesaal und servierten die zubereitete Jagdbeute des Schlossherrn. Gerieten sie in Reichweite eines männlichen Gastes oder des Schlossherrn, so griff dieser nach der Schürzenschleife knapp oberhalb des weiblichen Gesäßes und zog daran, denn er hatte ja eine Hand frei. In der anderen Hand hielt er allenfalls den Trinkbecher. Die Magd hielt mit beiden Händen den Braten und konnte sich demzufolge nicht wehren und verhedderte sich in Trägern und Bändern der Resttextilie. Sie musste den Braten erst abstellen. Ließ sie ihn fallen, wurde sie davongejagt oder es drohte ihr Schlimmeres. Der starke Ritter hob sie dann vor sich auf den Tisch. War sie willig, öffnete sie das Mieder; falls nicht, musste das ihr Gebieter tun, der sonst schon den Rock etwas lüftete. Er vollzog sodann vor aller Augen, das gefällige Intermezzo, auch vor den Augen der Frau Gemahlin. Dieser Zugriff galt als besonders mannhaft und war keinesfalls anstößig, selbst wenn Angehörige des Klerus anwesend waren. Dieser sprach dann das Tischgebet und lobte ausdrücklich die Manneskraft des Gastgebers. Auch die Magd empfand das Tun ihres Herrn durchaus nicht immer als Schande, war sie doch diejenige, die in Anwesenheit aller erwählt worden war. Schließlich blieben die anderen Mägde unbehelligt, falls nicht ein Gast seinerseits woanders zugriff.

Der weibliche Adel blieb von derlei Gelüsten verschont; es geziemte sich einfach nicht, solche Zudringlichkeit zu gestatten. Es wurde Empörung erwartet. Allerdings wuchsen wahre Heerscharen derart unbedarfter künftiger oder potentieller Aristokratengattinnen heran, sodass der frische, erwartungsvolle Ehemann auf Bewährtes zurückgriff, die Magd. Der Fortbestand der Schürzenjagd war gerettet.

Auch dem gehobenen Bürgertum war dieser Brauch geläufig, wenn auch die Gattin ein größeres Mitspracherecht hatte und deren Auftritte meist gefürchtet waren. Man sprach sogar von Skandalen, was gut ankam, fühlte sie sich doch der Adelsfrau näher, von der auch Empörung aber nicht mehr erwartet wurde. Ein weiteres Argument könnte den in Bedrängnis geratenen Ehemann schützen, denn er war sich ja niemals sicher, ob er tatsächlich der Erzeuger jener Kinder war, die sich bei ihm im Haushalt aufhielten.

Ein weiteres Lob soll helfen, zu verstehen, wie schützenswert die Schürzenjagd sei. Bei der Schürzenjagd fließt kein Blut und es gibt in der Regel keine Opfer. Einer Ehefrau lässt sich leicht die Jagdleidenschaft ihres Gatten erklären, wenn sie selbst nicht vernachlässigt wird, ihr Mann bei Kräften bleibt und der häusliche Frieden durch Einvernehmlichkeit gewahrt bleibt. Der Angestellten gesteht man die Position einer Aushilfskraft zu, die hin und wieder einspringt. Falls dieses Einspringen allerdings besser ankommt als das Original, ist der Konflikt vorprogrammiert. Diplomatisches Geschick ist nun gefragt!

Es sind aber vereinzelt Vorkommnisse bekannt geworden, wo der Jäger zu Schaden kam. In einem Herrenhaus in Wales war unter den weiblichen Angestellten ein Konflikt eskaliert, weil Lord Bubblegum nur einen kleineren Kreis von Mägden mit seiner Neigung bedachte. Die etwas älteren Mägde wurden übergangen. Die jüngeren wollten nicht solidarisch teilen. Es blieb nicht beim heftigen Wortwechsel, wo die Liga der Älteren auf ihren Vorsprung an reichlicher Erfahrung hätte hinweisen können. Der Lord wollte schlichten, versprach mehr Gerechtigkeit, Ausgewogenheit und gelobte Besserung. Er hielt sein Versprechen nicht. Der Grund war Überforderung; er musste sich entscheiden und entschied zu seinen Gunsten. Doch bei einem seiner routinemäßigen Besuche in der Küche, hatte er plötzlich eine Gabel im Oberschenkel nicht weit von seinem wertvollsten Gut. Die Wunde heilte zwar gutartig, er wurde aber ängstlich und mied fürderhin ganz die Küche und widmete sich ausschließlich der Gattin. Aber wo gibt es sie nicht die Enttäuschung am Arbeitsplatz? Man hatte so viel vom Vorgesetzten und dessen Männlichkeit erwartet und muss sich nun mit weitaus Geringerem zufriedengeben.

Als geradezu eine Lichtgestalt in der internationalen Gemeinde der Schürzenjäger erwies sich Lord Hammersmith in Schottland. Er bewohnte ein prächtiges Anwesen im unteren Teil des schottischen Hochlandes. Während der britischen Kolonialzeit gelang es ihm, ein üppiges Vermögen mit dem Teehandel und ein paar Illegalitäten anzuhäufen. Entgegen der bekannten Vorurteile gegenüber den Schotten, war er alles andere als geizig, er war ausnehmend großzügig, am meisten zu sich selbst. Das Anwesen wurde innen und außen prächtig ausgestaltet. Ich war oft bei ihm zu Gast und hörte gern seine Geschichten. Er erwarb sehr viel Land, das allerdings nur an der Vorderseite des Gebäudes parkähnlich angelegt war. Nach hinten hielt er es naturbelassen. Das erwies sich als ökologisch sinnvoll, denn er bezog sehr viel an köstlichen Beilagen zu seinen Speisen gerade aus diesem Teil seines Besitzes, wie Pilze, Beeren und frisches, reines Wasser aus einer Quelle, die nur für ihn sprudelte und der man geheimnisvolle Heilkräfte zusprach. In Wirklichkeit erwies sie sich nur nicht als hormonbelastet.

Ihm diente ein total traditionsorientierter Butler, der schweigsamer als ein Grab war und demzufolge jedes überflüssige Wort vermied. Wenn ich Lord Hammersmith besuchte und den Butler durch Betätigung des schwergängigen Türklopfers herbeiholte, musterte er mich, hielt mir mit seinen makellos weiß behandschuhten Händen ein Silbertablett hin, auf das ich meine Visitenkarte zu legen hatte. Dann schloss er die Tür. Wenn ich angemeldet war, erschien er erneut und öffnete weit die Tür, sodass ich eintreten konnte. Ein kurzer prüfender Blick, ob ich Gepäck mit mir führte, ein zweimaliges Schnipsen mit den Fingern und ein Boy trug es in mein Gästezimmer. Einmal erschien ich ohne Anmeldung, er öffnete zwar, nahm meine Karte entgegen aber erschien nicht wieder. Als ich mein erneutes Klopfen übertrieb, erschienen zwei Hunde, aus deren Blicke ich zweifelsfrei ablesen konnte, dass ich sofort zu verschwinden hätte.

Vermutlich erhielt er einen Verweis, denn als ich das nächste Mal erschien und einfach so fragte, wie es ihm denn so ging, antwortete er, es gehe jetzt etwas besser, nachdem nun siebzehn Schürzen in Gebrauch seien; eine sei allerdings erkrankt.

Lord Jeff Hammersmith war ein freundlicher, fröhlicher Mensch, jungenhaft, geradezu altersneutral. Die Jahre zogen zwar an ihm vorbei, schienen ihm aber nichts anhaben zu können. Wir kamen stets leicht ins Gespräch. Er berichtete freimütig, unverstellt, und zeigte mir stolz all seine neuen Errungenschaften. Unvergesslich sind mir die Stunden mit ihm am Kamin, wenn er erzählte... und er erzählte so bildhaft, so lebendig, sodass fast ein Film vor meinen Augen erstand.

Ich sprach ihn auf den veränderten Butler an. Jeff nickte:

„Ja ich habe ihn ermahnt, aber freundlich, denn ich mag ihn sehr. Er ist absolut zuverlässig und unersetzbar. Ich schätze sein unerbittliches Bekenntnis zu Tradition und Diskretion. Ohne ihn könnte ich mir meine Extravakanzen nicht leisten. Er diente schon zu Zeiten meines Vaters hier."

Um mein Thema nicht zu verfehlen, lassen Sie mich zur Schürzenjägerei zurückkehren, die Jeff geradezu zu einem kunstvoll üppigen Ritual ausgestaltete. Was war sein Geheimnis? Das waren seine Kreativität, sein Ideenreichtum, seine Genusssucht, seine Großzügigkeit und natürlich seine Performance. Seine Reputation gereichte weit über die Grenzen seiner Grafschaft hinaus, so dass er sich keine Sorgen um weiblichen Nachwuchs machen musste. Die Auswahl traf der Butler, der es verstand, so manche Träne zu trocknen, falls eine Bewerberin abgewiesen werden musste.

Seine Jagdvariante war mehr eine Art Treibjagd und wurde per Hornstoß angekündigt. Sie unterschied sich jahreszeitlich und wurde wetterbedingt gelegentlich verschoben. Das Wetter war in Schottland unvorhersagbar. Der Butler war angewiesen worden, das weibliche Küchenpersonal antreten zu lassen. Da es bereits achtzehn Mägde waren, musste der Lord eine Auswahl treffen, bei der ihm der Butler behilflich war, um niemanden zu benachteiligen.

Meist wählte der Lord fünf aber auch mal acht Mägde aus. Auffallend war, dass er im Frühling mehr zur Jüngeren, im Herbst dagegen mehr zur Älteren tendierte. Aber es gab auch die gemischte Hatz.

Hatte der Lord seine Wahl getroffen, erhielt jede ein Goldstück. Er kniff sanft lächelnd in die Wange der Erwählten und derb in die Backe weiter unten. Mit einem artigen Knicks bekundete die Erwählte, dass sie die Wahl annimmt. Niemand wurde gezwungen.

Im Frühjahr verlief die Jagd etwas pikanter und Einzelheiten wurden vor der Presse im puritanischen England geheim gehalten. Die Mädchen wurden angewiesen, auszuschwärmen und Beeren zu sammeln. Die Beeren waren von dunkelroter Farbe und Flecken dieser Frucht konnten kaum noch aus befleckten Textilien entfernt werden. Daher erhielten die Mägde neben einem Korb eine dunkelrote Schürze und leichte Sandalen, damit sie eine Chance hatten, zu entfliehen – sonst nichts. Von nun an verlief alles in tiefer, gespannter Stille. Sowohl Jäger als auch Beute verhielten sich mucksmäuschenstill. Niemand wollte entdeckt werden. Die Beute war etwas benachteiligt; die dunkelrote Farbe ihrer Schürzen entsprach zwar der Farbe der Beeren, aber da sie meist gebückt durch die Beerenbüsche huschten, verrutschte meist das Gewand. Der Jäger blieb oft wie gebannt stehen beim Anblick all der vielen unterschiedlich geformten Gesäße. Das verschaffte wiederum der Beute einen Vorteil. Wenn es dem Jäger gelang, sich nahe genug anzuschleichen, sprang er auf und griff zu. Vom Opfer wurde erwartet, dass es sich verteidigte und Widerstand leistete; Kratzen und Beißen waren durchaus erlaubt. Der Verlauf der Rangelei war anhand der unterschiedlichen Geräusche nachvollziehbar. Noch Ungejagte konnten sich nähern, sich anbieten und somit den Jäger täuschen oder sich in Sicherheit bringen. Doch nicht immer ist die Unterlegene auch die Besiegte. Es gelingt ihr die Flucht, der Jäger dicht hinter ihr. Schreie der Begeisterung, denn genau das macht Spaß. Welch doppelte

Wonne, wenn sich Jäger und Gejagte schweißüberströmt und keuchend in die Arme schließen können. Das ist dann schon eine Extraguinee wert.

Das Wildern war auf dem Gelände von Lord Hammersmith strengstens untersagt. Zuwiderhandelnde hatten mit unappetitlichen Strafen zu rechnen.

Im Licht der untergehenden Sonne nahmen alle ein Bad im Fluss mit dem unaussprechlichen Namen, falls die Wassertemperatur das zuließ.

Die Herbstvariante galt dem Sammeln der Pilze. Die Kleidung sollte etwas wärmen, denn die älteren Mägde nahmen teil. Die Stimmung war anders, sinnlicher, inniger. Statt wilder Hatz versammelte sich die Beute mehr um, unter und über Lord Hammersmith. Auch der Herbst hat seine schönen Tage und blieb in freudiger Erinnerung.

Ich hatte einmal die Gelegenheit, mit der Gattin des Lords allein zu sprechen. Sie litt nicht unter der Lebensfreude ihres Gatten; sie empfand die Umtriebe in gewisser Weise sogar entlastend. Es bliebe genug für sie übrig. Ihr Mann sei ein fleißiger Mann. Wenn er stets korrekt die Hygienevorschriften beachtet, sollte es ihr recht sein. Zur Ruhe mahnend, schritt sie nur hin und wieder ein, wenn die Hatz in den Gängen des Schlosses stattfand. Außerdem hätte sie das alles vor der Eheschließung gewusst. Sie hatte das angenehme Leben vor Augen... und dann beugte sie sich an mein Ohr und sagte mit gedämpfter Stimme:

„Auch habe ich nicht das geringste Interesse daran, so wie Maria Stuart zu enden. Auch das sei schottischer Brauch!

Da beging sie etwas Geschichtsklitterung; aber wer korrigiert schon eine Baroness?

„Doch mein Vater war an Einfallsreichtum unschlagbar. Unser Butler erzählt nichts, mir schon gar nicht!" berichtete der Lord bei einem reichlichen Glas Whisky vor dem Kamin.

„Mein Vater erzählte sie mir, um auszutesten, wie ich veranlagt sei. Mein Vater war in die Jahre gekommen. Den Strapazen der Schürzenjagd war er nicht mehr gewachsen. Dennoch wollte er nicht den Leckereien, die Mägde für ihre Herren bereithielten, entsagen. Er ersann eine Variante. Er besprach sich mit dem Butler, denn er benötigte dessen Beihilfe. Mein Vater positionierte sich in der Mitte seines Gemachs als die Skulptur eines antiken griechisch-römischen Jünglings – natürlich stilecht unbekleidet. Der Butler sollte nun eine Magd bestimmen, der er einen Staubwedel aushändigte mit dem Auftrag, im Gemach des Lords eine Statue abzustauben. Sie solle gründlich, umsichtig und sorgfältig vorgehen; denn nach einer Weile würde die Statue zum Leben erwachen, Säfte würden in die Lenden des alten Lords einschießen. Er wird nach dem Mädel greifen, und da das aristokratische Bett zum Greifen nahestand, würde es zu einer längeren Danksagung kommen. Die Mägde sollen es gemocht haben, schon wegen der funkelnden Edelmetallmünzen.

Ich versuche, mich zu erinnern, wann und wie das Blatt sich wendete. Ich meine, es geschah wie ein Paukenschlag mit einer Pressemitteilung. Es liegt schon ein paar Jahre zurück. In einem Londoner Nobelhotel wurde ein deutscher Tennisstar von einer Hotelbediensteten in eine Besenkammer gezerrt und seines Samens beraubt. Ein unglaublicher Vorgang – das Imperium schlägt zurück! Rasch bildete sich eine ansehnliche Anhängerschaft dieser Jagd. Fast könnte man meinen, das Magazin *Der Schürzenjäger* sei kopiert worden. Das von der anderen Seite heißt *Die Amazone* und hat bereits eine beachtliche Auflage. Auch dort werden Erfahrungsberichte veröffentlicht, wahre oder erflunkerte, keiner kontrolliert's. Vorgeschlagen wird zum Beispiel, auch in Rudeln vorzugehen, das oder die Opfer aufzufordern sich zu ergeben und hinzugeben. Der Rest geschieht ganz von allein. Es stellt sich die Frage, können wir Männer noch furchtlos durch die Straßen gehen? In Pubs ist man geschützter. Was, wenn der Taxifahrer eine Fahrerin ist und Sie in der Abgeschiedenheit eines Parkplatzes Sie sich vornimmt? Müssen wir Toleranz heucheln und diese Umtriebe erdulden, gleiches

Recht für alle? Was, wenn die Schwester den Arzt mit einem stumpfen Skalpell bedroht, falls nicht endlich mal was passiert? Sind wir diesen Auswüchsen gewachsen? Sind wir denn nicht hilflos dem überwältigenden Charme so mancher Angreiferin ausgeliefert?

Ich schlage Verhandlungen vor und strebe eine einvernehmliche Lösung an, wenn auch die Anatomie eine unterschiedliche Vorgehensweise diktiert. Das halte ich für überwindbar.

Aber wir sollten auf einer Klausel bestehen, damit die letzten Exemplare der Machos als eine vom Aussterben bedrohte Spezies anerkannt werden. Man sollte ihnen den Schutz eines Zoos anbieten, wo sie überleben können, denn wer weiß, vielleicht braucht man sie eines Tages wieder.

Kein Schiff soll kommen...

Ein dumpfer Schlag, ein kurzes, hässliches, ratschendes Kreischen riss ihn aus seinem oberflächlichen Schlaf. Das Boot schüttelte sich und geriet vom Kurs ab. Er sprang aus dem Bett und eilte an Deck. Das Boot stand praktisch still. Wasser rauschte. Er sprang unter Deck. Wasser war eingedrungen und stieg entsetzlich schnell an. In der Bordwand steckte ein widerlicher, rostiger Fremdkörper. Eric hatte doch gestern den Antikollisions-Sensor angestellt. Er rannte wieder nach oben. Dort sah er das Übel: ein im Sinken befindlicher Container trieb kopfüber knapp unter der Wasseroberfläche. Eine Luftblase hielt ihn offenbar in der Schwebe. Diese Kollision war ein extrem unwahrscheinliches Ereignis – und es geschah ausgerechnet ihm. Doch niemand traf eine Schuld; das Ortungsgerät war nicht für unter der Wasseroberfläche treibende Objekte ausgelegt. Das Boot kränkte bereits und nahm immer rascher Wasser auf, es sank. Das Rettungsboot war problemlos einsatzfähig; es blies sich stramm von alleine auf. Eric konnte sich retten – zumindest für den Moment, aber es blieb ihm keine Zeit, etwas mit von Bord zunehmen. Als er dann endlich im seinem schwankenden Gummiboot kniete und zusah, wie sein schmuckes Schiff in einem Kranz von Luftblasen versank und den heimtückischen Container mit sich riss, wurde ihm so recht seine Lage bewusst: er trieb in einem winzigen Boot in den Weiten des Ozeans, ohne zu wissen, wie das glimpflich ausgehen sollte. Er wusste nicht, welche Strömung ihn wohin trieb. Zwar war ein Notvorrat an Lebensmitteln und Trinkwasser an Bord, sogar ein Überlebensstrohhalm aber keine Landkarten und kein Navigationsgerät. Das zwar vorhandene aber winzige Paddel war kaum geeignet, ihn gezielt irgendwohin zu befördern. Verzweiflung pur! Das gewaltige Heer an glitzernden Sternen über ihm deutete ihm einigermaßen sicher die südliche Himmelsrichtung an; außer stiller Erhabenheit boten sie weder Mitgefühl noch Tröstliches an. Zum Glück fiel es ihm schwer, all das korrekt zu verarbeiten, was sich da in den letzten Minuten ereignete. Hätte Eric es tatsächlich bis in die letzte Konsequenz begriffen, wäre er wohl auf der Stelle wahnsinnig geworden.

Er gab es auf, irgendwo hin rudern zu wollen – wohin auch? Noch war es Nacht, aber bald würde die Sonne aufgehen. Er musste etwas finden, um sich zu schützen, auch vor eventuellem heftigem Tropenregen. Aber andererseits konnte er das saubere Regenwasser sehr gut gebrauchen. Er wollte es auffangen und eher riskieren, dass das Boot vollläuft.

Visionen und irreale Fantasien rasten ihm durch den Kopf, unterhielten ihn wie Videoclips. Die Realität gab nicht viel her, und wenn dann nur Verzweiflung und Monotonie. So überließ er sich dieser Parallelwelt, bis er nicht mehr wusste, ob er wach war oder schlief. Sein Körper bot alles auf, um zu überleben. Er wünschte sich, er müsste sich nicht mehr so sehr anstrengen und dem Leid ein Ende bereiten. Auf die Vision beim Hinüberschreiten freute er sich schon.

Doch was war das? Das Schaukeln hatte aufgehört. War er schon drüben? In seinem Kopf drehte sich noch alles; er hatte sich so sehr an das Hin-und Herschwanken gewöhnt, dass es ihm schon vertraut war. Und nun Bewegungslosigkeit... Er hörte etwas hinter sich heranrauschen, fast donnernd. Das

Boot schurrte über Sand, dann wurde es angehoben und mit Wucht nach vorn geschleudert. Eine Windbö riss das leichte Boot mit sich, während er auf Sand stürzte und Sand in seinem Mund schmeckte. Soll das der Übergang ins Leben nach dem Leben sein? Dann haben sich viele Heilsprediger aber gewaltig geirrt.

Wieder etwas Irritierendes, Stimmen! Soll das der Gesang der Engel sein, der ihn im Paradies empfängt? Er hob etwas den Kopf. Er sah Füße, nackte weiße Füße aber auch dunkelhäutige. Er sah höher, sah Knie, weiße aber auch dunkelhäutige Knie.

Eine Stimme warnte:

„Sei vorsichtig! Es ist ein Mann! Er ist gefährlich!"

„Nein, er ist nicht gefährlich, zumindest jetzt im Augenblick nicht!" beruhigte die erste Stimme.

„Holt die Karate-Schwestern! Sie sollen ihn wieder ins Meer werfen! Besser wäre es, ihn gleich zu begraben! "

„Wir haben uns Gewaltlosigkeit geschworen..."

„Aber auch Kampf und Vernichtung des Bösen!"

Er sah höher. Er glaubte es nicht, aber es konnte nicht eindeutiger sein! Ein kräftiger Schlag traf ihn im Genick; sein Gesicht sank in den Sand. Aber er hatte es gesehen! Dazu brauchte man kein Arzt zu sein, etwa ein gutes Dutzend Frauen, alle unbekleidet, standen um ihn herum. Sie trugen unterschiedliche Dinge in den Händen. Andere hielten sich reflexartig ihre Hand davor. Aber sie trugen keinerlei Kleidung, allenfalls eine Kopfbedeckung.

„Die Gewählte muss informiert werden! Wir müssen sie holen!" rief jemand.

„Das wäre ja noch schöner! Unser Eindringling wird zu ihr gehen. Er wird vor ihr knien und seine Blicke im Zaum halten. Los, fesselt ihn! Treibt ihn vor uns her zu ihr, unsere Herrscherin!" befahl die Grausame.

Sie gingen nicht zimperlich mit ihm um. Das, was von seiner Kleidung übriggeblieben war, wurde ihm fest um die Lenden gezurrt.

„Wage es ja nicht, dich vor uns zu entblößen. Falls dir ein Missgeschick passieren sollte, wird dies das letzte Mal sein, denn danach wird davon nichts mehr übrigbleiben!" versprach die Grausame.

Er wurde eine Anhöhe hinaufgeführt. Es mangelte nicht an Stockschlägen, um ihn voranzutreiben. Sie betraten einen gepflegten Garten, der fast schon an einen botanischen Garten erinnerte. Die Brandung verstummte; ein lieblicher Vogelgesang log von Frieden und Versöhnung.

„Senk' deine Blicke! Wir sind nicht auf unerwünschte Besucher eingestellt. Wir können dir auch ein für alle Mal das Glotzen abgewöhnen, wenn du nicht spurst!" belehrte man ihn grob.

Er erkannte ein paar Stufen zu einer Terrasse.

„Lasst ihn! Ich habe die Unruhe vom Strand vernommen. Dieser Eindringling ist also die Ursache dieser Unruhe; er bringt Unfrieden, Disharmonie!" Es war eine weibliche Stimme, kalt und kräftig. Sie duldete keinen Widerspruch.

„Sieh mich an, wenn ich mit dir spreche und beuge deine Knie!" befahl sie. „Was willst du?"

Ich sah auf und erblickte eine große, kräftige aber dennoch schlanke, sehr apart aussehende Frau. Sie saß in einem großen, geflochtenen Korbsessel, im Schatten eines üppig blühenden Baumes. Eine gesprenkelte Orchidee zierte ihr pechschwarzes Haar. Ihr einziges Kleidungsstück bestand aus einer filigranen, schneeweißen Korallenkette. Sie hatte hellblaue Augen, die ihn mit stechendem Blick eiskalt musterten. Ihr Körper war von makelloser, kräftiger aber dennoch sehr femininer und harmonisch ausgestalteter Statur und nahtlos gebräunt.

Er kannte ihren Namen nicht und nannte sie Herrin:

„Herrin, ich habe Schiffbruch erlitten. Mein Rettungsboot wurde hier an diesen Strand getrieben. Wenn ich es könnte, würde ich Euch sofort wieder verlassen, da ich unerwünscht bin!"

„Das kann stimmen oder auch nicht. Du wirst unsere Insel keinesfalls lebend verlassen. Du würdest uns verraten! Du bist ein schändlicher Mann und gehörst zu der bösartigen Gattung der Menschheit."

Sie winkte einer Dienerin und flüsterte ihr etwas zu. Die Dienerin sah sie entsetzt an. Die Herrin deutete auf mich:

„Tu', was ich dir sage!"

Das Mädchen kam auf ihn zu. Sie hatte Angst. Blitzschnell und mit einem Ruck entriss sie ihm das verschlissene Lendentuch. Die Herrin grinste auf eine Weise, die nicht zu ihr passte:

„Ich will dich demütigen! Du sollst dich schämen auf der Insel der Frauen!"

„Wo bin ich hier?" fragte er.

„Das geht dich gar nichts an! Du hast kein Recht, Fragen zu stellen! Was geschah mit deinen Kameraden und all den anderen Personen, die auf dem Schiff waren. Wir wollen uns wappnen, wenn hier noch mehr von deiner Sorte angeschwemmt werden!"

„Ich war allein unterwegs, in einem Segelboot. Ich war ein Alleinsegler!" antwortete er.

„Männer lügen für gewöhnlich! Das kann also wahr sein oder auch nicht! Ich werde auf unserer Insel zu erhöhter Wachsamkeit aufrufen! Womöglich steht uns eine Invasion bevor!"

„Ich schwöre, ich war allein. Mein Boot ist mit einem Container kollidiert und gesunken." wiederholte er.

„Männer leisten Meineide! Du musst sehr reich sein, wenn du dir ein solch teures Hobby leisten kannst! Was bist du, damit ich dir erklären kann, dass wir keine Verwendung für dich haben!"

„Ich bin Arzt, Chirurg! Es stimmt, ich hatte ein gutes Einkommen. Ich hatte Frau und eine Tochter. Meine Frau ist sehr schön; sie hat mich wegen meines Wohlstandes und unserer gesellschaftlichen Stellung geheiratet. Ich hatte Schichtdienste, auch Nachtdienste und Sonderdienste an Wochenenden. Meine Frau war ungehalten, wenn ich nicht zu Hause war, war eifersüchtig und misstrauisch."

„Sie wird ihre Gründe gehabt haben. Nur du weißt, wie vielen Schwestern du das Herz gebrochen hast."

Eric wagte nicht zu widersprechen; er hatte schon genug Schläge bekommen.

„Sie quälte mich mit einer angeblich ständig wachsenden Zahl von Verehrern, denen sie Vergnügen bereitet haben will. Sie verschwand für eine Woche, nahm unsere Tochter mit, um mich zu warnen. Ich begann zu trinken, machte Fehler bei der

Arbeit, gefährdete Menschenleben. Ich wurde verwarnt. Ich wurde ein lausiger, gefährlicher Chirurg und wurde gefeuert. Anne, meine Frau, verschwand mit unserer Tochter. Sie nahm einen gehörigen Batzen meines Geldes mit, forderte mehr. Ich verkaufte alles, Auto, Haus, Grundstück, kaufte das Segelboot und verschwand ebenfalls. Niemand sollte wissen wohin. Sicher, mein Boot und mein Kurs wurden geortet, aber seit es gesunken ist, nicht mehr. Ich existiere nicht mehr; niemand wird mich vermissen!"

„Eine rührende Geschichte; leider nicht überprüfbar. Hier bist du jedenfalls zur falschen Zeit am falschen Ort und als Fremdkörper vollkommen unerwünscht."

„Warum sind hier nur Frauen?" wagte er zu fragen.

„Das geht dich überhaupt nichts an. Wir werden entscheiden, was mit dir geschehen soll. Hier wirst du niemand finden, der auch nur das geringste Mitgefühl mit dir hat. Wir werden dich zu deiner Sicherheit einsperren. Du ahnst nicht, was mit dir geschehen würde, wenn du hier frei herumläufst. Und du hast nicht das Recht, dich zu wehren. Finde dich damit ab!

Und jetzt geh und verdirb' mir nicht den Rest des Tages mit deiner Anwesenheit! Wir werden im Rat der Zwölf beraten und dir unseren Beschluss mitteilen!"

Sie hob die Hand. Die beiden kampferprobten Frauen ergriffen ihn roh, fesselten ihn und führten ihn ab. Sie sperrten ihn in eine Grotte, die verschlossen war und reichten eine Schale Früchte durchs Gitter. Trinken könne er von den Wänden, an denen das Wasser herablief, rieten sie ihm. Die Stille ließ ihn tief durchatmen, half ihm aber nicht zu entspannen. Er sah keinen Ausweg für sich. Doch was war das hier? Er hatte nie davon gehört: eine Insel, auf der nur Frauen leben? Das müsste sich doch herumgesprochen haben. Die Frauen, die hier sind, müssen doch anderswo vermisst werden!

Derweil verbreitete sich die Nachricht über den männlichen Eindringling über die ganze Insel. Überall reagierten die Insulanerinnen mit Entsetzen und Wut. Die Gerüchteküche hatte Hochkonjunktur. Was wollte er hier? Die Geschichte mit dem gesunkenen Segelboot und er, der einzig Überlebende, und ausgerechnet hier gestrandet, das glaubte keine! Alles nur fingiert und vorgetäuscht. Dabei hatten sie doch diesen Ort präzise ausgesucht, fernab der großen Schifffahrtsrouten. Sie waren hier, damit niemand sie findet. Gewiss, die Fernaufklärung über Satelliten und Nachrichtendienste waren verfeinert worden. Drohnen hatten sie nie gehört. War das ein Werk von Google oder Amazon, die kein Fleckchen des Planeten unentdeckt und unbeliefert lassen wollten? Trug der Eindringling ein Ortungsgerät bei sich? Ist er der Vorbote einer noch weitaus verheerenderen Invasion? War das das Ende ihres Traums, ihres Experiments? Es gab nur ein Gesprächsthema, ihn, die Bedrohung. Sie hatten sich so sehr gewünscht, dass dieses Gespräch niemals hätte stattfinden sollen.

Noch vor Sonnenuntergang trafen sich die zwölf Beraterinnen der Gewählten im Schutz der Palmen. Sie saßen im Kreis. Um sie herum gruppierten sich jene, die es möglich machen konnten, zu erschienen und nahmen schweigend Platz. Die Vorsitzende ergriff die jeweils rechte und linke Hand der Nachbarin; diese taten es ihr gleich und der Kreis schloss sich. Ein Augenblick der Stille trat ein.

Die Vorsitzende erhob ihre kräftige Stimme:

„Die Zeit des Friedens und der Harmonie auf diesem gesegneten Eiland ist vorbei. Ein Mann ist erschienen und mit ihm die Erinnerung an Bedrohung, Schmerz, Unterdrückung, Erniedrigungen, Misshandlungen und Herabwürdigungen. Wir wähnten diese Last als ein für alle Mal überwunden. Unsere Schöpfung, unser Lebensraum ist in Gefahr. Ich habe mit dem Eindringling gesprochen. Er behauptet, als Schiffbrüchiger durch Strömung und Winde hier an unseren Strand getrieben worden zu sein. Wir können das glauben oder nicht. Einziger Fakt ist, er ist hier. Er ist geschwächt; es scheint momentan keine Gefahr von ihm auszugehen. Doch das wird sich schon bald ändern; dann wird er zur Gefahr. Was sollen wir tun?"

Eine der Beraterin antwortete spontan:

„Wir schicken ihn dahin zurück, wo er hergekommen ist, aufs offene Meer!"

„Das war auch mein spontaner Gedanke!" entgegnete die Leiterin. „Doch was ist, wenn er durchkommt, uns und unseren Standort verrät? Er beherrscht die Navigation. Eine Invasion mit all ihren Folgen wäre unser Untergang."

„Wir könnten ihn töten!" schlug jemand anderes vor.

„Das verstößt gegen unser aller Gelöbnis der Gewaltfreiheit; wir wollten gerade hier eine Gesellschaft der Friedfertigkeit etablieren!" korrigierte die Vorsitzende.

„Wir könnten ihn foltern, um ein Geständnis hinsichtlich seiner wahren Absichten zu erpressen!" meinte jemand mit hasserfüllter Stimme.

„Folter führt nicht zur Wahrheit. Der Delinquent gesteht alles, was der Verhörende hören will. Diese Geständnisse sind fragwürdig bis wertlos!" mahnte die Vorsitzende.

„Wir könnten ihn in lebenslange Haft nehmen!" meinte jemand anderes.

„Das fehlte noch, dass wir ihn lebenslang durchfüttern!" rief jemand.

„All das habe ich auch schon überdacht! Wir denken in Kategorien von Wut, Hass und Vergeltung! Das verstellt uns den Blick für klares Denken, für Alternativen." argumentierte die Vorsitzende.

Eine Besonnene dachte laut:

„Er ist nun mal hier! Wir werden ihn nicht los, ohne unsere Werte zu verletzen. Was, wenn wir ihn mit Arbeiten, schwierigen Aufgaben und Diensten eindecken, ihn benutzen, als unseren Bediensteten verwenden. Wir lassen ihn am Leben, aber er hat eine Menge an Auflagen zu befolgen und wenn er nicht spurt, wird er bestraft!"

„Das klingt mir zu freundlich, zu human! Bedenkt, was seinesgleichen uns angetan haben!" protestierte jemand aus der Menge.

„Gesteh' ihm den Status eines Sklaven zu! Er ist rechtlos! Er hat nur zu gehorchen! Er ist deiner Willkür ausgeliefert! Er darf sich nicht wehren!" besänftigte die, die den Vorschlag vorgetragen hatte.

„Das Dach meiner Behausung ist eingestürzt. Er könnte es reparieren. Wir könnten ihn zu schweren Arbeiten heranziehen. Wenn er sich bewährt, muss er des Nachts nicht mehr in Ketten schlafen!" ließ sich eine andere Stimme vernehmen."

Eine aus dem Kreis der Beraterinnen meldete sich zu Wort:

„Wir ließen bisher einen Aspekt außer Acht, weil er für uns selbstverständlich ist: wir alle laufen und leben hier, ohne uns zu bedecken! Wir sind alles Frauen und es ist unter diesen Lebensumständen hier nicht möglich, Textilien sauber zu halten; Ersatz können wir nicht beschaffen; die, die wir mitbrachten, sind längst verschlissen. Jetzt ist dieser Mann hier… wie soll er sich bewegen?"

„Was wird ihn am meisten demütigen?" rief eine andere.

„Was würde sein Anblick bei uns auslösen?" fragte jemand mit Entsetzen.

„Das ist doch das, was sie immer wollten, die Männer, möglichst viele nackte Frauen sehen! Er wird sich wie im Paradies fühlen!"

„Stopp, ihr alle, bevor das hier aus dem Ruder läuft." mahnte die Gewählte. „Das hier ist unser Reich! Hier gelten unsere Gesetze und Annehmlichkeiten. Wir haben keine Veranlassung, irgendetwas daran zu ändern. Er hat sich nach uns zu richten und unsere Anweisungen zu befolgen. Wenn das nicht funktioniert, hat er die Folgen zu tragen. Als Beispiel, wenn irgendjemand von uns den Eindruck hat, er glotzt mich unverschämt an, dann knallt ihm eine, oder nehmt einen Stock zu Hilfe. Wir müssen lernen, furchtlos ihn nach unseren Vorstellungen zu erziehen. Vielleicht ist er ein gutes Leerstück für einige von uns!"

„Seine Kleidung wird sich ebenfalls auflösen. Was tun wir dann?" fragte die Besorgte.

„Das bestimmen wir, jede einzelne von uns. Er wird sich daran gewöhnen müssen, dass ihm seine körperliche Besonderheit keine Privilegien verschafft! Wenn wir ihm begegnen, jagt ihn weg; gebt ihm keinen Raum! Vielleicht wird sich das Rückgrat bei so mancher von uns aufrichten. Wir sind kräftig und wir herrschen!"

„Müsste es nicht heißen: frauschen?" meinte eine und manche lachten.

„Du, bei der das Dach eingebrochen ist, sei die erste und befiehl ihm, morgen das Dach zu richten. Hol' dir Hilfe, falls du meinst, du schaffst es nicht allein!" Mit diesen Worten beendete die Vorsitzende diese Besprechung. Die Anwesenden zerstreuten sich in alle Richtungen. Ein prachtvoll farbiges Abendrot half ihnen, den Weg zu finden.

Eine der älteren Beraterinnen begleitete die Vorsitzende zu ihrem Haus auf der kleinen Anhöhe. Sie bat um ein Gespräch unter vier Augen. Die beiden Frauen setzten sich auf die Terrasse.

„Nun meine Freundin", ermunterte sie die weise Frau. „Was liegt dir auf dem Herzen."

„Nun, es ist etwas, was ich nicht in Gegenwart der anderen ansprechen wollte, zumindest jetzt noch nicht. Wir müssen geschickt Vorarbeit leisten, bis die Zeit gekommen ist!"

„Du machst es spannend!"

„Du weißt, ich gehe oft gedanklich andere Wege!"

„Das weiß ich! Deshalb sind wir ja auch gute Freundinnen!"

„Danke, das zu hören! Du erinnerst dich, ich gehörte damals zu denjenigen, die dieses Projekt hier ins Leben riefen!"

Die Vorsitzende Sonja, nickte:

„Ja, das war klug, ein Vokabular zu entwickeln, mit dessen Hilfe wir gefahrlos im Netz kommunizieren konnten, ohne mit unseren Plänen der Internetspionage oder den Geheimdiensten aufzufallen. Eine internationale Verbindung misshandelter Frauen entstand, die letztlich hier auf dieser Insel des Friedens ihre Verwirklichung fand. Wir haben auch hier unsere

Streitigkeiten und Konflikte, die sich bisher alle dauerhaft beilegen ließen, weil der Wille dazu da ist!"

„Aber ich bin nicht hier, alte Erinnerungen zu beleben. Du weißt, ich gehöre zu den Älteren hier und mache mir deswegen wohl auch andere Gedanken!" entgegnete Sarah, eine einstige Amerikanerin. „Meine Gedanken beschäftigen sich mit unserer Zukunft und das Auftauchen dieses Mannes hat dieses Thema wieder an die Oberfläche gespült. Denn die Gewalt, auch die gegenüber Frauen ist nicht verschwunden."

„Daran wird sich wohl auch kaum etwas ändern, solange sie religiös gerechtfertigt werden kann!" warf die Vorsitzende ein.

„Wir sollten auch soweit ehrlich sein und nicht vergessen, dass es auch hier Gewalt gab, aus unseren ideologischen Gründen. Schwangere Frauen, die hier auf unserer Insel Kinder zur Welt brachten, brachten auch Jungs zur Welt; alle als Folge von Vergewaltigungen. Doch keiner überlebte, weil die Hebammen von uns klare Anweisungen erhielten, dafür zu sorgen. Den Müttern sagten wir, es seien Todgeburten gewesen. Auch unsere Gründung geschah auf dem Fundament von Gewalt. " erinnerte Sarah.

„Ich weiß!" nickte Sonja ernst. „Das Virus des totalen Ausmerzens steckte damals noch in unser aller Knochen.

Beide seufzten. Eine Pause entstand. Nachdem sich Sarah gesammelt hatte, fuhr sie fort

„Wir können Korrekturen vornehmen!"

Sonja sah auf:

„Was meinst du?"

66

„Dieser Gestrandete kann unsere Chance sein... Wir sollten ihn gründlich studieren. Er ist ein gebildeter, erwachsener Mann, der auch Schlimmes erlebt hat. Was wir nicht wissen ist, welche Lehren er aus seinem Schicksal gezogen hat. Wir dürfen nicht vergessen: Jeder Macho hat eine Mutter! Es waren Mütter, die Jungs zu Machos werden ließen. Der Gestrandete hat hier genügend Anschauungsmaterial; er hat hier Gelegenheit, Frauen der unterschiedlichsten Temperamente zu begegnen. Seien wir ihm Vorbild! Er wird umlernen, wenn er neue Erfahrungen macht!"

„Dein Optimismus in Ehren, liebe Freundin. Ich teile ihn nur begrenzt. Mag sein, dass auch wir dazu lernen sollten. Doch es muss ein für alle Mal unmissverständlich klar sein, wer hier das Sagen hat und das sind im Zweifelsfall wir!"

„Da hast du Recht. Es gibt aber Naturgesetze; die sind für alle gleich. Männer scheinen gerade auf diesem Gebiet talentierter zu sein als wir. Obwohl in allerletzter Zeit Frauen Nobelpreise erhalten haben!"

Nach einer Weile nickte die Erwählte vor sich hin:

„Gut, geben wir ihm eine Chance! Er soll lernen, was wir von ihm erwarten."

„Danke! Und wir lernen Vorbild zu sein, ohne das männliche Verhaltensmuster zu kopieren!"

Die beiden Frauen trennten sich nach einer herzlichen Umarmung.

Die Nacht im der Grotte war äußerst unangenehm, denn außer dem Gestrandeten war sie auch von tausenden von Fledermäusen bewohnt. Trotz seiner Erschöpfung gelang es ihm nicht, auch nur in einen kurzen Schlaf zu fallen. Pausenlos schrilles Geschrei hielt ihn wach; ständig flog ihm ein Biest ins Gesicht oder kratzte ihn. Fledermäuse sind dafür bekannt, allerlei Krankheiten zu übertragen. Garstig daher die sadistische Frage der Grausamen am Morgen, ob er gut geschlafen habe. Er antwortete nicht und wurde der schlechten Laune bezichtigt. Sie klärte boshaft lachend auf, während sie ihm ein Hundehalsband um den Hals anlegte:

„Die Höhle der fliegenden Hunde ist noch ein Zahn schärfer. Sie haben scharfe Zähne, fressen aber nur Obst!"

Die Grausame zog ihn an einer Leine zu derjenigen, der das Dach ihrer Behausung eingestürzt war. Er besah sich den Schaden; er war leicht zu beheben, nur eine kräftigere Abstützung musste eingesetzt werden. Allerdings wird es ziemlich viel Kraft erfordern, das Dach auf die neue Abstützung anzuheben.

„Ich brauche Werkzeug, eine Axt, ein starkes Seil eine Säge und einen Spaten!"

„Das haben wir nicht! Und wenn wir es hätten, würdest du uns bedrohen oder als Geiseln nehmen!" sagte die Grausame arrogant.

„Dann kann ich die Arbeit nicht ordentlich ausführen und nur ein Provisorium installieren!"

„Dann tu das!" sagte die Arrogante schnippisch.

Die Bewohnerin der Behausung protestierte. Es kam zum Wortwechsel, bis die Grausame nachgab und ihn zum Werkzeugdepot führte. In knapp zwei Stunden hatte er die Arbeiten erledigt und das Dach mit einem improvisierten Flaschenzug angehoben und in das neue Stützlager eingebettet. Die beiden Frauen sahen zu. Es kam zu keinen Zwischenfällen. Die Bewohnerin bedankte sich sogar mit einem Lächeln, wofür ihr die Grausame einen schmerzhaften Hieb in die Seite verpasste. Sein Geschick verbreitete sich wie ein Lauffeuer über die ganze Insel selbst in die schwer zugänglichen Bergregionen.

Schon am nächsten Tag erhielt er den Auftrag, Reusen, Muschelpfähle und Langusten Fallen zu bauen und auszusetzen, damit sich der Speiseplan des Inselvolkes erweitere. Sofort machte er sich an die Arbeit. Zwei Frauen bewachten ihn und sahen ihm zu, wie er zum Riff hinausschwamm, um geeignete Reviere für die Fallen zu erkunden. Eigenartige, zwiespältige Gefühle drängten bei beiden Frauen an die Oberfläche, als er nackt ins Wasser schritt. Er fand fünf sehr gute Plätze für die Langusten Fallen. Fische waren seltener anzutreffen, was sich bei einsetzender Flut ändern konnte. Aber Tintenfische, Kalmare und Sepia gab es in Hülle und Fülle. Wieder an Land suchte er sogleich gerade gewachsenes und biegsames Holz, Gerten und Lianen und begann, Fallen und Reusen zu flechten. Er arbeitete bis zum Sonnenuntergang. Es fehlte nicht an Zuschauerinnen mit gehässigen aber auch lobenden Kommentaren. Jemand brachte ihm Früchte und kühles Wasser. Zwei Tage flocht und wand er und prüfte die Zuverlässigkeit des Fallenmechanismus in und außerhalb des Wassers. Anschließend brachte er sie aus und fixierte sie auf dem Meeresboden, damit sie nicht mit der Strömung abgetrieben werden konnten. Wieder folgten ihm ambivalente Blicke als er mit seinem Gerät bepackt nackt ins Wasser schritt. Er wird die Fallen regelmäßig kontrollieren müssen und eventuell Beute entnehmen. Das verschaffte ihm seine Daseinsberechtigung. Er hoffte, man würde ihn künftig respektieren. Aber er brauchte Netze, um seine Beute an Land zu bringen. Die gab es zwar reichlich, aber man verweigerte sie ihm, bis er nach längeren Debatten Einsicht säen konnte und das erhielt, was er brauchte.

Man sperrte ihn über Nacht auch nicht mehr ein. Dennoch sollte er sich fern von allen halten. Niemand sollte ihm Gesellschaft leisten. Er wurde angewiesen, sich fern von den weiblichen Gemeinschaften aufzuhalten. Dort blieben ihm Anfeindungen und Spott erspart. Andererseits musste er sich aber eingestehen, dass er sich zu so mancher schönen Gestalt hingezogen fühlte. Für den Fall, dass er seinen Gefühlen nachgab und womöglich eine umwarb, hatte man ihm schwerste Strafen angedroht. Er hatte keinen Zweifel, dass man diese nur allzu gerne anwenden wollte. Wenn eine ihn beschuldigte, er habe sie in ungehöriger Weise angesehen, wurde er geschlagen, auch wenn die Frau gelogen hatte. Er wollte sich Frieden durch Wohlverhalten erkaufen und unterzog sich. In den unbesiedelten, naturbelassenen Regionen fühlte er sich ohnehin wohler. So adaptierte er mehr und mehr an sein neues Leben, obwohl es ihm immer schwerer fiel, zu sprechen aus Mangel an Gesprächspartnern. So ertappte er sich einmal bei einer längeren Ansprache an eine Seeschildkröte, die an Land gekommen war, um Eier abzulegen. Er versprach ihr, das Schlüpfen der Jungen zu bewachen. Doch wann das stattfinden sollte, konnte die Schildkröte nicht beantworten.

Was ihn bei seinen Streifzügen durch das Inselinnere überraschte war, dass es auch dort kleine Ansiedlungen von Frauen gab, sogar Einzelpersonen, die keinen Kontakt zur Zentralgemeinschaft der Frauen unterhielten. Oft konnte er sich unbemerkt anschleichen und die Lebensweise dieser Gruppen beobachten.

Die Insel war gesegnet mit einer Vielzahl nahrhafter Pflanzen. Entweder war sie einst bewohnt und Kulturpflanzen hatten überlebt oder Samen war von Vögeln oder über Meeresströmungen eingetragen worden. Säugetiere, große Echsen oder Schlangen hatte er nirgendwo bemerkt, nur eine große Vielfalt an Vögeln, die keinerlei Scheu vor dem Menschen zeigten und sogar mutig ihr Gelege verteidigten, wenn man ihnen zu nahekam. Ihre Gesangskulisse war allgegenwärtig, auch bei wechselnden Sängern.

Einmal stockte ihm förmlich der Atem. Er war im Begriff, eine Geröllhalde aus gewaltigen abgerundeten Felsbrocken zu überklettern. Die Granitkolosse trennten zwei Strände. Sein Blick war frei auf den kleinen, weißen Strand vor ihm gerichtet. Er erstarrte in Bewegungslosigkeit. Unmittelbar am Wasser stand eine schlanke, hochgewachsene Frau und wandte ihm den Rücken zu. Sie hatte sehr langes, pechschwarzes Haar, das sie jetzt geschickt hochwand und mit ein paar Nadeln feststeckte, bevor sie ins Wasser gehen wollte. Sie war nahtlos gebräunt. Obwohl er ständig von unbekleideten, teilweise sehr hübschen Frauen umgeben war, die ihn zuweilen provozierten oder verhöhnten, war er von der Erscheinung dort am Strand in unbeschreiblich hohem Maße fasziniert. Sie schritt langsam ins tiefere Wasser, bis sie schwimmen konnte. Irgendetwas zwang Eric, furchtlos aus seinem Granitlabyrinth herauszutreten. Sie schwamm weit hinaus und kehrte auf dem Rücken schwimmend zurück, wobei sie die Wellen anhoben und rascher zum Ufer geleiteten. Als sie Boden unter den Füßen spürte, richtete sie sich auf, drehte sie sich um und erblickte Eric. Sie erstarrte nur kurz und schritt langsam weiter und erlöste ihr Haar von den Spangen. Es war so lang, dass es sie kleidete wie ein Minikleid.

„Du bist zweifelsfrei ein Mann, wohl der, der kürzlich bei uns angeschwemmt wurde. Ich habe von dir gehört. Ich heiße Nasrin, was so viel heißt wie Wilde Rose."

„Ich heiße Eric!" antwortete er mit belegter Stimme.

„Du scheinst erstaunt, Eric! Was ist es?" fragte sie. Sie sprach fehlerfrei Englisch, wenn auch mit einem gewissen Akzent.

„Es überrascht mich, dass du mir nicht feindselig begegnest. Ich bin Normalität nicht mehr gewohnt; ich bin verhasst! Dann deine unglaublich schöne Erscheinung... Das macht mich sprachlos." antwortete er.

„Das sollte es nicht! Ich hatte seit sehr, sehr langer Zeit keine menschliche Gesellschaft mehr. Ich würde gerne mit dir plaudern. Und warum sollte ich feindselig sein? Du hast mir nichts getan!"

„Ich habe niemandem hier etwas getan. Man hasst mich, weil ich männlich bin und für viel angestaute Wut herhalten muss."

„Den Frauen hier wurde von Männern unglaublich Schreckliches und Grauenhaftes zugefügt. Du störst ihren wieder gewonnenen Frieden."

„Dir nicht?"

„Es war etwas Anderes bei mir. Ich kann niemanden beschuldigen, wenn überhaupt dann die Umstände, die Religion..."

„Ich versteh nicht!" sagte er.

„Wie solltest du auch! Doch lass' uns setzen, ich werd's dir erzählen, wenn's dich interessiert."

Er nickte und sie setzten sich.

„Übrigens, ich mag Männlichkeit, ich seh sie gern!" sagte sie unbefangen und verunsicherter ihn damit noch mehr.

Nach einer kurzen Pause begann sie:

„Ich bin Iranerin und studierte Kunstgeschichte und persische Literatur. Ich verliebte mich in meinen Professor und er sich in mich. Er war bereits mit zwei Frauen verheiratet, die ihm aber keine Kinder schenkten. Er glaubte, es läge an ihm. Doch nach einigen wenigen Malen, wurde ich von ihm schwanger. Er wollte mich als dritte Frau heiraten. Die anderen beiden Ehefrauen waren dagegen und beschuldigten mich öffentlich als Ehebrecherin. Ich wurde inhaftiert und sollte gesteinigt werden. Mit Hilfe meines Geliebten, kam ich frei und konnte außer Landes fliehen. Auf dem Flug nach London erfuhr ich von einer Mitreisenden von dieser Initiative hier. Ich wusste nicht wohin und ergriff die Gelegenheit, hierher gebracht zu werden. Hier gebar ich meinen Sohn, konnte aber nicht den Vater informieren. Er kam problemlos, gesund und kräftig zur Welt und ich überließ ihn etwa zwei Tage den beiden Hebammen und stillte ihn nur. Er trank reichlich wurde aber immer dünner und schwächer und verstarb an der Mutterbrust. Ich war verzweifelt und floh hierher in die Einsamkeit. Hier in der Natur fand ich zurück in meinen inneren Frieden mit Hilfe der Gedichte von Rumi, die ich einst auswendig lernte. Ich kehrte nicht zu den anderen zurück, weil sie im Groll verfangen sind. Sie respektieren meinen Entschluss. Ich lebe hier allein; im Augenblick freue ich mich über deinen Besuch."

„Seit Monaten sind das die ersten Freundlichkeiten, die ich höre!" sagte Eric sichtlich gerührt. „Mir ist der ganz normale, achtungsvolle Umgang mit den Bewohnerinnen untersagt.

Wenn uns hier jemand zufällig beobachtet, werde ich bestraft und wieder eingesperrt."

„Ich weiß, so hat man mir berichtet. Von mir wird niemand von unserer Begegnung erfahren. Es kommt auch nur äußerst selten jemand vorbei. Niemand weiß, wo ich mich aufhalte. Auf deinen nächsten Besuch freue ich mich jetzt schon."

Er sah sie fragend an:

„Du freust dich? Warum?"

Sie lachte - nicht allzu laut, damit niemand sie hörte:

„Nun, es ist normal, dass sich eine Frau auf Herrenbesuch freut! Ich hoffe, du hast nichts anzuziehen, dann muss auch ich mir keine Gedanken darüber machen!"

„Man hat mich gezwungen, auf diese Weise zu leben, um mich zu demütigen, wenn immer das jemand möchte!"

„Es ist schwierig, hier auf der Insel Textilien sauber zu halten. Ich genieße mittlerweile Sonne und Wind auf meiner Haut! Ich genieße es auch, wie du mich ansiehst!"

„Wie sehe ich dich an?" fragte ich erschrocken und rechnete mit einer Zurechtweisung oder gar Strafe.

„Ich lese eine verhaltene Begierde in deinen Augen!" sagte sie sanft. „Ich bin eine junge Frau und habe allzu lang den schmeichelnden Blick des Mannes vermisst. Ich freue mich, dass ich noch nicht erkaltet oder entwöhnt bin! Danke, gütiger Mann!"

„Dein langes Haar lässt dich wie bekleidet aussehen!" sagte er.

„Du bist charmant! Meine Bekleidung ist jedoch nicht korrekt bedeckend. Ich ließ mein Haar nach dem Tod meines Sohns wachsen, wie es wollte. Doch wenn du mich das nächste Mal besuchst, werde ich es hochstecken!" lachte sie übermütig.

Es entstand eine Pause in der sie ihn warm ansah. Sie stand auf:

„Komm', ich werde dir zeigen, wo und wie ich wohne!"

Sie wand ihr Haar einige Male um den Hals:

„Damit es sich nicht im Gebüsch verfängt!" erklärte sie und nahm ihn bei der Hand. Sie wohnte in einer kleinen Grotte. In einer Nische waren die Gegenstände ausgebreitet, die sie mitbringen konnte und die der Zahn der Zeit verschont hatte.

„Du wirst mir zustimmen, es ist nicht sehr anheimelnd hier. Ich schlafe auf den Palmwedeln dort auf der Erde. Es wäre schon angenehmer, etwas höher zu schlafen, damit mich die Insekten des Nachts nicht drangsalieren."

„Ich könnte dir eine erhöhte Liege bauen. Wir müssten nur geeignetes Material und Lianen finden!" versprach er. „Das Werkzeug finde ich im Depot!"

„Damit würdest du mir eine riesige Freude machen!" strahlte sie. „Komm' recht bald wieder und erlöse mich vom Alleinsein und von dem Schlaf auf der Erde!"

Noch vor Sonnenuntergang war er zurück in seiner Grotte, die nun nicht mehr verschlossen war. Er trug sein kostbares Geschenk mit sich, seine Gedanken an Nasrin, seine wilde Rose, und allein diese Gedanken an sie machten ihn glücklich.

Schon früh schwamm er hinaus zu seinen Reusen und Fallen. Fische hatten sich kaum verfangen, schon gar keine Speisefische. Er brauchte Köder. Vier prachtvolle Langusten waren seine einzige Beute. Vom Depot erhielt er kommentarlos sein Werkzeug. Seit einer Weile brauchte er nicht mehr begründen, wozu und für wen. Er brachte es ordentlich gereinigt und unbeschädigt zurück. Mit leichtem, frohem Schritt machte er sich auf zu Nasrin, die allein durch ihre Präsenz sein Leben ungemein beflügelte. Sein Herz jubelte. Er traf sie vor ihrer Grotte beim Auswechseln der Palmwedel. Sie flog ihm um den Hals:

„Ich habe' mir so sehr gewünscht, dass du heute kommst; du hast mich erhört!"

Sie drückte ihn fest an sich:

„Wie wohl das tut, deine Männlichkeit zu spüren!" schwärmte sie.

Sie führte ihn durch ihr Revier; sie zeigte ihm ein vulkanisch aktives Feld mit warmem Boden, aufsteigenden Schwefeldämpfen und einer noch erträglich heißen Mineralquelle.

„Hier vollziehe ich meine kosmetischen Übungen!" erklärte sie.

„Ist das denn notwendig? Bei deiner so unübertroffenen Schönheit!" schaltete er in den Flirtmodus.

„Eric, ich weiß, dass ich schön bin! Ich will es mir erhalten. Ich tu gern etwas für mich; und da ich es jetzt auch für deine Blicke tue, tue ich es doppelt gerne! Ich hör' es so gerne, wenn du es sagst! Viel zu lange habe ich darauf verzichten müssen."

Sie erreichten ein dichtes Bambuswäldchen. Die Stämme standen so dicht, so dass man nicht eindringen konnte. Eric sägte die für sein Projekt erforderlichen Stämme zurecht. Lianen wuchsen überall. Sie beide trugen das Baumaterial zum Eingang ihrer Hütte. Dort war genügend Licht und Eric machte sich sogleich ans Werk. Sie sah ihm zu und ging ihm wenn notwendig zur Hand. Er sägte und wand und band geschickt die Bauteile zusammen. Ihre Liege erinnerte an einen Rattanstil. Der Schweiß rann ihm von der Stirn und brannte in den Augen. Sie schlug eine Pause vor. Sie nahmen ein gemeinsames Bad am Strand und spielten verhalten miteinander. Er schaffte es nicht, die Liege fertig zu stellen und versprach, am nächsten Tag wiederzukommen, wenn es seine Bewacher zuließen.

Auf seinem Heimweg übte er, es sich nicht anmerken zu lassen, wie glücklich er war. Da man ihn kaum noch beachtete, kam er unkommentiert durchs weibliche Volk. Am nächsten Tag vollendete er sein Projekt. Nasrin bewunderte sein Geschick. Er wiegelte ab:

„Du musst nach wie vor Palmwedel auflegen, wenn auch sehr entfernt vom Boden. Zwei Personen würde diese Liege auch nicht aushalten!"

Sie sah ihn rätselhaft an:

„Das wird sie auch nicht müssen!"

Nach einer kurzen Weile wechselte sie das Thema:

„Bist du ein guter Schwimmer?"

Eric nickte.

„Dann komm' mit mir! Ich will dir etwas zeigen; dazu müssen wir aber ein stückweit schwimmen. Die See ist ruhig, wir haben Glück!"

Hand in Hand gingen sie hinab zum Strand. Wortlos schwammen sie um eine weitere Geröllhalde in eine Bucht, die keinen Strand hatte. Doch knapp über der Wasseroberfläche öffnete sich wie ein großes, breites Maul eine Unterwassergrotte. Bei Flut wird sie wohl verschlossen sein und somit unerkennbar bleiben. Nasrin näherte sich dem Spalt und wurde verschluckt; Eric folgte ihr. Eine weiträumige Grotte öffnete sich und wurde nur von außen durch ein türkisfarbenes flackerndes Licht beleuchtet. Von der Decke hingen eindrucksvolle Stalaktiten. Am Ende erstreckte sich ein schneeweißer Streifen Sandstrand, der im grünen Licht flackerte. Sie fühlten festen Boden unter den Füßen. Glucksende Laute wurden mehrfach von den Wänden reflektiert und bildeten eine magische, außerirdisch erscheinende Geräuschkulisse. Selbst die leise Unterhaltung der beiden wurde dem Getuschel beigemischt und verfremdet. Sie schienen, einen fremden Planeten betreten zu haben.

„Ich habe sie zufällig entdeckt. Sie ist nur vom Meer her zugänglich. Für mich ist das ein magischer Ort. Ich habe mich schon viele Stunden hier drinnen aufgehalten. Hier soll es auch geschehen, unser erstes Mal, wenn die Zeit gekommen ist!"

„Du meinst...?" fragte er.

„Ja, ich meine, wenn die Zeit gekommen ist!"

Nasrin legte sanft ihre Arme um seinen Hals. Er spürte ihren Atem in seinem Gesicht. Sie raunte:

„Du solltest mich jetzt küssen, wie ein Mann seine Frau küsst, unmissverständlich, wenn dir danach ist!"

Er drückte sie fest an sich und küsste sie unmissverständlich und ließ sie spüren, wie ihm danach war. Der Kuss dauerte lange, sehr lange.

„Das war gut, sehr gut!" kommentierte sie „Das ging unter die Haut! Dein Bekenntnis war eindeutig begeisternd!"

„Dann wiederholen wir das Ganze doch noch einmal!" schlug er vor und sie hatte keine Einwände.

„Du brauchst keine Angst zu haben, dass die Flut uns einschließen könnte. Deine eventuellen Fluchtwege bleiben dir also stets erhalten. Du musst nur eine kurze Strecke dem Licht entgegen tauchen. Ins Dunkle hineintauchen ist schon schwieriger. Wenn sich der Zugang schließt wird's mucksmäuschenstill. Niemand kann uns hören und das Licht ist noch magischer. Nach sechs Stunden ist wieder geöffnet!"

„Das sollte ausreichen!" meinte er.

„Findest du?" fragte sie nach.

„Na ja fürs erste!" gestand er ein.

Während sie zurück schwammen lachten sie nicht; das könnte leicht zu einer Hustenattacke führen. Im flachen Wasser nahe ihrem Hausstand spielten sie weniger verhalten. Sie ruhten im Schatten einer sich tief verneigenden Palme. Sie erzählte:

„Damals, als ich mich in Trauer und Verzweiflung von der Masse abwandte und mich hier in der Einsamkeit niederließ, wusste ich, dass viele Frauen hier lebten, die ebenfalls Kinder hier zur Welt brachten. Diese Frauen waren Opfer von teilweise sehr brutalen Vergewaltigungen im Zusammenhang mit kriegerischen Auseinandersetzungen. Erstaunlicherweise überlebten von den Neugeborenen nur Mädchen. Diese Selektion hatte keine natürliche Ursache. Manche waren froh, nicht mehr durch den lebenslangen Anblick ihres Kindes an diese grauenvollen Erlebnisse erinnert zu werden. Andere mit tiefsitzenden Mutterinstinkten trauern bis heute über den Verlust ihrer Babys. Ich suchte nicht ihre Solidarität – ich suchte Einsamkeit. Meine Geschichte unterschied sich von ihren. Ich wollte nicht im Groll verharren und erstarren. Natürlich liebte ich meinen Sohn über alles; ich gab ihm den Namen seines Vaters, Reza. Ich liebte sein kleines Schwänzchen... Wenn ich ehrlich bin, ich kenne seine Todesursache nicht. Doch was ich eigentlich sagen will ist, dass hier junge Mädchen fern von Jungs aufwachsen, die den natürlichen Umgang mit ihnen nie gelernt haben. Vom Männlichen haben sie bestenfalls nur wenig und wenn überhaupt nur Widerwärtiges erfahren. Ihr Sexualinstinkt ist aber vorhanden und durch keine negative Erfahrung getrübt. Achte auf sie, wenn du ihnen begegnen solltest."

„Ich verstehe nicht so recht..." stotterte er

„Nun, deine Erscheinung könnte die jungen Mädchen in eine unbekannte Unruhe versetzen. Man könnte dir vorwerfen, den öffentlichen Frieden zu stören und Maßnahmen gegen dich ergreifen. Du sollst wissen, dass ich dir unbegrenztes Asyl gewähre. Du bist nicht nur ein stets willkommener Gast, du bist stets ein glühend herbeigesehnter Gast. Vielleicht können wir auch Mittel und Wege finden, diese Insel zu verlassen."

„Du hast ein unbeschreibliches Talent, herzerwärmende Dinge auszusprechen!" sagte er gerührt.

„Ich bin seit Jahren allein... Ich spreche aus, was mir auf der Seele brennt. Ich bin überglücklich, dass ich nicht erkaltet oder verbittert bin. Du hast mich wiederbelebt, ins Leben zurückgeholt! Ist das nicht ein Grund zu riesengroßer Dankbarkeit?"

Sie strich über seine Oberschenkel bemerkte seine Reaktion und lächelte sanft in sich hinein. Sie küsste ihn auf die Wange und sagte:

„Ich such' uns jetzt zwei Kokosnüsse! Hol' du uns deine Machete oder Axt vor meiner Grotte!"

Er hatte verinnerlicht, zu gehorchen und brachte das Werkzeug zu ihrem Rastplatz unter der geneigten Palme. Sie hatte Erfahrung und brachte zwei große, reife Kokosnüsse. Sie setzte sich nieder und sah ihm zu, wie er geschickt eine öffnete, ohne deren Inhalt zu verschütten. Als er nach der zweiten griff, hielt sie ihn auf:

„Lass' uns zuerst die erste trinken und warte ab..."

Sie nahm den ersten Schluck und reichte ihm die Frucht. Die Milch schmeckte kühl und köstlich, fast schon cremig.

„Den Inhalt der zweiten Nuss massiere mir bitte in die Haut ein. Kokosmilch ist zwar kein vollwertiger Sonnenschutz aber es tut der Haut gut!" Sie zögerte: „Und ich bekomme dich dazu, mich zu berühren und zu verwöhnen. Liebevolle Zuwendung fehlt mir seit Jahren – natürlich nur, wenn du das auch willst?"

„Das tu' ich gern! Ich bin nur etwas eingeschüchtert, ich will mir keine Minuspunkte oder gar Strafen oder Verbote einhandeln!"

„Das kann ich verstehen! Aber damit brauchst du bei mir nicht zu rechnen. Ich brauch' den Mann in aller nur erdenklichen Weise! Wir sollten aber, wenn du es tatsächlich tun willst, ins flache Wasser gehen, um den Sand fern zu halten. Ich würde mich auch lieber vor dir hinlegen; im Wasser werde ich stattdessen vor dir knien, damit du alles erreichst!"

„Du hast dir alles bis ins Detail überlegt!" lachte er.

„Allerdings! Ich rechnete mit deiner Scheu, wollte aber unbedingt deine Hände auf meiner Haut, nicht nur deine Blicke...“ gestand Nasrin.

Sie gingen zu einer Sandbank, wo sich die Wellen nur sanft anhoben und keinen Sand aufwirbelten. Sie kniete nieder mit der Bemerkung, er soll nur nicht irgendetwas vernachlässigen. Sie neigte sich nach vorn und er goss etwas von der weißen Milch über ihren nahtlos gebräunten Rücken. Er massierte ihre Schultern und glitt kreisend langsam abwärts bis zur Wasserlinie, dort, wo das Wasser ihre Knie umspülte. Sie schloss die Augen und sank in eine beglückende Trance. Alsdann bat sie ihn, hinter ihr nieder zu knien. Sie legte ihren Kopf an seine Schulter und breitete ihr langes Haar über seinen Rücken. Sie schlang ihre Arme rückwärts um seinen Hals und fand Halt. Er massierte ihre Vorderseite sanfter, zärtlicher. Sie raunte in sein nahes Ohr:

„Du kannst dir niemals vorstellen, wie sehr ich das seit Jahren vermisst habe und ich hoffe, dass es sich unzählige Male wiederholt. Es bedeutet mir sehr viel, von dem Mann, den ich erwählt habe, auf diese Weise berührt zu werden!“

Sie drehte sich um und reichte ihm ihre Arme. Ihre Haut schimmerte wie Samt. Dann erhob sie sich und er salbte ihre Beine, soweit es das Wasser zuließ. Sie nahm die Kokosnuss, hielt sie an ihr Ohr und schüttelte sie. Es war noch etwas Milch vorhanden:

„Jetzt werde ich es dir gleichtun! Knie‘ nieder!“

Beseelt schritten sie zu ihrer Behausung; er hielt sie um die Hüften, sie lehnte ihren Kopf an seine Schulter.

„Du bist wunderschön!“ flüsterte er mehrere Male.

„Ich weiß! Doch mir ist wichtig, dass du es wahrnimmst und aussprichst! Wusstest du, dass im Nord-Osten des Iran die wahren Arier leben?"

Nein, das wusste er nicht.

Sarah, die einstige Mitbegründerin dieses Insel-Projekts und Sonja, die Vorsitzende und Freundin trafen und besprachen sich alle paar Tage. So auch heute. Ein junges Mädchen von den Philippinen brachte einen Krug mit einer Mischung frischer, wohlschmeckender Fruchtsäfte. Sie saßen auf der Terrasse mit einem weiten Blick über die Bucht. Ein sanfter Wind rauschte durch die Palmen. Ein bunter Vogel hatte sich neugierig auf das Geländer gesetzt.

„Nun, meine liebe Freundin, bringst du mir gute oder schlechte Nachrichten?"

Sarahs Antworten waren meist mehrdeutig; so auch diese:

„Meinem Eindruck nach kehrt Ruhe und Normalität ein. Der Eindringling verhält sich korrekt und geht jedem sich anbahnenden Konflikt aus dem Weg; er verteidigt sich nicht einmal; er ist stets hilfsbereit; aber allein seine Anwesenheit, seine unbedeckte Männlichkeit erzeugt, ich weiß nicht was, unterschiedliche Reaktionen bei unseren Bewohnerinnen. Man müsste eine detaillierte Umfrage starten. Der Frieden und auch die innere Unversehrtheit unserer Frauen hat oberste Priorität.

Es ist unnatürlich, in einer Gesellschaft ohne Männer zu leben, so wie es unnatürlich ist in einer Gesellschaft ohne Frauen zu leben. Man muss es aber keineswegs hinnehmen und in einer Gesellschaft mit Räubern, Schurken oder Kriminellen leben.

Es stehen Veränderungen bei uns an, ob wir das wollen oder nicht, aber ich weiß nicht welche! Aber wir sollten uns niemals gegen die Natur entscheiden. Sie wird immer das letzte Wort haben. Es wird auch eine Zeit nach uns beiden geben. Wir sind uns sicher einig, dass wir Schaden von den uns Vertrauenden abhalten."

„Das sind wir!" stimmte Sonja zu. „Wir werden alle irgendwann einmal sterben!"

„Eben! Und damit stirbt auch unser Projekt. Neuankömmlinge sind selten geworden – Nachwuchs gibt es nicht!"

„Es sei denn...!" Sonja brachte den Stein ins rollen

„Es sei denn, wir verwenden ihn als Samenspender! Aber willst du ihn etwa als Zuchtbullen verwenden?" fragte Sarah entsetzt.

„Dieses Gespräch bleibt unter uns! Ich habe noch keine Lösung, keinen Ausweg aus unserem Wust an Problemen. Aber so sähe es in der Praxis aus: hunderte Frauen stehen Schlange, um sich von ihm schwängern zu lassen. Er wird sein Dauervergnügen haben! Das ist doch das, was sich Männer immer wünschen! Unvorstellbar! Das muss auf alle Fälle unterbunden werden." warnte die Vorsitzende.

„Viele unserer Frauen mögen auch den Schmerz und ihr Leid überwunden haben, auch das liegt in der Natur der Menschen, zu vergessen, was schmerzt, und sich erinnern, dass guter Sex mit einem Manne auch sehr viel Freude bereiten kann! Sie wollen wieder, und nicht zu knapp..."

„Stell' dir all die Eifersuchtsdramen vor!" warnte Sonja erneut.

„Eifersuchtsdramen gibt es auch bei unseren lesbischen Paaren in mehr oder weniger heftigem Umfang. Aber stell' dir vor, er will das gar nicht! Was, wenn er sich gar verweigert oder dieser Massenbegattung gar nicht gewachsen ist?" ergänzte Sarah.

„Er ist in den besten Jahren, vermutlich auch bei bester Gesundheit und bei Kräften, aber wir wissen es nicht. Mir ist zu Ohren gekommen, dass er mit der allein lebenden Iranerin mehrfach Kontakt hatte. Er baute oder reparierte etwas für sie. Sie ist sehr attraktiv und sie hatte, wenn ich mich recht erinnere, keine belastenden Erfahrungen mit Männern." berichtete Sonja.

„Ja, ich habe auch davon gehört!" bestätigte Sarah. „Warum hast du nichts unternommen?"

„Nun, ich wusste nicht, was... Ich weiß auch nichts Genaueres. Wenn er ihr behilflich war, ist das in unserem Sinne...!" erklärte Sonja verunsichert.

„Und wenn sich da etwas anbahnt über eine handwerkliche Hilfeleistung hinaus?" mahnte Sarah. „Wir hatten das verboten und unter Strafe gestellt!"

„Ich sehe im Augenblick keine Gefahr darin... außerdem lebt sie in der Einsamkeit... Meine Güte, es liegt im Interesse der Natur, dass sich Frauen und Männer ineinander verlieben." begehrte Sonja auf.

Ratloses Schweigen auf beiden Seiten. Wieder hatte Sarah eine Idee:

„Wir könnten den Paarungsakt von der Empfängnis trennen...!"

Sonja sah auf grinste etwas bösartig:

„Du willst ihn doch nicht etwa melken?"

„Sonja, meine Freundin, ich denke laut! Es sollte keine Denkverbote und Sprechverbote geben. Warum sollten wir nicht auch alternative Wege gehen, wenn beispielsweise einige unserer Frauen genau das wollen? Hatten wir uns nicht gegenseitig Solidarität geschworen? Damit, dass hier ein Mann auftaucht und verbleibt, obwohl er unerwünscht ist, hatte damals niemand gerechnet. Lass uns eine Umfrage beginnen, um uns ein klares Meinungsbild zu schaffen, bevor wir in eine öffentliche Diskussion eintreten. Wagen wir doch etwas Demokratie!"

„Du hast recht, Sarah. Ich bin unentschlossen, wechsele auch ständig meine Ansichten und Argumente. Wir sollten abwägen und unsere Last auf mehrere Schultern verteilen. Eins sollten wir allerdings verhindern, dass sich unsere Gesellschaft spaltet."

„Sollte er in unsere Umfragen einbezogen werden?" fragte Sarah.

„Ja! Nein! Fragen können wir ihn ja, ob wir seine Meinung einbeziehen, können wir später entscheiden!" Sie trennten sich als Freundinnen, wenn auch in wildem inneren Aufruhr.

Er suchte wie alle drei Tage die Reusen auf. Das Anbringen von Ködern hatte die Ausbeute deutlich verbessert. Doch seine Gedanken konnten sich nicht mehr von Nasrin lösen. Seine innere Glückseligkeit durfte ihm nur niemand ansehen.

Daher begann er, erst nachdem er außer Sichtweite war, wie ein kleines Kind zu hüpfen.

Nasrin saß auf ihrer neuen Liege vor ihrer Behausung und bürstete ihr langes schwarzes Haar. Als sie ihn erblickte, sprang sie auf, rannte ihm entgegen und warf beim Laufen ihr Haar nach hinten. Sie schmiegte sich an seine Brust:

„Da bist du endlich! Wie ich dich vermisse, sobald du gegangen bist. Ich weiß dann nichts mit mir anzufangen."

Eric schloss sie fest in die Arme, so dass sie kaum Luft bekam; das mochte sie. Er sah sie an:

„Wie geht es dir? Hast du gut geschlafen?"

„Jetzt geht es mir gut! Ohne dich fühlte ich mich unvollständig! Geht es dir auch so? Ich habe draußen geschlafen. Ich habe ja nichts zu befürchten! Ich sah in das Sternenmeer und gab jeder Sternschnuppe einen Wunsch mit auf den Weg. Ich habe pausenlos an dich und an uns gedacht! Es war im wahrsten Sinne des Wortes himmlisch." schwärmte sie.

„Ich denke auch unentwegt über uns nach! Doch was mich stets bedrückt und mich verhalten und nur gering ansprechbar erscheinen lässt ist, dass wir und unser Tun entdeckt werden könnte und ich mit Entzug oder Schlimmerem bestraft werde."

„Daher sollten wir uns in unsere Grotte zurückziehen, bevor sie sich schließt!" Sie zog ihn zum Strand und ins Wasser. Mit kräftigen Schwimmbewegungen umrundeten sie das Geröll in die kleine strandlose Bucht. Die See war etwas rauer, aber sie schafften es, ohne Verletzungen in den Schoß der Erde einzutauchen. Sogleich umfingen sie der Smaragdzauber und das huschende Licht an den Wänden. Ihre Stimmen klangen anders, wie ein Raunen. Sie setzten sich. Nasrin ordnete ihr Haar:

„Eines Tages wünsche ich mir, dass du mein Haar zu einem Zopf flichtst, ich eine zeitlang damit herumlaufe und du ihn mir dann abschneidest. Es soll ein symbolischer Akt sein. Welche Bedeutung wir ihm geben, werden wir dann entscheiden.

Jetzt möchte ich dir von mir erzählen, von meiner Sozialisation im Iran, über meine Ansichten und mein Verhalten, damit du nicht erschrickst oder vielleicht deine Vorurteile gegenüber einer Frau, die in einem islamistischen Staat aufwuchs, korrigierst."

„Ich bin gespannt und neugierig!" ermutigte er und zog sie fest an sich.

Nach einem Kuss begann sie:

„Ich bin als Frau grundsätzlich dem Mann sehr zugetan. Ich habe nie Grobheiten seitens der Männer erleiden müssen. Im Iran gibt es viele verblendete Männer, die meinen, aus religiösen Gründen die Weiblichkeit verdammen zu müssen. Auch das habe ich erlebt aber niemals ernst genommen, denn ich wollte mein Leben nicht einschränken, eher rebellisch verteidigen. In meinem ersten und bisher einzigen Geliebten fand ich einen ermutigenden und verständnisvollen Verbündeten. Ich wünsche mir aus tiefstem Herzen, dass du nun seine Position einnimmst. Ich sehe ständig deinen Körper und ich sehe ihn gern. Ich bemerke, wie du auf mich reagierst, wenn wir uns küssen; wie ich auf dich und deine Anatomie reagiere, bleibt im Verborgenem, aber glaub' mir, es ist nicht minder heftig. Und es tut mir gut! Ich bin sehr liberal und offen, aber ich hatte noch nie einen solchen Kontakt zu einem englischsprechenden Mann. Ich spreche mit dir über alles, was ich mag und besonders gern mag; doch manchen englischsprachigen Begriff dafür kenne ich nicht; ich werde es in meiner

Sprache sagen und wir werden eine Übersetzung finden. Oder du lernst ihn in meiner Sprache, sobald du gelernt hast, was ich meine. Denn das, was ich besonders gerne mag, wünsche ich mir eben auch oft!"

„Das kann ich verstehen! Bisher habe ich noch keine Angst bekommen!" sagte er.

„Schön! Seit etlichen Jahren vermisse ich das, was ein Mann mit seiner Geliebten für gewöhnlich tut. Für mich ist das ein unschätzbarer Verlust und von dir wünsche ich mir, dass du das, was ich so lange entbehren musste, aufholst. In meiner ungezügelten Fantasie könntest du mich unentwegt von einem Höhenflug in den nächsten treiben."

Sie küsste ihn und fuhr fort:

„Und wir sollten schleunigst damit beginnen. Am besten gleich! Ich weiß natürlich auch, dass ein Mann seiner Geliebten nicht all das geben kann, wonach es sie verlangt. Aber mach' dir deswegen keine Sorgen. Ich werde dich fordern, vielleicht auch überfordern – ihr Männer habt's da nicht leicht – aber ich bin einsichtig, verstehend und geduldig. Ich weiß auch, mit der Aufgabe wächst die Kraft. Auch du kommst aus einer Zeit des Darbens. Hast du einmal darüber nachgedacht, warum die Frauen im Islam so stigmatisiert und gar beschnitten werden?"

Eric schüttelte den Kopf.

„Weil sie so überaus heiß und fordernd sind, dass dem Manne Hören und Sehen vergeht. Er fürchtet ihr unstillbares Verlangen. Aber noch einmal, mach' dir keine Sorgen, ich kenne Mittel und Wege... aber lass' dich überraschen." Nasrin lachte. „Noch kannst du einfach ins Wasser springen und davon schwimmen, wenn dir danach ist. Ich habe nur gesagt, ich will dich!"

„Ich will dich auch! Ich bin längst so weit, wo du mich haben willst!"

„Huch! Wirklich? Ich halt das nicht mehr aus in meinem Bauch."

Sie flog ihm um den Hals, küsste ihn unmissverständlich:

„Lass' den Sand nicht zu unserem Feind werden. Er sollte nicht an falsche Stellen geraten. Wenn die Flut die Grotte verschließt, ist der Wasserspiegel glatt, aber jetzt... darf ich über dir sein?"

„Ich bitte darum; es hat so seine Vorzüge...!"

Sie biss sich auf die Unterlippe und drücke ihn sanft rückwärts in den Sand, bevor sie sich über ihn schwang. Dann besah sie ihn von oben bis unten:

„Ich bin total verwirrt! Du bist der einzige Mann weit und breit und ich weiß nicht, was ich mehr liebe, dich oder das, was mir bevorsteht!"

„Liebe beides, dann bist du mit Sicherheit auf der richtigen Seite!" riet er ihr lachend.

„Und ich darf alles anfassen?" fragte sie.

„Alles! Es gehört dir!"

Sie beugte sich nieder und küsste ihn provozierend, so dass er kräftig zugriff und sie küsste, wo er es zuvor nie tat. Sie jubelten sich in unerwartete Höhen und erkannten ihrer beider Talent. Nach sanfter Landung sprach sie, ihren Satz mehrfach mit Küssen unterbrechend:

„Weißt du, was ich mit dir machen möchte?" Sie erwartete keine Antwort und sagte es ihm: „Ich möchte dich mit meinem langen Haar fest an mich binden, so dass ich dich stetes für meine Bedürfnisse zur Hand habe!"

„Das hast du doch bereits getan!" antwortete er.

„Dann ist alles gut!"

Sie liebten sich ein weiteres Mal und spielten verzärtelt und befreit von allen Tabus danach im flacheren, warmen Wasser.

„Du hast mir gutgetan!" flüsterte sie. „Wir sollten meine Grotte mit Palmenwedel und weichem Laub auslegen, damit wir vielfältiger in unseren Begegnungen werden. Ich möchte dich nie mehr missen. Dennoch hab' keine Angst, ich werde auf deine Bereitwilligkeit Rücksicht nehmen. Weißt du, ich habe auch bei Reza, meinem ersten Geliebten, Geduld geübt. Er war mit zwei Frauen verheiratet. Auch sie verlangten nach ihm. Doch ich wusste, sein Herz war bei mir. Er erfüllte seine ehelichen Pflichten. Es mag absonderlich klingen, ich genoss auch die Süße meiner Sehnsucht nach ihm, wissend, dass er mit einer anderen... Er war stets aufrichtig; ich mochte das, auch wenn's ein bisschen wehtat. Ich wollte keinen anderen, so wie ich jetzt keinen anderen will als dich! Sex allein genügt mir nicht!"

Sie legten ihre Grotte weich aus, so dass auch dort ihr Glück aneinander einzog.

Seine Veränderungen, sein Auftreten, seine ständige Abwesenheit, sogar des Nachts, verrieten ihn. Sonja, die Gewählte, beschaffte sich Klarheit und besprach sich mit ihrer Freundin Sarah. Eric wurde vorgeladen.

Er erschien pünktlich, strahlte Furchtlosigkeit aus. Er verneigte sich vor beiden Frauen. Sonja gebot ihm, sich zu setzen; ihre Stimme klang nicht feindselig:

„Du hast gegen unsere Gebote verstoßen. Du hast dich mit der Iranerin Nasrin in eine Liebesbeziehung eingelassen!"

Eric schwieg.

„Du schweigst? Bestreitest du es?"

„Nein, es ist wahr, was Ihr sagt, Herrin!"

„Du hast eine strenge Bestrafung verdient!"

„Herrin, ich kann Euch nicht daran hindern, mich nach Eurem Ermessen zu bestrafen! Aber ich habe es nicht verdient! Ich bereue auch nichts! Ja, ich liebe Nasrin und daran wird sich auch nichts ändern. Ich bitte Euch nur, sie nicht zu bestrafen. Wir taten nichts Verwerfliches – es geschah in unser beider Einverständnis und nach unser beider Wille. Es gibt etwas, das stärker ist als Gehorsam! Ihr könnt mich oder uns bestrafen, sogar vernichten, aber ihr könnt uns nicht daran hindern, dass es wieder und immer wieder geschieht. Ich verhöhne Euch nicht! Ich fürchte Eure Strafe nicht, aber sie ist sinnlos. Ich bin glückselig, dass es mir widerfuhr und soweit ich weiß auch Nasrin. Doch ich weiß nicht, was ihr mit Eurer Strafe bezweckt. Seitdem ich Gast auf Eurer Insel bin, habe ich mich nach besten Willen korrekt und hilfsbereit verhalten. Niemandem ist durch mich ein Leid geschehen. Macht es bitte kurz, bestraft mich, aber bitte verschont Nasrin. Es war stärker als wir – und es ist stärker als ihr! All das Leid, das hier in den Herzen der Bewohnerinnen dieser Insel wohnt, wäre nicht gesühnt. Es tut mir unendlich leid, was diesen Frauen im Namen der Liebe widerfuhr. Durch Eure Strafe würde sich das Leid nur fortsetzen."

Regungslos hatte Sonja und auch Sarah zugehört. Beide schwiegen. Nach einer geraumen Weile ergriff Sonja erneut das Wort:

„Deine Rede hat mir gefallen! Ehrlich gesagt, ich habe sie erwartet. Aber die Leidenschaft und Unbeugsamkeit, mit der du sie vorgetragen hast, hat mich beeindruckt. Daher soll etwas anders geschehen. Ihr beide, Nasrin und du sollt euch nicht länger verbergen. Zeigt euch als Paar in der Öffentlichkeit, so wie es euch beliebt. Mit dem heutigen Tag soll eine Wende eintreten: wir wollen nicht länger beklagen, was geschah, denn das können wir nicht mehr ändern. Lasst uns einen neuen Abschnitt beginnen und leben, was wir uns alle wünschen, wie wir den Frieden und die Liebe zwischen Frau und Mann dauerhaft installieren. Ihr beide sollt der Kristallisationspunkt sein; mit euch soll eine neue Zeit beginnen."

Eric strahlte, erhob sich leicht ergriff die Hand der Gewählten und küsste sie:

„Ich danke Euch, nicht nur im Namen von uns beiden, sondern im Namen aller, die sich diese Veränderung herbeigesehnt haben. Ich bin sicher, Freude ist stärker als Kummer und Leid. Freude gibt dem Kraft, der sie weitergibt! Ich bin sicher, Ihr werdet diesen Tag niemals bereuen. Welcher Mann kann ein Interesse daran haben, dass seine Frau leidet? Ich möchte nur ein Bedenken äußern, es gibt nur einen Mann hier! Haltet Ihr es für denkbar, dass Eifersucht und Missgunst ausbricht?"

Sonja lächelte:

„Wir haben das bedacht. In einzelnen Fällen wird es wohl so sein. Wir sollten wachsam sein, und Leidende, auf Rache Bedachte auffangen. Wir haben genug Ärztinnen auch solche, die psychotherapeutisch geschult sind. Es spricht erneut für Euch, dass Ihr diese Bedenken äußert. Doch es wird Zeit, dass wir beginnen!"

Eric verneigte sich, seine rechte Hand ans Herz gepresst als würde er einen Schwur leisten:

„Ich danke Euch und verehre Eure Weisheit!"

Mit leichtem Schritt eilte er die Anhöhe hinunter, um so rasch wie möglich seiner Nasrin die frohe Botschaft zu verkünden. Jubelnder als je zuvor feierten sie ihre befreiten Körper, liefen hinunter zum Strand und spielten wie zwei ausgelassene Kinder, dass nur der Sand so stob. Abschließend reinigten sie sich im warmen Wasser und ruhten.

Die frohe Kunde verbreitete sich wie ein Lauffeuer auf der ganzen Insel. Mehrheitlich atmete man auf – endlich war die Stigmatisierung Vergangenheit. Doch wachsam wollte man auch in Zukunft sein. Andere, meist Schwarzseher und Bedenkenträger waren verhalten. Andere sahen bereits neues, schwarzes Gewölk heraufziehen. Am intensivsten traf es die etwa 18 – 20 jungen Mädchen, die auf der Insel geboren waren und nie eine wahre Antwort auf ihre neugierigen Fragen erhalten hatten. Ihre innere Unruhe hatte man als eine heraufziehende Krankheit bezeichnet. Der Mann war schuld, sagte man ihnen, denn der Grad der Unruhe steigerte sich in ihnen bei seinem Anblick. Ein Grund mehr, sich vor ihm zu hüten. Sie tuschelten und beschlossen zwei von ihnen zu dem Paar zu schicken, um Information aus erster Hand zu beschaffen. Mit Herzklopfen machten sie sich auf den Weg. Man hatte ihnen stets abgeraten, diese Richtung einzuschlagen, denn dort würden sie unweigerlich dem scheußlichsten Ungeheuer begegnen. Sie zitterten am ganzen Leibe und jedes Geräusch ließ sie heftig zusammenzucken. Doch ihre Neugier war stärker. Sie erblickten die beiden am Strand miteinander spielend. Schüchtern kamen sie näher. Nasrin erblickte sie zuerst. Sie erschrak nicht. Sie winkte den beiden näher zu kommen:

„Sieh Eric, wir bekommen Besuch!"

„Setzt euch!" forderte er sie auf, „Es gibt keinen Grund mehr, Angst zu haben! Was verschafft uns die Ehre eures Besuchs?

Doch lasst uns dort in den Schatten der Palme gehen; dort haben wir alle vier Platz!"

Die beiden Mädchen beherrschten perfekt den Kniesitz, der den direkten Kontakt zum Boden vermied.

Die wohl etwas Ältere begann:

„Wir kommen aus Neugier! Ich glaube, man hat uns viel Unsinn erzählt über ihn (sie sah Eric an) und über euch beide. Man warnte uns; aber es ist schön, euch zuzusehen, wie ihr euch anseht, miteinander sprecht und euch häufig sacht berührt. Es geht etwas Wunderbares von euch aus! Das machte uns neugierig!"

„Was hat man euch denn über mich erzählt?" fragte Eric.

„Nun," begann die andere, „man erzählte uns, du seist ein Mann und ein Mann sei nichts anderes als eine missgestaltete Frau, die bösartig ist, weil sie die Frauen wegen ihrer schönen und vollkommenen Gestalt beneidet!"

„Und ihr habt das geglaubt?" fragte Eric nach.

„Du warst nie bösartig, wenn wir dir begegneten! Aber du siehst schon anders aus – da und dort!" antworte sie schüchtern.

„Warum bist du schüchtern? Seht euch um, jeder Mensch sieht anders aus; keiner gleicht dem anderen. Deine Haut ist dunkel; du hast andere Gesichtszüge als deine Freundin mit heller Haut! Aber du hast schon recht, aus meiner Sicht ist die weibliche Gestalt schon viel schöner, anmutiger und im hohen Maße anziehend: die runde, volle Brust, die geweiteten Hüften, die hübschen Beine..."

Eric hielt es für angebracht seine Schwärmerei etwas abzumildern:

„... und im Übrigen, das was bei euch nicht vorhanden ist, hat jeder Mann!"

Sie schwiegen. Die mutigere wollte das Thema wechseln:

„Ihr küsst anscheinend anders... Wir beide, meine Freundin und ich, haben das auch getan, aber so berauschend war das nicht! Ihr dagegen habt eure wahre Freude daran, könnt gar nicht genug kriegen, schon gar nicht aufhören, als wolltet ihr euch verschlingen!"

Nasrin lachte:

„Gut beobachtet, kleines Fräulein! Solche Glücksmomente sind auch schwer zu beschreiben. Wenn der richtige dich küsst, geht das dir durch Mark und Bein und da passieren erhebliche Dinge in und an dir. Ich weiß nicht, wie ich's dir erklären soll, das musst du schon selbst herausfinden!"

„Aber wie denn?" begehrte die kessere auf. „Es gibt doch keinen Mann!"

Nasrin sah zu Eric:

„Doch, da sitzt doch einer! Willst du es versuchen?"

Die Mutige zögerte etwas verunsichert; wer ist stärker, Scheu oder Neugier? Sie stand auf, Eric auch. Er sah sie an, fasste sie bei den Händen und zog sie zu sich:

„Du hast einen schönen Körper!"

Ein Schauer lief durch sie wie ein allzu naher Blitzeinschlag.

„Du wirst niemanden von unserem Kuss erzählen!" flüsterte er.

Sie schüttelte den Kopf. Er zog sie fest an sich, griff sie bei den Schultern und küsste sie, lang und süß; sie sollte diesen

Kuss nie vergessen. Sie legte ihre Arme um seinen Hals so, als suche sie Halt, denn ihre Knie zitterten, erhob sich auf Zehenspitzen... Dann lösten sie sich, sahen sich an. Eric flüsterte:

„Du bist ein Naturtalent!"

Er ließ sie aus seinen Armen gleiten. Schweigend sank sie wieder in ihre Hockstellung neben ihre Freundin. Diese legte den Arm um sie.

Eric hockte neben seiner Nasrin nieder. Sie flüsterte:

„Gut gemacht, mein Liebster!"

Alle schwiegen für eine Weile.

„Konnten wir etwas Licht in eure neue Welt bringen?" fragte Nasrin kaum hörbar.

Beide nickten, aber alle wussten, dass sie jetzt noch mehr Fragen hatten als je zuvor. Die beiden Mädchen erhoben sich, sie wollten gehen, denn der Rückweg dauerte eine Stunde.

„Was ihr wissen solltet!" sprach Eric. „Ihr seid uns stets willkommen, auch eure anderen Freundinnen. Aber bitte, dann kommt alle und wir beantworten euch alle Fragen. Es gibt viel Rätselhaftes zwischen Frauen und Männern. Kommt nicht in kleinen Gruppen. Nasrin und ich sind ein Liebespaar und wir sind gern allein und ungestört. Liebende ziehen sich immer zurück und wollen mit sich und ihren Gefühlen allein sein. Lasst es uns wissen, wann ihr kommt. Doch alle sollten aus freiem Willen kommen! Überredet niemanden! Jeder hat seine eigene Zeit. Niemandem wird irgendetwas geschehen, schon gar kein Leid! Noch einen kleinen Rat an dich, eine Frau spricht nicht und sie prahlt schon gar nicht mit ihrem ersten Kuss. Ein Geheimnis ist umso süßer, je mehr man es geheim hält. Du gehörst zu den Wissenden! Kommt gut nach Hause!"

Als die beiden Besucherinnen aufbrachen, noch einmal vom Palmenhain winkten, sagte Eric zu seiner Nasrin:

„Ich glaube, ihr erster Kuss hat etwas bei ihr angereichtet, Hoffentlich kann sie damit umgehen. Doch was geschah mit dir?"

Sie legte ihre Hand auf seinen Oberschenkel:

„Mach' dir keine Sorgen! Es war ein schönes Bild. Sie ist hübsch, jung und schlank; sie ahnt, was sie anrichtet. Sie hat gewiss gespürt, wie du auf sie reagiert hast. Doch was das bei ihr auslöste, war ihr fremd. Sie war ganz schön in Aufruhr! Wir gehen morgen zu den anderen in die große Bucht. Vielleicht begegnen wir ihr."

Eric beharrte:

„Nein, meine Liebste, ich meine etwas Anderes. Ich habe vor deinen Augen ein junges, hübsches Mädchen geküsst. Dabei hat es mächtig geknistert! Wir waren beide nackt...!"

„Danke, dass du dich um meine Gefühle sorgst. Übrigens, wir sind alle nackt. Ja, ich habe euch gesehen und ich habe keinen Schmerz, keine Sorge um dich gespürt. Das hat mich auch überrascht. Ich versuch's mal so zu erklären. Zwischen uns existiert eine unerschütterliche, unauslöschbare Wahrheit. Ich habe mich einmal gefragt, was das Schlimmste wäre, was du mir antun könntest. Es wäre, wenn du mich schlägst! Aber nicht einmal dann, würden sich meine Gefühle, meine Liebe von dir abwenden. Ich wäre traurig! Liebe macht auch manchmal traurig, durch Sorge um den anderen zum Beispiel; aber du bist und bleibst nun einmal der Mann, den ich erwählt habe. Genauso wie ich, bist du nicht eine perfekte, unfehlbare Person. Aber du bist nun einmal der aus allen Herausgehobene! Wenn du mit einer anderen Frau Sex haben würdest, würde ich das bedauern, dass mir das eine Mal entgangen ist. Denn das ist noch lange nicht vorbei, ich könnte dich unentwegt und dauernd und ganz besonders jetzt…!"

„Dann soll dein Wille geschehen!"

Am nächsten Morgen liefen sie gemeinsam zur großen Bucht. Sie brauchten sich nicht mehr verbergen und viele wohlmeinende Blicke folgten ihnen. Er ließ Nasrin allein zurück und sah nach den Reusen. Er brachte reichlich Beute mit und rasch versammelten sich Neugierige, um ein Teil der Beute zu ergattern. Er tauschte Langusten gegen Dinge, die sie beide benötigten. Geld gab es nicht. Das junge Mädchen war unter den Neugierigen. Ihre Augen ließen ihn nicht los. Er überließ Nasrin den Handel und ging zu dem jungen Mädchen. Sie sagte unsicher:

„Ich heiße Jo und ich komme aus Vietnam. Ich möchte mich entschuldigen!"

„Ich nehme keine Entschuldigung an!" sagte Eric klar. „Denn es gibt nicht das Geringste zu entschuldigen."

„Dein Kuss… Ich habe nicht mit meiner Freundin gesprochen… Ich habe kein Auge zugetan, und wenn ich mich dazu zwang, hörte er nicht auf und durchwühlte mich wie Fieber. Wir Mädchen küssen uns oft und spielen auch miteinander dort unten und niemand findet etwas dabei. Es erregt uns… aber es überwältigt uns nicht! Wir finden zurück in die Normalität. Du hast Spuren hinterlassen… Es ist wie eine süße Wunde, die nicht heilen will."

„Jo, nichts soll dir oder mir leidtun. Ich möchte nur, dass Nasrin bei uns ist. Ich kann zur Welt des Weiblichen nichts sagen. Ich kann über mich sprechen und ich bin bereit, dich alles wissen zu lassen. Nur es gibt so viel Rätselhaftes zwischen Mann und Frau und offenbar bist du bereits eine junge

Frau; aber Nasrin kann dir helfen. Ich weiß nur, dir ist kein Unheil geschehen; du hast nur eine neue dir unbekannte Welt betreten."

Nasrin kam dazu:

„Wenn du alleine kommen willst, komm' uns besuchen! Ich ahne, was los ist! Mach dir keine Sorgen. Mit dir ist alles in Ordnung, vielleicht mehr als mit jemand anderem. Vielleicht bist du nur empfindsamer. Das kann schön sein aber auch schmerzvoll. Willst du heute Nachmittag kommen?"

Jo nickte.

„Na, du weißt, wo du uns findest. Und wenn du allein kommst, wird es nur um dich gehen! Bis dann!"

Jo war pünktlich; sie kam leichtfüßig und strahlend. Sie trug eine zarte weiße Kette aus winzigen Schneckenhäusern auf der gebräunten Haut; das schwarze Haar hatte sie hochgesteckt. Ihre makellos weißen Zähne strahlten. Sie wirkte freier. Nasrin umarmte sie; bei Eric traute sie sich nicht.

„Du siehst blendend aus!" sagte er.

„Eure paar Worte heute Morgen haben vieles geglättet!" sagte sie sanft und sah zu Boden.

„Komm', setz dich!" lud Nasrin ein. „Zwischen uns, oder gegenüber?"

„Gegenüber! Dann kann ich euch beide ansehen!"

„Jo, dir ist gestern etwas Schönes geschehen. Nichts ist an dir verkehrt; vielleicht bist du deutlich gefühlvoller als andere. Aber durch diese Situation hier, diese Insel ohne Männer oder gleichaltrige Jungs, bist du gewissermaßen ohne Vorwarnung ins kalte Wasser gesprungen."

„Mir war aber so ungeheuer wohlig! Das, was da im Bauch ablief, war so aufwühlend kribbelnd, als wollte mein ganzer Unterlieb auseinanderfliegen. Wir Mädchen haben uns ja auch berührt, so wie uns lesbische Paare rieten. Das war auch angenehm; aber gestern... das war anders!"

„Du bist nicht durch belastende Erlebnisse mit Männern emotional geschädigt. Männer haben eine andere Energie, und du hast sie ungeschützt hereingelassen und mit deiner vermischt. So, wie es dir geschah, sollte es sein! Falls dir andere Männer im Leben begegnen werden, wirst du dieses Erlebnis zum Maßstab machen."

„Da war aber auch noch Beiwerk!" wandte Jo ein und sah zu Boden. „Ich fühlte Schwäche, Unterlegenheit, Opferbereitschaft, Unterwerfungsphantasien, Auflösungserscheinungen meiner Person. Das blitzte nur so durch meinen Kopf, für diesen Menschen alles zu geben, jedes nur erdenkbare Leid zu ertragen..."

Nasrin beugte sich vor und streichelte ihr Bein:

„Liebe Jo, bedenke, was du bisher alles anhören musstest. Du bist ausschließlich mit negativen Dingen und Berichten konfrontiert worden. Du kennst vom Hörensagen nur das Kranke, das Verwerfliche, das Verabscheuungswürdige von einer Beziehung zwischen Mann und Frau. Ein Mann wird ähnlich von einer Frau berührt, wie sie von ihm. Weibliche Energie ist vielleicht nicht so eruptiv, dafür aber beständiger, verlässlicher. Auch für ihn kann ein solcher Kuss lebensverändernd sein, weil ihn eine Frau dermaßen anzieht, dass er glaubt, den Verstand zu verlieren. Womöglich wehrt er sich auf seine Weise dagegen, lässt sich seine Verletzlichkeit nicht anmerken. Männliche Tugenden sind anders, als du bisher gehört hast. Deinen Mann sollst du nicht fürchten, er schützt dich; er will dein Leid nicht. Er liebt dein Lachen und freut sich über dein Glück, deine Erwiderung. Er ist bereit für dich, sein Leben einzusetzen. Er ist dein Vater, dein großer Bruder, dein bester Freund und natürlich dein Liebhaber, mit dem du die schönsten Stunden teilst, dem willst du dich hingeben nicht opfern. Dein Mann will dich nicht unterwerfen, er will dich aufrichten. Diesem Mann willst du dich anschließen."

Nasrin machte eine Pause. Dann fügte sie hinzu:

„Viel Korrektur auf einmal, ich weiß, aber denk' in deinem eigenen Interesse darüber nach. So wird dein Mann sein!"

„Als du uns sahst, wie wir uns küssten und was dabei geschah, warst du nicht eifersüchtig?" fragte Jo.

Nasrin schüttelte den Kopf:

„Ich sah, dass da vor meinen Augen etwas Wunderbares geschah. Mein Mann, der er immer sein wird, hat dir die Tür aufgehalten! Eine schöne Geste! Glaub nur nicht, dass Liebe ein so scheues Reh ist. Sie ist robust und mächtig. Warum nicht teilen, was ich im Überfluss habe. Ja, du bist jung und schön, attraktiv und begehrenswert. Aber da ist noch etwas Anderes, was ein Paar dauerhaft anzieht, ich weiß nur nicht, wie ich es benennen soll. Erlaubst du mir einen Test?"

Jo nickte mutig. Nasrin sah ihren Mann in die Augen und er und sie glühten auf, bevor sie sich küssten, zuerst zärtlich, dann mit wachsender Leidenschaft, dann in wildem Taumel. Jo hielt sich erschrocken die Hand vor den Mund. Als Nasrin und Eric sich gesammelt hatten, sagte sie:

„Möchtest du jetzt mit ihm alleine sein?"

Jo sah zu Eric und nickte.

„Ja, ich möchte ihm Fragen stellen." sagte sie mutig.

„Gut so, meine Freundin! Du entwickelst dich zum Hoffnungsträger!" sagte Nasrin erhob sich und ging mit einem Winke-Winke davon.

„Komm' setz dich neben mich!" bat Eric.

Jo erhob sich, ging auf ihn zu, blieb neben ihm stehen. Er umfasste ihre Knie und sah nach oben. Sie sah nach unten und strich sich eine Strähne aus dem Gesicht. Sie setzte sich:

„Als du mich neulich geküsst hast, spürte ich es; als du Nasrin geküsst hast, sah ich es. Erzähl' mir von dir... Was bedeutet das?"

Eric überlegte eine gute Weile:

„Als ich dich küsste, geschah es unerwartet und überraschte mich. Gewiss, du bist sehr attraktiv, unübersehbar sehr weiblich; ich seh' dich gern an; vieles in dir und mir läuft unbewusst, instinktiv ab, unbegreiflich, es ist schwer zu beschreiben; dein Anblick durchdrang die erste Schicht. Du hast mich angezogen, nonverbale Botschaften, Lockstoffe... deine Begleiterin letztens tat das nicht. Ich weiß nicht warum, aber nur du hast mich verführt. Deinen Körper sehe ich gerne. Dein Kuss war wie eine Bestätigung, eine Einladung, ein Verlangen nach mehr. Ich hielt dich im Arm und konnte deine Haut berühren, spürte deine Schauer... Du hast meine Reaktion ausgelöst. Dein übermäßiger Schreck hat dich dann erst einmal ausgebremst."

„Was du sagst, höre ich zum ersten Mal; niemals sprach jemand so zu mir! Ich hör' es gern und weiß nicht warum. Das Kribbeln im Bauch setzt wieder ein. Ich mag, wie du mich ansiehst und ich mag der Grund sein für deine Reaktion und ich weiß nicht warum. Ich will dich küssen oder muss ich warten, bis du mich küsst?"

Eric lachte:

„Nein, das musst du nicht! Du entscheidest, wen oder wer dich küsst! Mir ist sehr danach!"

Sie beugte sich ihm entgegen, sahen sich eine Weile in die Augen. Er genoss ihren Atem in seinem Gesicht. Sie legte ihre Hand auf seine Brust. Er umfasste zuerst ihre Schulter, zog sie an sich und griff in ihren Nacken. Sie küssten sich sanft verspielt dann ernsthafter, verlockender, provokanter; sie lachte und legte ihre Hand auf seinen Oberschenkel. Er streichelte und massierte leicht ihre Brust. Sie fiepte, krallte in seinen Oberschenkel, verwehrte es ihm nicht. Er ließ seine Hand abwärts gleiten über ihre Hüften auf ihre Oberschenkel und streichelte ihre Innenseite. Er spürte ihre Lust, ihre Neugier auf mehr. Beherzt ergriff er ihre Hand und half ihr, ihre Scheu zu überwinden. Ihr Kuss endete aber ihr Zugriff nicht. Sie sah ihm in die Augen:

„Vor etlichen Jahren erzählte mir eine ältere Frau Dinge, von denen ich nichts verstand. Ich hielt die Alte für nicht so ganz richtig im Kopf. Sie erzählte mir, was Männer mögen. Das waren so absurde Dinge für mich, weil ich ihr nicht glaubte. Jetzt begreife ich, was sie meinte."

Jo küsste ihn verspielt, übermütig.

„Es ist schön und es macht mir keine Angst. Lass' uns ins Wasser gehen und spielen!" lockte sie. Sie rannte los, er ihr nach. Das Wasser spritzte. Sie rannten bis zur leicht überspülten Sandbank. Er setzte sich, sie hockte sich ihm gegenüber.

„All das taten wir Mädels auch schon, so oft, dass es schon langweilig wurde. Jetzt im Augenblick ist das viel prickelnder, aufregender, so als könne gleich etwas viel Gewaltigeres über uns hereinbrechen. Sag' mir, tu' ich etwas Schlechtes?"

„Nein überhaupt nicht!" beruhigte er sie und strich ihr Haar über ihre Schultern. „Es macht mir genauso viel Spaß wie dir! Du erregst mich!"

„Das kann jetzt nicht sein! Du erregst mich! Mein Bauch ist die süße Hölle! Verhält sich das mit deinem so angeschwollenen Organ auch so? Ich bin sicher, du weißt, was zu tun ist! Warum tust du nichts? Soll ich nach Nasrin rufen?"

Er zog sie näher auf seinen Schoß. Sie trommelte mit sanften Fäusten gegen seine Brust. Er hielt ihren zappelnden Körper, sie platschte mit den Füssen. Er küsste sie. Sie adaptierte ihre Bewegungen an das rhythmische Auf und Ab der Wellen. Sie fand etwas Ruhe in einem behaglichen inneren Rausch. Sie schloss die Augen und rieb sich an ihm. Ihn faszinierte ihre naive Beherztheit. Er orientierte seine Position zu einem intensiveren eigenen Vergnügen. Auch er geriet jenseits dieses Points of no Return. Er bremste sie etwas aus, holte sie aus ihrem Rausch:

„Du hast gesagt, ich soll etwas tun, um dein Kribbeln zu befrieden. Ich kann das tatsächlich tun; vielleicht schmerzt es etwas; aber es ist ungefährlich und wird uns beide erlösen. Sobald du sagst, ich soll aufhören, werde ich aufhören."

Sie schüttelte den Kopf und bat: „Tu's, was es auch sei! Ich vertraue dir!"

Nach kurzer Verunsicherung erlebte sie, wie wohl er ihr tat und er erlebte, wie wohl sie ihm tat. Als sie zurückkehrten von ihrem ersten Ausflug, legte sich ein wohliger Seelenfrieden über sie.

„Meine Güte, was war das denn?" jubelte sie. „Das ist das ganze Geheimnis?"

„Das ist das Geheimnis, wenn man es zu seinem Geheimnis machen will!" bestätigte er.

„Es ist süß und bekömmlich! Ich glaube, ich kann mich daran gewöhnen und das könnte mich zur Naschkatze machen!" sie lachte freundlich-frech.

Nasrin freute sich aufrichtig:

„Ihr beide seht aus, als hättet ihr gerade etwas Wunderbares erlebt. Meinen herzlichen Glückwunsch! Jetzt habe ich eine Mittäterin oder eine Verbündete?"

„Auf alle Fälle eine Verbündete, eine Gleichgesinnte und vor allem eine Freundin!" versprach Jo. „Ich würde mir auch niemals deinen Mann ausleihen, aber es gibt nur den einen!" alberte sie.

Beschwingt ging sie nach Hause zu ihren *Schwestern*, wie sie sie nannte. Ganz verschweigen konnte sie den Grund ihrer rätselhaften Ausstrahlung nicht. Reifere Frauen, denen sie begegnete, erkannten sofort die Symptome. Es gab nur einen Mann, so ließ sich schnell und leicht eins und eins zusammenzählen. Die meisten atmeten auf und durch, als sei ein böser Fluch von ihnen abgefallen.

Auch Eric bemerkte eine veränderte Energie in der Art und Weise, wie man von nun an mit ihm umging. Er erhielt viele Aufträge, um Liegen zu bauen, die auch ihnen so wie Nasrin einen besseren Schutz vor den Plagegeistern am Boden versprachen. Er stellte sogar geschickte Frauen ein, die die Teile besser und stabiler zusammenflochten, als er es konnte. Er beschränkte sich darauf, die Bambusstäbe zu selektieren und maßgerecht abzulängen. Es wurde viel geschwatzt und gelacht, und wo man ihn einst Spott und Schmähungen zurief, musste er sich jetzt zum Teil kräftige, aber auch witzige Anzüglichkeiten anhören. Manche griffen auch respektlos zu und meinten:

„Ihr Männer mögt das doch, oder hat sich da etwas geändert?"

Meist schwieg er – im privaten Bereich nahm er sich Zeit zur Klarstellung seiner Vision. So suchte er den Kontakt zu seinen weiblichen medizinischen Kollegen. Sie waren deutlich weniger abweisend als zuvor. Es waren recht viele, wenn man das Pflegepersonal hinzurechnete. Er regte an, eine deutlich höhere Aufmerksamkeit der Hygiene im Alltag zu schenken, damit kleinere Verletzungen, zum Bespiel an den nackten Füßen, keine unbeherrschbaren Infektionen auslösen. Er empfahl Frauen, die in gebückter Stellung arbeiten, häufiger Pausen einzulegen und sich im warmen Wasser zu entspannen, um den Rücken zu entlasten. Gebückt laufende Frauen sprach er an und riet ihnen, bewusst aufrecht zu gehen, um Haltungsschäden zu vermeiden. Seine Fürsorge kam gut an und brachte ihm eine wachsende Sympathie ein. Er bemerkte, dass die Frauen ihm eher zuhörten und seine Anweisungen befolgten, als die seiner weiblichen Kollegen. Hierüber aber schwieg er.

Eines Abends, Nasrin lag in seinen Armen und genoss seine Zärtlichkeit, die trotz seiner wachsenden Aufgaben, niemals vernachlässigt wurde, gestand ihm seine Frau, dass sie schwanger sei. Seit längerem schon, sie habe nur abgewartet, bis sie sicher war. Sie waren voller Freude, denn dieses Kind ist das erste, dessen Heimat von der Zeugung bis zur Geburt, diese Insel ist.

„Und wenn's ein Junge wird?" fragte sie etwas ängstlich.

„Ich verspreche dir, es wird ihm nichts geschehen. Ich bitte dich nur, dich zu schonen, damit sie oder er gesund zur Welt kommt!" schwor er ihr.

Noch bevor sie einschlief, murmelte sie:

„Hoffentlich hat's ein Schwänzchen!"

Natürlich untersuchte Eric seine Frau bevor er ihre Behausung verließ und sobald er zurückkehrte. Als er Jo davon erzählte, gab es für sie kein Halten mehr:

„Ich muss sofort zu ihr! Ich will ihr zur Hand gehen und jede Phase ihrer Schwangerschaft miterleben. Ich freue mich so sehr, mindestens so sehr wie ihr!"

Sie ließ alles sofort stehen und liegen und eilte zur Bucht, wo sie lebten. Nasrin freute sich und Eric war beruhigt, dass jemand bei ihr war, so dass er seinen vielfältigen Tätigkeiten nachgehen konnte. Es fiel ihm um etliches leichter, seitdem er geachtet und geschätzt wurde.

Es ereigneten sich hin und wieder unerwartete Dinge, die ihnen der Ozean bot, deren Ursachen aber verborgen blieben. So traten eines Tages massenhaft Haie vor ihrer Insel auf, so dass es schwierig bis unmöglich war, die Reusen zu bedienen. Anderntags waren sie spurlos verschwunden. Als ein langfristig positives Ereignis erwies sich ein mächtiger Teppich aus Kelp, der eines Tages angeschwemmt wurde. Eric empfahl, möglichst viel davon frisch zu verzehren; Kelp schmeckt köstlich, salzig-bitter und enthält zahlreiche Vitamine und Mineralien. Früher, so er zählte man ihm, empfand man ihn als lästig, weil er übel roch, während er in der Sonne verdarb. Doch das war weniger die Pflanze selbst, als vielmehr die zahllosen winzigen Tierchen, Muscheln, Seeigel, Seesterne und Schnecken, die sich in ihm verfangen hatten und nun verwesten. Jetzt breiteten sie den größten Teil der Pflanze auf den Felsen fern der Siedlung aus, wo Seevögel akribisch das Kleingetier herauspickten und ihnen die Pflanze überließen. Sie trockneten die Pflanze in der Sonne und dem Wind, anschließend zerrieben sie die Pflanze zu Pulver oder einer Art Teeblätter, die sie ständig mit den wertvollen Mineralien versorgten. Einige begeisterte Frauen meinten sogar, der Extrakt sei berauschend. Erics Wissen und seine ehrliche Fürsorge stimmte alle entspannter und freundlicher.

Auch Nasrins Schwangerschaft sprach sich herum. Der Dammbruch war vollzogen. Manche erfasste Trauer über all die verlorenen Jahre voller Groll und Wut. Neue Tugenden zogen ein, wie Solidarität, Hilfsbereitschaft, Gelassenheit und vor allem Fröhlichkeit und Lachen.

Eric suchte Kontakt zu Frauen, die aus Naturvölkern stammten und die einer Art moderner Sklaverei entkommen waren. Sie besaßen erstaunliche Kenntnisse über natürliche Heilverfahren und die Anwendung von Heilpflanzen. Die Verständigung mit ihnen war allerdings oft schwierig bis unmöglich. Wenn er bei irgendetwas nicht weiter wusste, überließ er es ihnen, seine Patienten zu behandeln und sah ihnen bei ihrer Heilkunst zu. Er konnte viel lernen und verhalf diesen sehr dunkelhäutigen Frauen zu Respekt und Ansehen. Auch Sonja lud ihn oft zu Gesprächen über dieses und jenes ein. Sie beide spürten, wie sie einander ergänzten zum Wohl der gesamten Gemeinschaft. Sie erzählte ihm auch von Frauengruppen, die sich völlig aber in Freundschaft von den anderen absonderten, in entlegenen Tälern wohnten, um bestimmte spirituelle Rituale und Lebensweisen zu befolgen.

Nasrin freute sich aufrichtig über seine wachsende Beliebtheit, wenn sie auch auf seine Gesellschaft immer mehr verzichten musste. Jo war da wie eine jüngere aber liebevolle Schwester und so schliefen sie oft zu dritt in oder vor ihrer Grotte. Nasrin entzog sich zunehmend den sexuellen Begegnungen und beschränkte sich auf Zärtlichkeiten. Sie machte sich Sorgen über ihn, er könne Groll entwickeln und schlug vor, er möge sich in dieser Angelegenheit mehr Jo zuwenden, die bestimmt keine Einwände hätte. Friede und Harmonie zwischen allen drei sei oberstes Gebot. So knüpften Jo und Eric an unterbrochene Erlebnisse an und vertieften ihre Beziehung. Sie hatte so viele Fragen über die männliche Sicht der Dinge. Sie wolle auch Ärztin werden und verschaffte sich gründlichere Kenntnisse über die männliche Anatomie. Oft plauderten sie im Schatten der Palmen während der Mittagshitze. Nasrin hielt sich dann lieber in der kühlen Grotte auf und genoss dort die Mittagsruhe.

Jo suchte keine Ruhe, war umtriebig und mochte es gern pikant und wollte so viel ausprobieren. Ruhiger wurde sie, nachdem sie ihn genossen hatte, wie sie es nannte:

„Was ziehst du vor? Wenn ich dir sage, dass ich dich will, meine Augen dir sagen, dass ich dich will, ich dich küsse, damit du weißt, dass ich dich will, oder soll ich abwarten, damit dein Appetit wächst und du mich einfach nimmst?"

„Wenn du eine Frage stellst, solltest du sie zuerst selbst beantworten!" wich er aus.

Sie war unzufrieden mit seiner Antwort, wollte aber wissen, wie er denkt:

„Also schön! In meinen Träumen möchte ich ständig und unentwegt oder pausenlos oder wieder und immer wieder... Wie findest du das?"

„Die Psychologie und Medizin hat einen Begriff dafür; sie nennt es Nymphomanie! Aber weil kaum ein Mann solchen Ansprüchen gerecht werden kann, ist eine solche Frau auf mehrere Versorger angewiesen. Das führt oft zu Streit. Eine solche Frau vermeidet dadurch eine wirklich tiefe Begegnung mit ihrem Mann. Für sie ist das ein rauschartiges Erlebnis, durchaus auch glückvoll, aber sie ist eher in diesen Rausch verliebt als in die Person, die ihn ihr verschafft. Ich glaube nicht, dass das auf dich zutrifft. Du bist jung und neugierig und ahnst, dass dies hier, die Begegnung zwischen Mann und Frau noch viel mehr für dich bereithält."

„Ich weiß, dass es für einen Mann anstrengender ist. Aber warum ist der Mann nicht für häufigere Begegnungen ausgestattet, mehrmals am Tag, zum Beispiel?"

„Weil es keinen Sinn macht! Die Natur hat andere Absichten, nämlich eine Paarung zur Fortpflanzung. Mehrmals am Tag mit einer Frau macht keinen Sinn; entweder sie ist bereit oder nicht! Und wenn sie fruchtbar ist, genügt einmal!"

„Dann bist du hier am rechten Platz: der einzige Mann und hunderte von Frauen! Stell' dir vor, es wäre umgekehrt!" sinnierte Jo.

„Die Insel wäre bereits ausgestorben!" bestätigte Eric. „Daher hat die Natur den Frauen vernünftigere Verhaltensmerkmale mit auf ihren Lebensweg gegeben, weil sie das Überleben garantieren!"

Sie schwiegen eine Weile. Jo beharrte:

„Aber das war nicht meine ursprüngliche Frage!"

Eric nickte:

„Daher habe ich auch eine andere Sicht im Hinblick auf die Initiative zur Paarung. Da eine Frau die Hauptlast trägt, die sich aus einer erfolgreichen Paarung und Schwangerschaft ergeben, soll sie auch die Wahl treffen, mit wem sie sich paart. Das Werben des Mannes sollte allenfalls als Angebot verstanden werden. Sie wählt aus, wen und wann sie es will; nach welchen Kriterien, bleibt ihr überlassen. Es bleibt ein ewiges Rätsel.

Du wächst hier unter untypischen Voraussetzungen auf; daher sollen dir auch Sonderrechte zugestanden werden. Sei authentisch! Du kannst keine Fehler machen. Handle, lerne und sammle Erfahrungen! Mir gefällt es sehr, wenn du aber auch Nasrin initiativ seid, das heißt zum Reigen auffordert. Es hilft zum Umdenken – selbst mir! Nur, wie gut kannst du mit einer Zurückweisung umgehen?"

„Das wird etwas wehtun, aber ich bin sicher, du wirst mir helfen, damit umgehen zu lernen!"

„Das werde ich; das verspreche ich dir! Ich hätte damit auch Schwierigkeiten, aber Männer müssen das auch lernen!" gestand er ihr.

„Ich werde dir eine schlechte Lehrerin sein!"

„Und warum?"

„Weil ich dich niemals zurückweisen werde. Ich werde alles stehen und liegen lassen, um deinen Wunsch zu erfüllen!" sagte Jo schmeichelnd.

Ein Lachen und ein gezielter Kuss gliederte sie unmissverständlich in den Lauf der Dinge ein.

Als sie Hand in Hand nach oben zu Nasrin schlenderten, bat Jo ihn, doch auch einmal mit ihren Schwestern zu sprechen. Sie habe ihnen schon viel erzählt und sie seien so neugierig und haben so viele Fragen. Sie wollen ihn kennenlernen. Sie, Jo, wolle lieber bei Nasrin bleiben und sich um sie kümmern. Sie könne so viel von ihrer Schwangerschaft lernen.

Tags darauf suchte er die sogenannten Schwestern auf. Es waren zusammen mit Jo einundzwanzig junge Mädchen, die etwas abseits zusammenwohnten, da sie zu der neuen Generation gehörten und allesamt auf der Insel geboren wurden.

Er traf zwei von ihnen an, die sich riesig freuten, dass er mit ihnen sprechen und Rede und Antwort stehen wollte. Sie verabredeten sich für den nächsten Morgen in der Schattenbucht. Dort waren sie ungestört und der gesamte kleine Strand lag im Schatten einer Bergwand.

Als er dort eintraf, waren alle Mädchen schon anwesend. Sie saßen verteilt in den bleichen Ästen angeschwemmter Baumstämme. Das sah witzig aus und war auch praktisch, denn er konnte alle sehen und sie verstanden jedes Wort. Die Wellen flüsterten nur, als wären sie auch neugierig und wollten kein Wort verpassen. Er begrüßte sie alle und sie nannten ihre Namen. So konnte er sie zusammen mit ihrer Hautfarbe und Gesichtsphysiognomie einigermaßen sicher ethnisch einordnen. Sie waren durchweg hübsch, gepflegt und alle so um die achtzehn bis zwanzig Jahre alt, einige wenige vermutlich etwas älter. Einige hatten ihre Haare geflochten, sonst trugen sie nichts an sich außer Hals- oder Fußkettchen. Selbst das seltsame Paar war anwesend. Sie saßen Händchen haltend dicht beieinander, die eine von auffallend weißer Hautfarbe und mit skandinavisch blondem Haar und blauen Augen, die andere mit tief schwarzer Hautfarbe und schwarzem Kraushaar und dunklen Augen. Jo sprach öfter von ihnen; sie lebten etwas abgesondert von den anderen und nannten sich selbst das Paar.

Eric hängte sich ebenfalls zwanglos in das Geäst eines abgestorbenen Baumskeletts.

„Wollt ihr beginnen? Soll ich beginnen? fragte Eric.

Eine Asiatin – sie konnte das ‚R' nicht sprechen - antwortete:

„Wir danken dir, dass du zu uns gekommen bist! Jo hat von dir erzählt. Sie nannte dich Mann. Mann war bisher in unserer Sprache ein Schimpfwort. Daher sprachen wir untereinander von dir als dem Mutanten. Das ist kein Schimpfwort; es bezeichnet dich nur als andersartig.“

Eric lachte – und das konnte er besonders charmant:

„Das ist ein ausgezeichneter Auftakt, denn er schildert sehr bildhaft all unsere Problematik. Was steckt hinter einem Wort, einer Bezeichnung?“ Eric musste noch einmal herzhaft lachen.

„Warum lachst du?“

Er erklärte:

„In meiner Begriffswelt ist ein Mutant ein Ungeheuer, meist bösartig und gefährlich – zumindest wird er in der Literatur so dargestellt. Aber bin ich ein Ungeheuer? Habt ihr Angst vor mir?“

„Du bist fremd! Wir wollen wissen, wer und was du bist! Du hast vielen geholfen. Jo schwärmt und erzählt wahre Wunderdinge von dir; wenn du sie berührst, würden seltsame Dinge mit ihr geschehen. Wir berühren uns auch, wir küssen uns, wir kennen die Stellen, an denen wir es besonders gernhaben. Was bist du für ein Wesen? Menschen haben für gewöhnlich weiche, schön ausgeformte Brüste, ein weitgeschwungenes Becken und auf keinen Fall solch einen Fremdkörper an sich baumeln; und dann all die wüsten Haare im Gesicht, die haarigen Beine! Sind das menschliche Attribute? Bist du ein Wesen, das über uns Macht bekommen will? Gewiss, breite Schultern und kräftige Oberarme und deine Oberschenkel finde ich schön! Auch deine tiefe Stimme klingt einschmeichelnd! Irgendetwas geht von dir aus, das kann ich nicht leugnen. Bist du ein Magier?“

„Nein, ich bin kein Magier und ich will euch allen keinen Schaden, kein Leid zufügen. Ihr habt zu keinem Zeitpunkt irgendetwas zu befürchten. Und die Attribute, die du nanntest, sind männliche Attribute. Ich stimme dir zu, Frauen sind deutlich schöner als Männer. Ihr alle seid wunderschön; ihr seid jung und anziehend."

„Was heißt das, wir seien anziehend?" rief ihm jemand zu.

„Das heißt, dass ich gern in deiner Nähe bin, dich in die Arme schließen möchte, deinen Duft einatmen möchte, dich küssen möchte..." antwortete er.

„Wenn ich das aber nicht möchte?" fragte sie nach.

„Dann wird das alles nicht geschehen! Ganz einfach!" sagte er. „Aber habt ihr alle nicht schon einmal geniest?"

„Natürlich haben wir das! Aber warum lenkst du ab?"

„Ich lenke nicht ab! Ich will euch nur etwas verständlich machen, was ihr noch nicht kennt! Es ist wie dieses Niesen, es kommt über euch und ihr könnt nichts dagegen tun! Es ist angenehm, zusammen zu sein."

Viele nickten; manche wurden nachdenklich. Eric gab ihnen Zeit:

„Es gibt ein indisches Sprichwort: *Die Liebe und der Tod kommen meist als ungebetene Gäste.* Sie kommen einfach und sind da! Den Tod kennt ihr hier auch! Ihr seid jung, aber habt ihr nicht schon einmal darüber nachgedacht, dass wir alle nach einer gewissen Zeit sterben werden? Demzufolge wird diese Insel eines Tages menschenleer sein.

Könnte ich euch erklären, wie fantastisch eine Mango schmeckt? Nein, ihr müsst es selbst ausprobieren! Ich empfehle euch, weniger auf das zu achten, was ihr seht oder was euch andere sagen, als vielmehr auf das zu hören, was aus eurem Innern nach euch ruft!

Leben schafft Leben, damit es fortbesteht. Dazu braucht es Frauen und Männer. Daher ist meine geliebte Gefährtin Nasrin schwanger!"

„Du verwendest Worte, die wir nicht kennen!" rief jemand fast schon unwirsch. „Was heißt schwanger?"

„Entschuldigung! Ich ahnte nicht, dass niemand darüber zu euch sprach!" bat Eric. „Schwanger ist eine Frau, wenn in ihrem Bauch ein Kind heranwächst. Nach einer geraumen Zeit wird das Kind seine Mutter verlassen; es wird geboren und lebt nun ein eigenständiges Leben unter der Obhut seiner Eltern."

Eric spürte förmlich, wie die Spannung bei seinen Zuhörerinnen stieg.

„Was sind Eltern?" fragte jemand anderes.

„Eltern sind eine Mutter und ein Vater. Ihr kennt eure Mutter..." antwortete Eric, doch er wurde unterbrochen:

„Was ist ein Vater?"

„Ein Vater ist ein männlicher Mensch, so wie ich, der mit einer Frau ein Kind zeugt, wenn sie dazu bereit ist, es will und will, dass er der Vater ist!"

Nun prasselte es Fragen. Eric erhob sich, streckte seine Arme aus und bat um Ruhe:

„Bitte hört mir zu! Ich möchte das für jetzt soweit belassen. Ich werde euch alle Fragen beantworten, nichts werde ich verschweigen. Doch geht erst einmal nach Hause; geht in euch; sprecht untereinander, prüft, was das mit euch macht.

Vielleicht sind einige unter euch, die das alles gar nicht hören wollen. Ich möchte, dass es euch gut geht, jeder einzelnen von euch. Vielleicht erteilt mir die Gewählte ein Sprechverbot, wenn sie nicht will, dass ihr diese Dinge erfahrt.

Wenn ihr geht, seid achtsam, verletzt euch nicht, achtet auf euren Weg, damit eure Füße gesund bleiben. Ich möchte, dass es euch gut geht! Das Neue soll euch nicht belasten, es soll euch befreien. Doch ihr entscheidet über das, was ihr wissen wollt. Ich bin kein Missionar; ich hoffe, es gelingt mir euer Freund zu werden. Ihr seid die Auserwählten!"

Einigermaßen verwirrt und ungläubig trollten sie sich einzeln oder in Gruppen davon. Nur wenige winkten ihm freundlich zu. Doch eine blieb zurück, lief im Kreis und sah zu Boden.

„Kann ich dir helfen?" fragte Eric.

„Ich habe mein Fußkettchen verloren! Ich suche es!" sagte sie.

„Du wirst kein Glück haben, es im Sand zu finden. Aber wie heißt du?" sagte er freundlich.

„Ich heiße Fabia!" Sie sah ihm in die Augen.

Fabia war ein feingliedriges, zartes Mädchen mit weicher etwas melancholischer Stimme.

„Du hast dein Kettchen nicht verloren!" sagte Eric und legte seine Hand auf ihre Schulter.

„Nein, ich habe es nicht verloren! Ich besaß nie eins!" gestand sie. „Ich wollte mit dir allein sein!"

„Du bist mutig!" sagte er.

„Was ist mutig?"

„Du bist mutig, wenn du deine Angst besiegst!" sagte er.

„Ich spreche nicht gut, aber ich finde Worte! Ich wollte Worte hinter mir lassen!"

Eric wusste nicht, worauf sie hinauswollte und ließ die Worte auch hinter sich und streckte ihr beide Hände entgegen.

Sie griff nach seinen Händen:

„Dein Rat, auf das zu hören, was aus deinem Innern nach dir ruft, hat mich getroffen. Ich will wissen, was ich noch nicht weiß! Irgendetwas will wissen, warum es mich zu dir hinzieht!"

Er zog sie an sich. Sie legte ihren Kopf an seine Brust.

„Ich mag deine haarige Brust, das kitzelt. Ich mag dein wüstes Haar im Gesicht, damit kann ich dein Gesicht zu mir ziehen. Ich weiß, wie das Küssen geht. Ich weiß nicht, wie ein Mann küsst. Küss mich! Berühre mich!"

Er legte ihre Arme um seinen Hals, umfasste ihre Hüften und zog sie kräftig an sich. Sie leckte ihre Lippen, schloss ihre Augen und sie küssten sich in der unmissverständlichen Sprache, endlos, unterbrachen kurz, küssten ein zweites Mal und wieder und immer wieder. Sie drohten, den Halt unter ihren Füssen zu verlieren. Sie klangen aus, lösten sich voneinander. Sie sah ihn lange wortlos an. Er hielt ihren Blicken stand. Ein unsichtbares Band schlang sich um sie und sie in die Welt jenseits von Freundschaft und Sympathie entführte.

„Komm' mit mir, ich will dir etwas zeigen!" sie ergriff Erics Hand.

Solange es der sandige Weg es erlaubte, gingen sie nebeneinander; sie legte ihren Kopf an seine Schultern; er umfasste ihre Hüften. Plötzlich blieb sie stehen und trat rechts durch eine grüne Wand und verschwand. Als Eric zögerte, streckte sich ihm ein Arm entgegen. Auch er verschwand in dieser Wand. Ein schmaler Pfad wand sich durch einen Hain jungen Gebüschs. Fabia ging voraus. Sie hatte sich ihr langes schwarzes Haar auf den Kopf getürmt, damit es sich nicht im Gehölz verfing. Wer hatte ihr nur diesen sanft angedeuteten Hüftschwung beigebracht? Eine fast kreisförmige Lichtung tat sich auf, in deren Zentrum ein spiegelglatter Teich lag, dessen Besonderheit ein grüner Moosteppich war, der wie gemalt, diesen Teich gleichförmig umschloss. Virtuoser Vogelgesang kündete von ihrer Ankunft.

„Hier soll es geschehen, was ich mir wünsche, dass es geschieht. Ich weiß nicht genau, was es sein wird, aber es wird durch dich geschehen!" sagte sie, griff mit beiden Händen in seinen Bart und zog sein Gesicht zu sich.

„Darf ich dich betasten, während wir uns küssen?" fragte sie.

„Das darfst du! Du brauchst nicht zu fragen!" antwortete er.

„Dann betaste auch du mich, wo ich dich betaste!" bat sie.

Als sie sich lösten, fragte er:

„Warum soll es nicht jetzt geschehen?" fragte er.

Sie lächelte etwas geheimnisvoll:

„Weil ich ahne, was geschehen wird und ich gerne meine Ahnung noch etwas auskosten, ausmalen und auch erweitern möchte. Ich will meinen Körper befragen, was er von mir erwartet. Doch eins ist bereits gewiss, es wird mich verändern und erweitern!"

Sie gingen zurück zum Hauptweg. Fabia wünschte sich, dass er jetzt vorausgeht. Als sich ihre Wege trennten, küssten sie sich noch einmal von Herzen. Sie sagte:

„Grüß ihn von mir, wenn immer du ihn triffst!"

Sie lachte, winkte und ging, ohne sich noch einmal umzudrehen.

Er lieferte einer sehr aparten aber etwas verhärmten Frau eine seiner Liegen. Es war eine Sonderanfertigung, da diese Frau ungewöhnlich groß war. Er traf sie vor ihrem Haus. Sie freute sich riesig! Sie plauderten:

„Ich danke dir nicht nur für diese Liege, auch dafür, dass du das wahrhaft männliche Verhalten importiert hast, so dass auf lange Sicht die positiven Energien zwischen Mann und Frau hier wiederhergestellt werden. Ich sehe gern deine Männlichkeit. Man hatte mich schon als sehr junges Mädel zur Prostitution gezwungen. Ich wurde richtiggehend zur Prostitution ausgebildet. Das Schlimmste an der Prostitution ist, dass sie ihn sich nicht zur Paarung aussuchen darf! Trotzdem kann ich dir eine Menge zeigen, was ein Mann einer Frau alles bieten kann und was eine Frau alles tun kann, um ihren Mann bereit zu stellen. Denn, wenn hier die letzten Dämme brechen, wirst du eine Menge zu tun bekommen. Ich geb's zu, auch ich freu' mich auf Männerbesuch. Also keine falsche Scheu, ich freu' mich auf dich und du wirst was erleben!"

Er versprach, von ihrem Angebot Gebrauch zu machen. Ein aufmunternder Abschiedskuss und Eric ging früh zurück zu Nasrin und Jo.

Er wusste, Nasrin war in guten Händen, aber Jo war völlig unerfahren, daher beschleunigte er seine Schritte. Doch Nasrin ging es gut, wenn auch die Geburt kurz bevorstand. Sie sollte im warmen Wasser des Ozeans stattfinden, so wie beim ersten Mal; dass war für alle Beteiligten sehr entspannend.

Als er wieder der großen Frau begegnete, winkte sie im freundlich zu.

„Ich schlafe prächtig auf meiner neuen Liege. Ich muss ständig an dich denken; du erscheinst sogar in meinen Träumen immer wieder auf die gleiche appetitliche Weise. Übrigens, mehrere Frauen haben mich aufgesucht und um Rat, Tipps und Anregung gebeten. Da kommt etwas auf dich zu, unterschätze das nicht. Komm' mit mir an den Strand, an eine uneinsehbare Stelle, damit ich dich informieren kann."

Sie zerrte ihn geradezu zu dieser Stelle:

„Ihre Motive sind unterschiedlich, aber sehr viele Frauen werden an dich herantreten, ich übrigens auch. Daran ist nichts Verwerfliches. Doch, um schlimmste Krankheiten zu verhindern, sollte Reinlichkeit an vorderster Stelle stehen. All dieses Selbstverständliche ist uns in dieser Isolation hier abhandengekommen. Es sollte zu einem unverzichtbaren Ritual werden, und wenn ihr beide, mit wem auch immer, etwas beginnen wollt, sollte einer oder eine mit dieser Aufforderung seine oder ihre Absicht bekannt geben: Komm' und lass uns einander reinigen! Ich zeig's dir...!"

Sie unterwies ihn geschickt bei sich und tat's bei ihm:

„Siehst du, da kommt schon ziemlich deutliche Freude auf! Wenn du mich besuchen kommst, erwarten dich einige Über-raschungen!"

Sie küsste ihn vieldeutig, was auch nicht gerade das Ausklin-gen beschleunigte.

Dann überschlugen sich die Ereignisse. In den noch dunklen Morgenstunden setzten bei Nasrin die Wehen ein. Eric schlief fest aber Jo weckte ihn mit den Worten, diesmal sei alles an-ders. Nasrin saß aufrecht auf ihrer Liege. Sie nickte nur. Jo und Eric halfen ihr in der Morgendämmerung hinunter zum Strand und betteten sie in die sanften Wellen. Das Wasser war wärmer als die Morgenkühle. Das Keuchen, Stöhnen und die verhaltenen Schreie ängstigten Jo und sie wurde aschfahl. Doch sie handelte instinktiv und gab Nasrin das Gefühl, nicht allein zu sein. Dann ging alles ganz schnell. Mit den ersten Sonnenstrahlen, die nach den tiefen Wölkchen griffen, wurde das Kind geboren. Eric griff zu, verhalf ihm zu atmen und mit lautem Schreien begrüßte der Junge die Welt. Jo brach in Trä-nen aus, überwältigt durch dieses fundamentale Erlebnis. Nasrin atmete tief und erlöst, besah sich ihr Kind und strahlte:

„Du bist, wie du erwartet wurdest! Danke! Du sollst Rumi heißen!"

Sie sprach in ihrer Muttersprache beruhigend auf das strampelnde Kind ein. Eric trennte Mutter und Kind. Sie drückte seine Hand. Als die höher steigende Sonne mit den greller werdenden Strahlen sie mahnte, aufzubrechen, half

Eric seiner Frau zurück zu ihrer Behausung. Jo hielt das Kind im Arm. Doch Nasrin wandte niemals den Blick von dem kleinen Geschöpf. Die Mutter legte sich auf ihre Liege und bettete ihr Kind auf ihren erschlafften Bauch. Eric und Jo gingen hinab zum Strand, Hand in Hand, denn sie waren auch seit geraumer Zeit nicht mehr allein. Jo war noch ganz aufgewühlt vom Erlebten. Der Strand war bereits gereinigt, als wäre dort nie etwas geschehen.

„Hat es dir Angst gemacht?" fragte Eric, nachdem sie sich niedergesetzt hatten, ihren Kopf an seiner Schulter.

„Zum Teil schon! Aber du hattest mich vorgewarnt. Es ist die Folge dessen, was auch wir tun. Darauf möchte ich auf keinen Fall verzichten und du sollst wissen, dass ich es mehr denn je vermisse!" sagte sie und biss in sein Ohr.

„Wenn es ein Mittel gäbe, das diese Folgen ausschließt, würdest du es anwenden?" Er wusste, dass sie nie von Verhütung gehört hatte.

Sie zögerte:

„Ich sollte länger darüber nachdenken, aber spontan würde ich antworten, nein!"

„Komm' lass uns im Wasser spielen!" schlug er vor, weil er gern mit ihr spielte und es lange nicht getan hatte. Er riss sie an sich und küsste sie.

„Ich mag das, wenn du so machtvoll über mich kommst und mich niederringst! Ich wehre mich nur zum Spiel. Ich bin dir so gern unterlegen!" raunte sie ihm zu.

Dies Geständnis setzte ihn in Brand, so dass die beiden drohten zu verglühen.

„Das tat so richtig durch und durch gut, nach so langer Zeit!" dankte sie ihm.

„Das tat wirklich gut, nach so langer Zeit! Du bist phantastisch!" bestätigte er.

„Ich habe deine Bedrängnis gespürt!" küsste sie in sein Ohr.

Sie schlenderten zurück zu Nasrin. Jo strich ihr über die Stirn. Es ging der jungen Mutter gut. Sie sah kaum auf zu den beiden; sie hatte nur Augen für Rumi.

„Ich war lange nicht bei meinen Schwestern! Es gibt viel zu erzählen...!" sagte Jo etwas zaghaft.

„Geh' ruhig!" sagte Eric. „Ich werde bei Nasrin bleiben. Ich denke, es wird keine Probleme geben!"

„Danke Jo, geh' nur!" sagte auch Nasrin.

Eric betrachtete seine Frau. Sie war von einer außerirdischen, entrückten Aura umschlossen. Er, als Mann, wird das wohl nie nachempfinden können. Er legte sich zu ihren Füßen und hörte der leisen Stimme zu, genauso wie sein Sohn. Eine nie erlebte innere Ruhe und Hingabe befiel ihn. Es gab nichts zu tun. Alles geschah von selbst – ein unabänderliches Kommen und Gehen – präzise wie ein Uhrwerk. Am frühen Nachmittag setzte ein unerwarteter Regen ein und tränkte die Pflanzen. Sie dankten es ihm mit einem verwirrend vielfältigen Duft. Eric trat hinaus, genoss den weichen Regenguss und sammelte Früchte für Nasrin. Als er zurückkam stillte Nasrin ihren Sohn, sie sah kurz auf, lächelte wie aus einer anderen Welt und dankte Eric für die Früchte.

Fortan galt Nasrins Aufmerksamkeit in erster Linie ihrem Sohn. Sie verbrachte all ihre Zeit mit ihm. Er war gern am und im Wasser und lernte schwimmen, bevor er das erste Wort sprechen konnte. Nasrin bemerkte, das Eric sich vernachlässigt fühlte. Sie bat um Geduld, wenn der Kleine weniger Fürsorge brauchte, sei auch sie wieder für ihn, ihrem Mann, bereit. Eric hatte noch seine Arbeit und ging darin auf.

Eric suchte die große Frau auf, schließlich hatte sie die Initiative zur Reinlichkeit angestoßen. Sie freute sich sehr über seinen Besuch. Sie lud ihn zum Plausch in ihr kleines Privatgärtchen hinter ihrer Hütte ein und reichte ihm einen aromatischen Trunk, den sie nach eigenem Rezept aus Früchten gemixt hatte.

„Ich habe viel über dich nachgedacht und ich fragte mich, ob du dem, was da auf dich zukommen wird, gewachsen sein wirst. Die Anfragen wachsen von Tag zu Tag; die Frauen kennen mein enormes Wissen. Es wurde bisher nur noch nicht abgefragt. Es ist mein Lieblingsthema, dabei behilflich zu sein, wenn sich etwas anbahnen will. Daher habe ich bereits ein Experiment mit dir begonnen. Ich weiß nicht genau, ob du bereit bist, mir dieses kleine Opfer darzubringen. Dazu sind gewisse Voraussetzungen unabdinglich, wie du sicher weißt. Daher möchte ich gerne unsere kleine Formalie aussprechen und dich zu einer gemeinsamen gegenseitigen Reinigung einladen. Dort drüben habe ich ein Becken installiert; wir könnten voreinander hinknien, was zusätzlich eine weihevolle Geste ist. Nennen wir es eine Segnung für unsere Absicht. Ich sehe schon, dass mein Antrag bereits bewilligt wird. Gib mir einen Namen deiner Wahl!"

Eric sah sie verwundert an, musste aber über diesen Wunsch freundlich lachen:

„Ich möchte dich Lilith nennen!"

Die große Frau nickte anerkennend:

„Eine gute Wahl, zumal ich weiß, dass du weißt, wer Lilith war!"

Sie nahm ihn bei der Hand und führte ihn zu der gigantischen Schale einer Riesenmuschel. Eric folgte ihr bereitwillig.

„Du erinnerst dich noch wie's geht?" fragte sie. „Oder soll ich es dir noch einmal zeigen?"

Sie wartete die Antwort nicht ab und schritt zur Tat. Er folgte ihr. Sie waren besonders gründlich, was zu einer Eskalation der Bereitwilligkeit beider führte.

„Setz' dich dort aufs weiche Moos; ich werde dir sogleich Zugang verschaffen!"

Sie war geschickt und flink. Eric bewunderte ihre Fingerfertigkeit. Sie strahlte:

„Meine Güte tut das gut! Ich hatte fast schon die Hoffnung aufgegeben, dass mir so etwas nochmal widerfahren wird!"

Sie küssten sich:

„Genieß' du mich wie ich dich! Wir tun am besten gar nichts; wir plaudern ein bisschen angeregt, dabei lernen wir uns am besten kennen. Meine übermäßige Vorfreude bestand darin, dass ich mir zum ersten Mal den Mann wählen konnte, den ich einlasse. Das ist ein kolossaler Unterschied! Nun, die Auswahl hier auf dieser Insel ist nicht gerade groß. Dennoch, ich bin zufrieden. Gefällt es dir? Komm' sag mir, was dir gefällt!"

„Du bist sehr direkt, unverstellt, spontan und unkompliziert! Mich wundert, wie rasch dein Funke auf mich übergesprungen ist!"

„Siehst du, das hat auch mir gefallen. Du fremdelst auch gar nicht! Aber ich spürte, dass du derzeit nicht ausgelastet bist! Das ewige Problem mit den Männern, wenn sie nicht ausgelastet sind, sind sie ungenießbar! Und wenn sie überfordert sind, sind sie es erst recht. Es muss immer nach ihrem Willen geschehen!" freute sie sich.

„Was meinst du mit fremdeln?" fragte er.

„Wir waren uns rasch vertraut. Was wir gerade tun, ist kein Handkuss oder bloßes Flirten! Das ist schon etwas Besonderes und sollte es auch immer bleiben! Unterschätze die unsichtbaren, unterschwelligen Schwingungen eines Paares nicht. Ohne dich zu verführen, verlangte es mich nach dir. Du bist problemlos meinem Ruf gefolgt; es ist einfach zwischen denen, die mit einander vertraut sind. Es hätte mich nicht gewundert, wenn du gezögert hättest, denn du hattest reichlich Begegnungen mit Frauen in der letzten Zeit. Du bist gesund! Achte auf dich, wenn du künftig Aufforderungen erhältst. Mach' dir keine Sorgen, wenn dein Begleiter dir die Gefolgschaft versagt. Ich sagte es auch jenen, die bereits Rat einholten. Kommt zu mir; ich werde helfen und dich vorbereiten und euch dann alleine lassen. Nach Möglichkeit sollte keine bereitwillige Frau abgewiesen werden. Du dienst dem inneren Frieden hier auf unserer Insel."

„Ja, du hast Recht! Manche ziehen mich magisch an und wecken Verlangen, andere wieder nicht, obwohl sie hübsch und anziehend aussehen."

„Ich möchte noch ein pikantes Abenteuer mit dir besprechen. Vielen Frauen hier wurde schon in früher Kindheit die Fruchtbarkeit genommen, ohne dass sie begriffen, was mit ihnen geschah. Wie ich, waren sie zur Prostitution bestimmt. Dennoch ist bei den meisten die Sehnsucht nach dem liebevollen, zugewandten Mann nicht erloschen. Anders verhält es sich mit den einundzwanzig jungen Mädchen, die hier geboren wurden. Man hat sie absichtlich in totaler Naivität und Unkenntnis belassen. So manche ahnt nicht einmal, was mit ihr geschieht. Ihre eigenen Mütter verweigern ihnen Antworten auf ihre Fragen. Nebenbei gesagt, es hätte ihnen hier auch nichts gebracht; womöglich hätte es nur ihr Unbehagen verstärkt."

Lilith machte eine Pause:

„Mein Vorschlag, nimm du dich ihrer an! Lade sie alle ein, mit dir eine geraume Zeit irgendwo an einem schönen Plätzchen, einem Tal, einer Bucht, einem Strand zu verbringen. Niemand soll euch stören! Ihr alle ganz allein. Ermuntere sie, ausgelassene Spiele zu spielen. Sie sollen mit dir all das ausprobieren, was ihnen so lange verwehrt war. Lass sie Erfahrungen sammeln. Erlaube ihnen alles; natürlich sollen sie dich nicht verletzen. Sei stets mit ihnen zusammen; verschwinde nicht mit dieser oder jener in ein beschauliches Eckchen. Ermuntere die Zurückhaltenden! Vernachlässige niemanden. Ich spüre bereits, du erwartest eine herrlich ausgelassene Zeit. Erschöpfung spielt keine Rolle. Sie sind in der Überzahl; sie werden sich schon etwas einfallen lassen. Baut gemeinsam eine große stabile Liege für mehrere Personen. Erkenne an dir Seiten der Schwäche, der Stärke, der Unterlegenheit der Überlegenheit; verdränge keine Emotionen, lass dich verzaubern, lass dich provozieren – nur bitte flieh' nicht! Halte stand! Setze dich aus. In der Menge sind sie stark. Du wirst überrascht sein, wie du die Schüchternen erweckst, wenn du die Zwei- oder Dreisamkeit aufgibst. Wer wird dein Favorit und warum?"

„Ich denke Jo ist es!"

„Nein, nein! Halte Jo heraus. Sie würde die anderen Mädchen nur behindern, weil sie glaubt, wegen der häufigen Vereinigungen mit dir, sie sei das Alphaweibchen. Schließ' sie nicht aus, nur von diesem Event! Lass' dich auf erotische Spiele ein; lass' dir die Augen verbinden und überlass dich ihren Freiheiten und Frechheiten. Ich wünsche mir das Lachen befreiter Frauen auf dieser Insel. Fordere sie heraus und hab keine Angst vor ihren Forderungen. Sie werden dich lieben."

Lilith küsste ihn auffordernd, bis er aufglühte und in Flammen stand. Nachdem sie sich nach viel zu langer Zeit an ihm vergnügt hatte, sagte sie:

„Komm' bald wieder! Ich werde dir noch Tipps geben und Details verraten."

Merkwürdig aufgedreht zog Eric von Dannen. War es Zufall, dass ihm Fabia über den Weg lief? Sie strahlte und lief ihm aufgeregt direkt in die Arme:

„Jo hat uns alles erzählt! Wir haben so viele Fragen und Ideen!"

„Daher habe ich einen Vorschlag, den ich dich bitte, an deine Schwestern weiterzuleiten!"

„Könntest du mir das in unserem Versteck erzählen? Es ist mein Platz der Geheimnisse und ich möchte ihn mit dir teilen!"

Eric ahnte, dass er entführt wurde, um verführt zu werden. Warum auch nicht? Die grüne Buschwand verschluckte sie und sie waren allein. Fabia sprach leiser, als wolle sie das Idyll nicht stören:

„Ich wünsche mir, dass das geschieht, was ich ahnte und was Jo in schillernden Farben schilderte. Für mich war das ein Regenbogen an Verheißungen. Ich will davon nichts mehr hören, ich will es erleben – mit dir!"

Er zog sie in die Arme:

„Dann lass uns einander reinigen! Es wird dir gefallen!"

Er führte sie in den dunklen Teich, dessen Grund überraschend steil abfiel. Warmes Wasser stieg von unten auf und ließ ihr beider Unterleib wegen der wechselhaften Lichtbrechung grotesk zerflirren. Diesmal lehrte er sie die unabdingliche Reinlichkeit.

Sie legten sich aufs weiche Moos. Eric zog sie in einem stürmischen Kuss zu sich, so dass sie fühlte, was mit ihm geschah.

„Bitte, lass mich nicht länger warten!"

Er ließ sie nicht länger warten und blieb daher sehr lange bei ihr, weil sie so lebendig erwiderte. Sie taten einander so gut und konnten sich nicht trennen. Ihr Ausklang mündete in eine Wiederholung und einen erneuten Aufstieg, der sich zarter als der erste vollzog und sanft endete.

„Kommt alle mit mir an einen Ort, wo wir, du, deine Schwestern und ich für eine gewisse Zeit zusammen sind und miteinander ausgelassen spielen, bis alle Fragen beantwortet sind."

Er erzählte ihr Einzelheiten. Fabia strahlte:

„Das wird gewiss eine aufregende Zeit! Hoffentlich stehst du das durch: zwanzig Mädels und ein Mann – warum eigentlich nicht?!"

Eric erzählte Nasrin von seinen Absichten. Sie hörte seinen leicht entschuldigenden Klang in seiner Stimme heraus. Sie wandte sich an ihn:

„Eric, mein Mann, ich weiß, was du dort tun wirst. Es wird gut sein für unsere Gemeinschaft. Ich bin in einer Gesellschaft aufgewachsen, die dem Mann den ‚Besitz‘ mehrerer Frauen zugesteht. Ich bin es gewohnt! Ich weiß, was du mir und ich dir bedeute. Daran wird sich nichts ändern. Ich ahne, dass du dich in letzter Zeit auch etwas vernachlässigt fühlst, weil ich unserem Sohn mehr Aufmerksamkeit widme als dir. Das wird sich auch wieder ändern. Aber du nimmst *mir* mein schlechtes Gewissen, wenn du tust, was du für richtig hältst. Wenn du es tust, wird es nur Gewinner geben, wenn man davon absieht, dass du sehr viel zu leisten hast.“

Eine Welle des Glücks und Dankbarkeit rollte von ihm zu ihr und er küsste liebevoll Mutter und Kind. Nasrin wusste, dass sie den rechten Ton getroffen hatte. Sie fügte hinzu:

„Ich würde mich freuen, wenn Jo mir Gesellschaft leistet! Sie ist ja bereits eingeweiht!“

So zog denn schon sehr bald eine fröhlich muntere Karawane von dannen auf der Suche nach einem kleinen romantischen Plätzchen, wo die Offenbarung und Weihe stattfinden sollte. Selbst in der Mittagshitze machten sie keine Rast. Sie fanden ein Tal, das wohl nie zuvor von Menschen betreten worden war. Frösche und Vögel unterhielten sich in lauten Fremdsprachen und in den Bäumen hingen fliegende Hunde, die sich nicht von den Neuankömmlingen stören ließen. Ein kühles Flüsschen trat aus einem Felsenbecken, das durch einen Wasserfall gespeist wurde. Seine Gischt zauberte einen permanenten Regenbogen gegen den schattigen Palmenwald. In nicht allzu großer Ferne war die Brandung des Ozeans zu hören. Alle waren begeistert und wollten hier verweilen. Sie breiteten ihre Schlafmatten aus. Eine schlug vor, ihren Mentor in die Mitte der Frauenburg zu nehmen, damit er nicht fliehen konnte, falls ihm sein Projekt über den Kopf wächst. Gegen diesen Vorschlag hatte Eric nichts Überzeugendes vorzubringen. Die Wanderung war schweißtreibend gewesen, Hygiene oberstes Gebot, also alle rasch zum nahen Strand. Im Schutz des Wassers kam es beim Spiel *Mann-anfassen* zu ersten Übergriffen. Damit musste Mann halt rechnen. Früchte und Kokosnüsse gab es reichlich, so dass niemand Hunger leiden musste.

Gegen Abend entstand erwartungsvolle Spannung: er wird uns doch etwas sagen, was, wie und wann geschehen soll? Er las es in ihren Gesichtern: wird er schon heute Nacht...? Er setzte sich auf seine Matte und eilends versammelten sich die Mädchen und hockten oder knieten sich dichtgetrennt um ihn, um kein Wort zu verpassen. Das Geschrei in den Bäumen war zwar deutlich abgeebbt, das Flüsschen aber murmelte unentwegt Unverständliches.

„Freundinnen werde ich euch nennen, nicht Schwestern, denn dann wäre ich euer Bruder und ein Bruder wird das nicht mit seiner Schwester tun, was wir vorhaben. Ihr seid alle gekommen und ich hoffe, jede freiwillig und nicht aus einer Art Gruppenzwang. Wenn das zutrifft, soll sich daran auch nichts ändern! Zu keinem Augenblick geschieht hier etwas aus Zwang, Gehorsam oder Anordnung oder Befolgung einer Erwartung. Eine jede tut das, was sie wann, wo und wie für richtig hält. Eine jede hört auf ihre eigene Stimme, folgt ihrem eigenen Instinkt. Alles ist willkommen, alles ist erlaubt, auch das, was man üblicherweise nicht tut. Natürlich werden wir uns nicht wehtun, weder körperlich noch seelisch! Wer Angst hat, hat Angst, wer schüchtern ist, ist schüchtern, wer Hemmungen hat, hat Hemmungen. Da hier keiner Gedanken lesen kann, muss ausgesprochen werden! Nichts wird kritisiert, beurteilt oder gar verurteilt. Ihr werdet zu mir anders reden als untereinander – aber redet. Es ist unser aller Gewinn. Jo hat euch, soweit ich weiß, hervorragend vorbereitet. Wenn euch der Mut verlässt, lasst es mich wissen! Ich erwarte von jeder eine saubere Sprache. Eure Bemerkungen dürfen gern originell, witzig oder unbeholfen sein, aber niemals vulgär, obszön oder herabwürdigend. Denn das, was hier geschehen soll, ist das schönste, erfüllendste, makelloseste, was uns Menschen mit auf unseren Lebensweg gegeben wurde. Wer sich das wohl ausgedacht hat? Mein ständiger Aufruf zur Reinlichkeit bezieht sich nicht auf unsere Handlungen; er dient ausschließlich der Vermeidung von Infektionen.

Eric machte eine Pause und hörte in das aufmerksame Schweigen; das war ermutigend:

„Die unterschiedlichen körperlichen Merkmale zwischen Frau und Mann schaffen keine Privilegien. Auch die inneren Unterschiede in der psychischen, emotionalen und mentalen Verfassung sind durchaus sinnvoll – Frau und Mann ergänzen einander, auch falls sie sich nicht mögen oder gar lieben. Männer und Frauen haben unterschiedliche Aufgaben im Leben und wurden von der Natur darauf vorbereitet. Respekt und Achtung sind unantastbare Tugenden und sie gelten auch hier unter uns.

Meine Freundinnen, schlaft nun und träumt euch hinüber in einen neuen Lebensabschnitt! Er ist nicht belastender, nur anders!"

Ein Murmeln ging durch seine Zuhörerinnen, aber niemand stellte eine Frage. Die Mädchen rückten auseinander zu ihren Schlafmatten, nur eine nicht, sie rückte an seine Seite. Es war Fabia. Sie verschloss mit dem Zeigefinger seinen Mund:

„Pst Eric! Hör mir zu. Ich weiß nicht, wie du vorgehen willst. Du sollst wissen, dass ich meinen Schwestern nicht erzählt habe, dass du mich schon eingeweiht hast. Aber wenn du eine Assistentin suchst, ich werde mich melden; du weißt, ich besitze Grundkenntnisse – und ich habe solch ein großes Verlangen nach einer Wiederholung von damals... am liebsten würde ich auf der Stelle über dich..."

Sie prüfte ihn, sie konnte es sich unentdeckt erlauben in der Dunkelheit. Ein lautloses Küsschen und sie verschwand. Alle schliefen und das Flüsschen murmelte verwunschene Geschichten.

Die Sonne fingerte über den Horizont. Das unaufhörliche Mitteilungsbedürfnis der Baum- und Feuchtgebietbewohner setzte ein. Wer konnte da noch schlafen? Es gab Obst zum Frühstück. Es war noch kühl am Morgen; so manche bibberte, denn da war kein wärmendes Textil, das sie hätten um sich legen können. Kaum jemand redete. Eric bat sie einen Kreis zu bilden, bei den Händen zu halten und zu summen. Sie alle fanden zur Harmonie und Solidarität. In das sanfte an- und abschwellende Summen begann Eric zu sprechen. Das Summen klang aus; sie hockten oder knieten dicht an dicht, um nichts zu versäumen:

„Wenn sie und er ganz allgemein beschließen, intime sexuelle Handlungen zu beginnen, und deren gibt es viele, ziehen sie sich zurück. Sie wollen allein sein; niemand soll ihnen zusehen, denn, das was sie tun und einander gestehen, soll ihr

Geheimnis sein und bleiben. Beide mögen das sehr, was sie einander antun. Wären sie mit einer anderen Person in der gleichen Situation, könnte es durchaus geschehen, dass sie genau das, was sie vom Vertrauten gerne empfangen, von dieser anderen Person entschieden ablehnen. Offensichtlich darf der eine oder die eine das, was einem anderen oder einer anderen strikt untersagt ist. Hier unter uns vollzieht sich alles vor den Augen der anderen. Das ist anders, weil wir uns in einer Ausnahmesituation befinden. Nur ein Mann steht zur Verfügung! Ihr könnt nicht wählen, wen ihr zulasst, euer Intimpartner zu sein. Wir wollen keine Paare bilden, wir wollen wissen und erfahren. Darum will ich die spielerische Komponente hervorheben: beim Spiel lernen und Erfahrungen über sich und andere sammeln. Keiner kann voraussagen, was mit uns geschieht, mich eingeschlossen, denn wir spielen mit magischen Energien, die uns teilweise nicht erklärbar sind. Dennoch muss sich niemand fürchten. Es gibt nämlich zwei Motivationen, warum sie und er nacheinander greifen, um mit diesen machtvollen Emotionen zu spielen. Die Natur hat die Intimbegegnung zwischen Mann und Frau mit sehr viel Lust, Freude und Vergnügen ausgestattet, sodass ihn beide gern vollziehen. Die Natur verfolgt ein anderes Ziel: eine Art soll sich erhalten, womöglich vermehren, neue Individuen gebären, sodass die Art als solche erhalten bleibt. Jeder, der auf unsere Erde kommt, wird sie auch nach einer gewissen Zeit wieder verlassen.

Wir sind dazu ausersehen, es auf sexuelle Weise zu tun. Andere Paare fügen sexuelle Handlungen ihrer Liebesbeziehung hinzu, um diese zu vertiefen und unbekannte Dimensionen zu erschließen. Meist offenbart sich der gesamte Zauber eines Vereinigungsrituals erst nach Jahren tiefer Liebe. Doch wir wollen spielen, um zu lernen und um uns zu vergnügen. Vergesst nicht, in beiden Varianten trägt die Frau allein das Risiko, schwanger zu werden. Das wird euch Jo erzählt haben.

Hat jemand Angst, schwanger zu werden, denn diese Möglichkeit besteht?"

Niemand meldete sich,

„Komisch!" meinte Eric, „Ich hätte Angst! Aber ihr erkennt, die Natur hat euch auf einen solchen Eventualfall vorbereitet, mich nicht! Aber mir kann das auch nicht passieren!"

Eric machte eine Pause lächelte gewinnend:

Da ihr armen Geschöpfe keine Wahl für euren ersten Partner habt, sollt ihr wenigstens die Wahl haben, wer als erste in meine Arme kommen möchte, um unseren Reigen zu eröffnen. Wenn ihr an mir herunterseht, werdet ihr verstehen, warum ich mich nur einer von euch zuwenden kann. Also wer will es sein?"

Eric war überrascht; es meldeten sich gleich drei Kandidatinnen. Er bat sie zu sich:

„Eure Tapferkeit imponiert mir! Wollt ihr euch auf eine einigen, oder soll es ein Los entscheiden?"

Sie sahen sich an und wie aus einem Munde kam es:

„Ich will es sein!"

Und die beiden anderen:

„Sie soll es sein!"

„Danke, dass ihr einen klaren Entschluss getroffen habt! Geht wieder zurück an euren Platz; ihr werdet mit Sicherheit nicht vergessen!"

Er wandte sich seiner ersten zu, sah sie an und legte seine Hand auf ihre Schulter. Sie hielt seinem Blick stand. Er fragte sie freundlich:

„Sag' mir deinen Namen! Sag' uns bitte auch, was in dir vorgeht in diesem Moment... Hast du Angst?"

„Ich heiße Eva! Ich habe keine Angst! Ich weiß nicht, was es ist. Seitdem Jo von all dem erzählt hat und wie wunderbar sie alles empfand, da ergoss sich eine solche Sehnsucht in meinen Bauch und ließ mich nicht mehr los. Es fällt mir schwer, es zu beschreiben, nicht, weil es mir peinlich ist, vielmehr, weil es keine Worte gibt."

Eric nickte und strich ihr langes braunes Haar über ihre Schultern auf ihren Rücken und betrachtete ihre Figur:

„Du siehst bezaubernd aus! Ist es dir unangenehm, wie ich dich auf diese Weise ansehe?"

Eva schüttelte den Kopf, fast schon energisch.

„Irritiert es dich, dass uns deine Schwestern zusehen?" fragte er.

„Ich nehme sie nicht wahr!"

„Na, dann komm' und lass uns einander reinigen. Ich zweifle nicht, dass du reinlich bist. Nur aus Sorge um dich möchte ich, dass es untrennbar mit unseren Absichten verbunden sein soll!"

Er war ihr behilflich, in den Fluss zu steigen.

„Sei nicht schüchtern! Es wird uns beiden Spaß machen!"

Sie sahen einander an.

„Es ist das erste Mal, dass ich... Warum gefällt mir das, was ich tue? Warum gefällt mir das, was du mir tust?" fragte Eva, so dass es alle hören konnten.

„Es ist ganz einfach! Es soll dir gefallen! Dazu bin ich da!" beruhigte er sie.

Er ließ sie vorausgehen, zurück zu ihrer Matte.

„Was für ein prachtvoller Hintern!" entfuhr es ihm.

Oben angekommen, umfasste er sie von hinten. Sie legte ihren Kopf an seine Schultern und rankte ihre Arme rückwärts um seinen Hals. Neunzehn Augenpaare sahen zu. Er ließ ihr langes, brünettes Haar über seine Schultern und Rücken fallen. Es kitzelte angenehm bei jeder Bewegung. Seine Hände glitten von ihren Ellbogen über ihre Oberarme zu ihren Achseln. Sie zuckte, ertrug aber den kurzen Reiz des Kitzelns. Er umfasste ihre beiden Brüste, hob sie leicht an und massierte sie sanft. Seine Hände glitten tiefer, umkreisten ihren Bauch und glitten tiefer. Ihr Atem ging heftig, aber sie wehrte ihm nicht! Er spürte ein Zittern in ihren Beinen. Sie drehte sich um und erwartete seinen Kuss. Er dauerte sehr lange und glühte sie durch. Seine Finger erkundeten ihre Rückseite entlang der Wirbelsäule und spürten die Gänsehaut, wo immer seine Fingerspitzen ihre Haut berührten.

„Lass uns hinlegen!" bat sie. „Ich trau' der Kraft meiner Beine nicht länger.

Eric ließ sie zu Boden gleiten. Eva drückte ihn sanft in die Rückenlage. Nun betastete sie ihn, während sie ihn küsste. Die anderen konnten sie nicht hören, was sie sagte:

„Ich erwarte dich! Sei behutsam und bleib' lange!"

„Korrigier' mich, wenn ich etwas falsch mache! Ich bin für dich da und du sollst es in guter Erinnerung behalten!" erinnerte er sie.

Sie nickte tapfer. Ein kurzes Huch und sie entspannte und ließ fortan nur Laute des Wohlbehagens vernehmen. Auch Eric fühlte sich spontan vertraut mit ihr und ihre natürliche

Vitalität regte ihn an. Sie dankten einander. Eric sprach anerkennend von der großen Nähe, die sie beide zugelassen hatten. Eva wollte ihn für ein weiteres Mal gewinnen. Liebevoll versprach er ihr weitere Male für später, denn sonst kämen ihre Schwestern zu kurz. Seine Bereitschaft sei begrenzt. Nach der Intensität mit ihr, brauche er eine gewisse Zeit zur Regeneration.

Eva grinste und gab ihm einen leichten Klaps auf den Hintern, den er genoss, kündete er doch von der einsetzenden Emanzipation: „Schade!"

Sie reihte sich nicht unter die anderen, sondern ging tänzelnd hinunter zum Strand. Eric sah ihr erfreut hinterher. Sie war ein guter Auftakt – und alles war zuvor nicht geprobt. Er sah zu den beiden, die sich ebenfalls als erste gemeldet hatten. Dennoch fragte er alle, wer als nächste mit ihm spielen möchte. Es meldeten sich vier. Ein gutes Feedback dachte er bei sich:

„Seid ihr einverstanden, wenn ich einer der allerersten den Vortritt lasse? Ich will ihren Mut honorieren!"

Es gab keinen Einwand. Die beiden standen auf und setzten sich zu Eric. Er war irritiert:

„Wie das jetzt?"

Beide lachten:

„Wir sind ein Paar und tun alles gemeinsam! Wir bereiten uns auch gegenseitig Lust und Vergnügen, im Rahmen unserer Möglichkeiten natürlich. Dem Körper Lust zu bereiten, ist uns also nicht fremd."

Die andere ergänzte:

„Wir haben Jos Schwärmerei seinerzeit gehört und wurden neugierig. Daher haben wir eine ganz einfache Frage, ob ein

Mann vergnüglicher ist als wir beide. Wenn eine von uns schwanger würde, wäre das schon schön; offenbar braucht dazu eine von uns eine männliche Spende."

Eric bedankte sich für ihre Aufrichtigkeit und musste schmunzeln. Eric schmunzelte:

„Vielleicht sollte ich euch allen etwas mehr Information geben als bisher. Ein Paar findet in der Regel erst nach mehreren Malen und fleißigem Üben zu den höheren Weihen des beidseitigen Vergnügens. Ganz selten schlägt schon beim ersten Mal der Blitz ein und das Feuer lodert ein Leben lang. Wenn es heute mit uns nicht zur großen Wende führt, ist noch lange nicht das letzte Wort gesprochen. Aber wir werden wohl noch länger zusammen auf dieser Insel leben. Ich bin auch nicht hier, um zu missionieren oder irgendjemand umzustimmen. Ich kann euch verstehen. Eine Schwangerschaft stellt sich in der Regel auch nicht beim ersten und einzigen Mal ein. Manchmal sogar gar nie trotz heftigen Bemühens über Jahre. Aber es kann passieren. Aber um schwanger zu werden, braucht's schon den Mann. Es soll sich bisher nur einmal ohne Mann ereignet haben.

Eine andere Komplikation kann eintreten. Es gibt Männer die sind bereit, wann immer und mit wem auch immer, sobald die Aufforderung zur Paarung kommt. Leider verhält sich das bei mir nicht ganz so. Ihr beide seid zwei sehr attraktive junge Mädels, aber ich weiß nicht, ob sich dann das Notwendige einstellt, wenn ihr gewissermaßen nur mal einen Auftritt zur Probe zulasst. Ich möchte jeder von euch Genuss bereiten und der stellt sich nur im Dialog ein. Es könnte aber misslingen und wir müssen es irgendwann erneut versuchen! Wie darf ich euch nennen?"

„Ich heiße Ellen und sie heißt Ann!"

Die beiden tuschelten in einer Sprache, die er nicht verstand. Sie fanden einen Kompromiss, nahmen ihn bei der Hand und gingen hinunter zum Fluss.

„Wir reinigen uns selbst, das schafft mit Sicherheit erheblich Lust!" erklärten sie.

Dann wandten sie sich ihm zu, zögerten etwas und taten es beide gründlich, sehr gründlich. Das erzeugte erheblich Lust bei ihm.

Sie betteten sich auf die Matte; die eine, Ellen, setzte sich im Schneidersitz. Ann legte ihren Kopf in ihren Schoß und wartete etwas ängstlich misstrauisch auf Eric. Doch sie quittierte sein Bemühen mit einem gequälten Singsang, so dass er abbrach.

Ellen meinte:

„Sie ist die große Skeptikerin von uns beiden. Sie will uns beiden sagen, das ist nichts für sie! Aber ich möchte!"

Sie lächelte, als sie die Stellung wechselten und Eric fröhlich einlud. Er küsste sie; sie erwiderte, erst zurückhaltend aber dann umso heftiger. Das wirkte sich auf Eric aus; er funktionierte. Sie lachte vor Vergnügen:

„Ich bin die mit dem Baby, also bitte nur das Beste vom Besten!"

„Es hat Spaß gemacht, Ellen! Ich bedanke mich für das schöne Erlebnis!" sagte er aufrichtig und ebenfalls lachend.

Sie zwinkerte:

„Keine Ursache! Ich habe zu danken!"

Ann schien irritiert, ließ sich aber rasch von Ellen aufklären.

Eric, sichtlich froh gestimmt, erbat sich eine Erholungspause. Alle Mädchen eilten zum Strand; Eric wählte den Schatten nahe dem Wasserfall. Er war da etwas spaßig neidisch auf den schier unerschöpflich sprudelnden Wasservorrat. Nun, der Wasserfall war den ständigen Umgang mit der Schar der Wassernymphen gewöhnt. Fabia gesellte sich zu ihm. Auch sie schien guter Dinge:

„Na, Eric, wie geht es dir? Bist du mit deinem Gestüt zufrieden?"

Eric prustete los:

„Also du hast eine Wortwahl! Aber ganz schön zutreffend... Ich hab' darüber noch gar nicht nachgedacht! Aber sind den die Mädchen zufrieden?"

„Sie schätzen sehr, wie du sie behandelst. Eine sagte einmal in anderem Zusammenhang, du seist ein Mann, den man nicht fürchten muss! Du seist beschützend und fürsorglich! Und du säst etwas Aufregung in ihr Leben!"

„Das freut mich, weil es meine Ansicht ist, ihr Männerbild zu korrigieren. Wenn ich mit allen auf diese oder jene Weise Kontakt hatte, will ich mich ihrer Kritik aussetzen!"

„Meinst du, du stehst das durch?"

Er zuckte mit den Schultern:

„Ich hatte noch nie das Vergnügen!"

„Eric!" Sie streichelte seine Schultern. „Ich will dich in deiner Ruhephase nicht stören – ich will nichts von dir – das heißt, wenn ich ehrlich bin, ich will am liebsten ständig was von dir. Vielleicht kann ich dich etwas entlasten. Lilith hat mir ein Geheimnis anvertraut; lass es unser Geheimnis bleiben. Hier auf dieser Insel wächst eine Pflanze, ihr Name ist *Marinda*; das ist ein Name in einem afrikanischen Dialekt und heißt so viel wie Männerstolz. Ihr Samen soll die Durchblutung und Anregung dort steigern, wo sie gebraucht wird. Ich habe dir etwas mitgebracht. Es wächst überall; wird aber kaum beachtet, bisher, wozu auch?"

Fabia öffnete die Hand und zeigte ihm etwa sesamgroße Samenkörner.

„Darf ich?" fragte Eric.

„Ja sicher! Es ist für dich!"

Eric nahm ein paar Körnchen, roch daran und zerkaute sie mit den Vorderzähnen:

„Schmeckt etwas bittersüß und erdig, nicht unangenehm. Kannst du sie mir hierlassen? Ich werde noch etwas nehmen und beobachten, was passiert! Aber ich danke dir, Fabia, du bist eine gute Seele."

„Schon gut, Eric!" antwortete sie warm. „Vielleicht kommt ihre Wirkung auch mir bald zu Gute!"

Sie wickelte ihren Vorrat in ein frisches grünes Blatt und überließ ihn ihm. Sie küsste seine Wange und verschwand. Er sah ihr nach und freute sich an ihrem wiegenden Gang. Er döste in der Mittagshitze und zerkaute seine Körnergabe.

Natürlich gab es keine Uhren; dennoch traf man sich pünktlich, um auch gar nichts zu versäumen. Eric hatte Glück; es meldeten sich zwei zauberhaft ausgestattete Geschöpfe, weich und schmiegsam. Er gestand sich ein, dass er begeistert daraufansprach, wie sie miteinander harmonisierten. Da kam Freude auf. Allerdings verwischte diese Paarung seinen Körnertest. Hatten nun die Körner diesen Zuwachs an Manneskraft bewirkt oder waren es die beiden talentierten Schönheiten? Auf alle Fälle dankte er Fabia etwas abseits vom Gesamtgeschehen, wie sie sich das gewünscht hatte. Sie probierten weiterführende Übungen aus, um, falls der Wunsch danach aufkommt, auch noch einen aufbauenden Studiengang auszugestalten. Fabia war besonders davon angetan, wie wirksam ihre Körnerergänzung ankam. Sie meinte auch sehr zutreffend:

„Falls du überzählige Ressourcen hast, so lass es mich wissen! Ich bin stets ein dankbarer Abnehmer!"

Die kommenden Tage verliefen auf stets unterschiedliche aber unterhaltsame Weise. Die Mädchen waren mutiger. Falls sie ablehnend oder wenig begeistert auf sein Bemühen reagierten, dann äußerten sie das auch, ohne zu verletzen. Acht, vielleicht sogar neun Schülerinnen waren Feuer und Flamme für ihn - seltsam, es waren jene, mit denen auch er den intensivsten Kontakt hatte. Sie waren auch seine Favoriten und wenn sich ihre Blicke kreuzten, atmete er tief durch und sie bissen sich auf die Unterlippe oder zwinkerten ihm deutlich frech zu.

Vier Paare wollten ihren gewohnten Umgang nicht verändern; aber jeweils eine eines Paares wollte ihn, den Mann, dennoch, denn der Wunsch nach einem Kind war nie erloschen. Sie kamen sogar in der zweiten Halbzeit, in der sogenannten Spiel- oder Ausbauphase mehrfach zu ihm und baten um Wiederholung oder Nachbesserung. Es wurde viel gelacht; meist war er das Opfer, dem man gern die Augen verband und raten ließ. Oder sie experimentierten unermüdlich mit ihm und seinem Körper. Ihn überraschte, dass kaum Missgunst, Neid, Rivalität oder Eifersucht aufkam. Ist das bei Frauen generell so, oder nur bei diesen Mädchen hier, von denen offenbar niemand glaubte, vernachlässigt worden zu sein? Sie hatten zu Beginn ihre Aufenthaltsdauer nicht begrenzt, wussten zum Teil nicht einmal, wie lange sie schon hier waren. Dennoch wuchs der Wunsch, allmählich zurückzukehren zu den anderen, denn das war ja kein Abschied. Eric hatte Sehnsucht nach Nasrin und Rumi aber auch nach Jo. Der Abschied der Mädchenklasse von ihm verlief feucht und frech, und so mancher Kuss wollte nicht enden.

Eric war seit langer Zeit wieder allein. Er ging langsam nachhause und schickte seine Gedanken voraus. Durchs Gebüsch beobachtete er die Drei: Nasrin hielt Rumi im Arm und Jo saß neben ihr. Sie spielten und sprachen mit dem Kleinen. Er quietschte vor Vergnügen. Eric trat aus der grünen Wand. Jo sah ihn zuerst; sie riss den Mund auf und erstickte ihren Freudenschrei mit der Hand. Sie sprang auf und rannte auf ihn zu. Ihre Brust hüpfte vor Freude. Sie umschlang ihn, bettete ihr Gesicht an seiner Brust:

„Endlich bist du wieder da! Ich habe dich so sehr vermisst!"

Er erwiderte ihren Kuss leidenschaftlich:

„Ich dich auch, meine süße Jo!"

Sie sah ihn an:

„Dein ‚*Meine Jo*' ist mir das wichtigste!"

Sie gingen zu Nasrin. Sie gab Rumi in die Arme von Jo und umarmte ihren Mann. Da flossen so viel stille Wärme und ein unmissverständlicher Zusammengehörigkeitswille. Frauen lieben auf so unterschiedliche Weise. Er verstand und war ergriffen von beiden. Nirgendwo war ein düsteres Wölkchen von Eifersucht aufgezogen. Er liebte sie beide. Nasrin war glücklich, dass er die veränderte Haltung ihm gegenüber ohne Leid ertrug, denn ein geraumer Teil ihres Herzens gehörte jetzt dem kleinen Rumi aber auf ganz andere Weise; das hatte sie Jo zu verdanken. Ihre Beziehungen zueinander waren wohl nur deshalb so unkompliziert, weil es keine Lüge zwischen ihnen gab. Als Eric den Kleinen übernahm, sah ihn sein Sohn erstaunt an, aber er weinte nicht. Auch als Eric das Kind auf die Wange küsste erschreckte ihn der zottlige Bart nicht. Vermutlich kitzelte er das Kind, denn es strampelte heftig. Sie alle hatten sich eine Menge zu erzählen und das Kind krabbelte davon, unter den wachsamen Blicken seiner Mutter. Jo hatte nur Blicke für ihren Geliebten. Nasrin bemerkte das heftige Pochen ihres Herzschlags an Jos Hals und die Nervosität ihrer Hände. Sie sagte lächelnd:

„Na geht schon ihr beiden! Ich bleib' bei Rumi!"

„Danke Nasrin!" sagte Jo.

Das Paar erhob sich und sie gingen Hand in Hand zum Strand, schwammen bis zur Sandbank und rasteten. Jo drängte Eric sanft in den Sand und beugte sich über ihn. Sie küsste ihn. Sie sah ihn an; Wassertropfen perlten von ihrer Nase in sein Gesicht. Sie sagte:

„Nasrin erzählte mir einmal von eurer Liebesgrotte und von deren magischen Kräften. Ich möchte dort mit dir hin. Findest du den Weg?"

„Süße Jo, das ist kein Weg! Wir müssen dorthin schwimmen. Sie ist nur von der See zugänglich. Wir hätten noch eine Chance, bevor die Flut sie verschließt. Wir müssen dann aber sofort aufbrechen. Bist du eine gute Schwimmerin?"

Jo lachte:

„Meine Mutter war Perlentaucherin! Genügt das?“

„Bestanden! Dann komm!“

Sie schwammen zügig um die Landzunge. Sie mussten tatsächlich tauchen, um sich bei dem unruhigen Wellengang nicht zu verletzen. Dann umfing sie die surreale Welt des Tuschelns, des Hallens und Glucksens. Das durch das unruhige Wasser einfallende Licht verwandelte Jos Haut in die Schuppenhaut einer bezaubernden Nymphe. Sie verweilten am festen, dunklen wasserdurchtränkten Saum des kleinen Strandes. Dann plötzlich Stille! Die Flut hatte den Zugang verschlossen. Das Licht war stark gedämpft, magisch grün. Vereinzelt blitzten kleine silberne Fische durchs Wasser. Jo tat ihren Lieblingsgriff und drückte Eric sanft unter sich in den Sand. Sie küsste ihn, überprüfte ihn dabei und sagte:

„Es freut mich, wie stark du auf mich reagierst. Deine Schulung ist dir wohl sehr gut bekommen. Ich habe mir oft vorgestellt, wie du meine zwanzig Schwestern einweihst. Ich hatte solche Lust auf dich und Sehnsucht nach dir. Ich war nicht neidisch – es fehlte mir nur deine tägliche Gegenwart, deine Blicke auf meiner Haut, deine Küsse und die Berührungen, die ich nur dir erlaube und die mir fehlten. Wären andere Männer um mich – ich hätte dennoch nur dich gewollt.“

Eric strich ihr das nasse Haar aus dem erregten Gesicht:

„Deine Worte schmeicheln mir! Ich habe durch deine Schwestern auch sehr viel über mich gelernt. Trotz der vielen intimen Begegnungen mit unterschiedlicher Weiblichkeit, gibt es nur wenige, die auch mich machtvoll anzogen und geradezu emotional besetzten. Sie waren unerfahrene, sogar zum Teil tollpatschige, naive Anfängerinnen, aber wir liebten uns in atemberaubender Intensität. Ich kann dir nicht erklären, warum. Auch deine Attraktivität ist mir unerklärlich aber sehr, sehr real. Ich könnte dir Gründe nennen, aber ich vermute, es sind auch unbewusste Anteile."

„Nenn' sie mir doch bitte, diese Gründe, die dir bewusst sind!" schmeichelte Jo.

„Da muss ich nicht lange überlegen! Ich seh' dich sehr gern an; du bist sehr weiblich, üppig aber harmonisch ausgestattet; ich mag deine asiatischen Augen und dein langes schwarzes Haar, deine dunkle Haut. Aber da ist noch etwas anderes, was zweifellos da ist, was ich aber nur schwer in Worte fassen kann... Ich mag deinen gesunden Stolz, der sich gegen niemanden wendet, dein Selbstbewusstsein, dein Herz auf der Zunge, deine Initiative, dein unkonventionelles Auftreten. Sicher, diese Gesellschaft hier macht es dir leicht. Aber du lebst bereits das, was ich allen Bewohnerinnen hier wünsche. In deiner Emotionalität lese ich dieses Bekenntnis zur Unvereinbarkeit der weiblichen und männlichen Wesensart aber auch diesen Wunsch zur Allianz, nach diesem Brückenschlag zur wechselseitigen Ergänzung unter Ausschluss der Selbstaufgabe. Kurz gesagt, du verkörperst meine Vision."

Jo schwieg eine betroffene Weile und erwiderte dann mit Bedacht:

„Kein Widerspruch, kein Einwand, keine Ergänzung; du hast nur eins vergessen, deinen Anteil! Du warst der Initiator; du hast diese meine Wesenszüge bloßgelegt. Bei dir konnte ich so sein, ohne Angst abgelehnt oder verstoßen zu werden. Daher fühle ich mich auch so sehr erotisch zu dir hingezogen. Ich will dich in mir, physische, psychisch, mental, emotional, spirituell. Komm' jetzt! Wir können auch dann weitersprechen..."

Sie schwang sich über ihn, legte ihre Arme um seinen Hals und küsste ihn. Danach:

„Wir waren auf allen Ebenen verbunden, nur da noch nicht. Nun ist alles vollkommen."

Sie küsste ihn wieder, so dass es ihnen beiden durch alle Glieder schoss.

„Ich mag deinen Kuss!" sprach er in ihren Mund.

„Ich mag, wie du ihn erwiderst!" flüsterte sie.

„Ich mag, wie du schwitzt bei der Liebe und deinen Atem in meinem Gesicht!" flüsterte er und bemerkte ihre inneren Schauer.

„Als du weg warst, habe ich fast jede Nacht von dir geträumt. Wir taten im Traum Dinge, von denen ich noch nie etwas ahnte. Doch nichts übertrifft meine Hingabe an dich in unserer Wirklichkeit. Selbst wenn du mich misshandeln, schlagen oder gar verjagen würdest, würden sich meine Gefühle nicht ändern; aber ich würde unter ihnen leiden, anstatt mich wie jetzt daran zu erfreuen. Ich kann etwas die Frauen verstehen, die viel erduldeten, bevor sie flohen und hier ihre neue Heimat fanden. Sie haben ihr Frausein nicht zurückgelassen."

Sie küsste ihn wieder:

„Ich genoss sogar meinen Kummer, als ich dich all die Zeit deiner Abwesenheit vermisste! Er war süß und schwer! Aber er erinnerte mich an die Innigkeit unserer Verbindung! Aber erzähl' mir vom Mann, bitte! Sicher, ich erkenne deine Erregung, aber was geschieht in dir?"

„Jo, sei unbesorgt! Was in dir vorgeht, geht auch in mir vor. Dein Temperament, deine Initiative und Lebendigkeit ist hoch ansteckend. Deine Anatomie erregt mich; deinen Einladungen folge ich gerne. Du bringst Saiten in mir zum Klingen, die mir zuvor unbekannt waren. Die Situation hier auf unserer Insel ist mir sehr bekömmlich. Ich habe auch sehr viel über mich durch deine zwanzig Schwestern erfahren. Ich bin allen dankbar! Die mehr oder weniger offene Sympathie, die die einstige Feindseligkeit besiegt hat, wärmt mich von allen Seiten. Rivalität bleibt mir erspart und lässt mich alles hier genießen. Soweit ich weiß, gibt es auch meinetwegen kein Gezänk oder Besitzansprüche unter euch. Ich bin euer aller Freund und einige liebe ich. Gern erfülle ich einer jeden Sinnenfreudigen ihre sexuellen Wünsche, das heißt aber nicht, dass daraus eine Liebe erwächst. Das versuche ich zu vermitteln, dass es so etwas wie Sex unter Freunden gibt – gerade hier unter diesen außergewöhnlichen Bedingungen.

Du stammst aus einem asiatischen Umfeld; viele Traditionen, Sitten, Gebräuche, Umgangsrituale zwischen den Geschlechtern sind auf dich übergegangen. Nasrin ist anders als du, aber ich werde sie beständig lieben. Du bist deutlich jünger als sie und so völlig unverstellt natürlich, so völlig unverdorben durch Moral und aufgezwungenem Verhaltenskodex. Ich kann euch beide in mir ohne Probleme vereinen. Daher bitte ich dich, wie ich sie einst bat, lass niemals Lüge zwischen uns sein.

Ich freue mich auf die Verwirklichung deiner Träume. So schlimm werden sie wohl kaum gewesen sein. Dir verspreche ich mein uneingeschränktes Ja.“

Seine Worte halfen Jo, sich noch weiter zu öffnen. Er hielt ihrer beider Intensität nicht mehr für steigerungsfähig, so dass er überrascht auf sie einging. Sie liebten sich mehrere Male, bis ein machtvolles Lachen aus ihnen herausbrach – entfesselte Lebensfreude. Das schwindende Licht zwang sie, zurück zu schwimmen. Nasrin sah sie an, lachte ebenfalls und meinte nur:

„Man sieht's euch an! Großartig, jetzt sind wir schon zu dritt! Herzlichen Glückwunsch!"

Weil alle lachten, lachte auch Rumi!

Sonja, die Gewählte, ließ ihn zu sich bitten. Das klang bereits sehr viel wohlwollender als in früheren Zeiten. Eric gehorchte sofort und begrüßte sie mit dem gebührenden Respekt und voller Ehrerbietung. Sie honorierte sein Verhalten und bot ihm an, sich neben sie zu setzen.

„Ich habe mit dir zu reden!" begann sie. „Ich habe natürlich von deinem Ausflug mit den zwanzig hier geborenen Mädchen erfahren. Ich unterstelle dir ehrenwerte Absichten, auch wenn es dort eindeutig um sexuellen Unterricht ging. Sex verdient keine Stigmatisierung, er war nur bisher kein Thema hier bei uns. Was ich im Nachhinein erfuhr, besänftigte mein anfängliches Misstrauen und verfestigte mein Bild von dir. Erstaunlich fand ich, dass es einem einzelnen Mann gelang, durch konkrete sexuelle Handlungen den heranwachsenden Mädchen eine gesunde Einstellung und vermutlich auch Umgang mit diesem elementaren vitalen Trieb zu vermitteln. Deine Freude mit ihnen und ihre Freude mit dir sei euch also allen gegönnt.

Was mir missfiel war, dass du nicht zuvor mit mir über dein Vorhaben gesprochen hast. Ich hätte es gerne gewusst und von deiner Motivation erfahren. Vielleicht hätte ich mich anregend oder korrigierend einbringen können. Mit Sicherheit hätte ich es nicht untersagt, dir Vorschriften gemacht oder

Auflagen erteilt. Ich fand die Idee sehr gut! Hier soll nicht der leidvollen Erinnerung gehuldigt werden, sondern ein optimistisches Weltbild entstehen. Auch hast du gut gewählt, denn diese Mädchen waren nicht emotional vorbelastet. Ich gehe davon aus, dass eure Handlungen ohne Verhütung stattfanden, denn diese Methoden können hier nicht praktiziert werden. Hast du bedacht, dass deine konkreten Übungen auch Folgen haben könnten?"

„Ja natürlich, sonst wäre ich verantwortungslos. Meine Frau hat einen Jungen geboren, jeder weiß das. Auch die Mädchen wussten vom eventuellen Schwanger-werden. Doch keine schreckte das ab. Das überraschte mich!

Ich bin hier seinerzeit bei euch gestrandet. Ihr kennt jeden Schritt seit meiner Ankunft. Meine übergeordnete Absicht ist es, Wunden zu schließen und keine neuen Wunden zu reißen. Ich bin überzeugt, dass es niemanden nutzt, sich in seinen gegenwärtigen oder zukünftigen Handlungen und Lebensqualität durch die Last vergangenen Leids einschränken zu lassen. Lebensfreude bringt uns voran, unbewältigtes Leid hindert uns, eine positive Zukunft zu gestalten. Mein großes Interesse gilt genau diesen noch ungeborenen Kindern. Es werden sowohl Jungen als auch Mädchen geboren werden. Unsere gesamte Gemeinschaft ist gefordert, nicht nur die leiblichen Mütter, wachsam zu sein, damit beide Geschlechter in wechselseitigem Respekt aufwachsen. Die Kinder werden alsbald ihre inneren und äußeren Unterschiede wahrnehmen. Daraus ergibt sich kein Recht auf Dominanz für die eine oder die andere Seite. Diese Unterschiede bieten den immensen Vorteil, den uns die Natur da bietet, nämlich den der wechselseitigen Ergänzung und Bereicherung. Ein Liebespaar ist der Kristallisationspunkt einer neuen friedvollen Gesellschaft ohne Rivalität. Darwin ideologisierte noch die These des Rechts des Stärkeren. Er hat nicht genau genug hingesehen. Die erfolgreichsten Lebensgemeinschaften verhalten sich kommunikativ und kooperativ zum wechselseitigen Nutzen. Ich könnte noch stundenlang darüber dozieren. Doch Ihr könnt absolut sicher sein, dass all meine Aktionen wohl durchdacht sind und dem Wohl aller dienen sollen!"

Sie unterbrach ihn und legte ihre Hand auf seinen Unterarm:

„Das glaube ich dir! Mein Wunsch ist es, häufiger mit dir zu sprechen und als erste von deinen Plänen zu erfahre. Du bist Arzt und ich empfehle dir, unseren Ärztinnen die Ankunft neuer Erdenbürger mitzuteilen. Es ist zwar noch eine Weile hin. Aber wenn alles normal abläuft, werden all diese Kinder innerhalb einer engen Zeitspanne zur Welt kommen!"

„Danke, das werde ich tun!"

Sie schwiegen eine Weile, während ihre Hand weiterhin wohlwollend auf seinem Unterarm ruhte.

„Da wäre noch etwas!" begann sie erneut.

Eric sah auf.

„Ich möchte dir ein Geheimnis anvertrauen. Werte das bitte als Zeichen meines Vertrauens; aber ich verbinde eine Absicht damit. Bisher wissen nur meine enge Freundin Sarah und ich davon. Du wärst der Dritte. Aber es darf niemand etwas davon erfahren, auch deine Frau oder deine Freundinnen nicht. Ich sage das nicht aus niederträchtigen Motiven, aber es könnten Unruhe und Spaltungstendenzen entstehen und uns alle gefährden.

Ich weiß schon gar nicht mehr, wie lange es her ist. Ich habe jegliches Zeitgefühl verloren. Aber als wir seinerzeit hier anlandeten, da kamen wir mit einer unauffälligen aber hochsee-tüchtigen Motoryacht. Dieses Boot existiert noch. Nur Sarah und ich und jetzt du wissen davon. Wir erzählten den ande-ren, wir hätten das Boot nach dem Verlassen versenkt, damit unser Entschluss unumkehrbar feststand. Wir manövrierten das Boot in eine Grotte, die nur von See zugänglich aber un-einsehbar ist, sowohl vom Wasser als auch aus der Luft und dem Orbit. Wir vertäuten das Boot. Ich vermute, wir haben dort noch wertvolle und brauchbare Gegenstände zurückge-lassen. Wir würden es nicht schaffen, dorthin zu schwimmen; es ist zu weit und die See zu rau. Zufällig bemerkte ich damals einen Lichteinfall. Ich konnte erkennen, dass die Grotte auch von Land begehbar ist, aber nur während der Trockenzeit. Ich möchte, dass du mich begleitest, Wir inspizieren alles genau und entscheiden dann, was zu tun ist. Du hast technisches Verständnis und du kennst dich mit dem Stauraum solcher Boote aus. Wir müssten nur diesen Gebirgskamm dort über-queren. Dahinter befindet sich eine Art Hochebene, die von einem Bach und während der Regenzeit von einem Fluss durchzogen ist. Der Bach verschwindet in einer Erdspalte, die zur Grotte führt und von dort fließt er ins Meer. Ich möchte offenes Feuer als Lichtquelle vermeiden, falls dort Treibstoff ausgelaufen sein sollte. Während eines Mondumlaufs fällt jetzt das Licht der aufgehenden Sonne für etwa ein bis zwei Stunden in die Grotte und wir können recht gut sehen. Wür-dest du mich begleiten?"

Eric nickte:

„Aber gewiss doch!"

„Wir müssten am Vortag bei Tageslicht aufbrechen, dort, wo der Bach in der Grotte verschwindet, den neuen Tag abwar-ten und dann am frühen Morgen, in der Dämmerung, in die

Grotte absteigen. Die Augen sind dann noch an die Dunkelheit gewöhnt und ich vermute wir werden unverletzt unten ankommen. Vermutlich wird es nachts auf der Hochebene kühl werden und wir sind nackt; es gibt keine Decken. Wir haben Trockenzeit, das bedeutet Winter für die Nordhalbkugel der Erde, auch wenn wir uns in der Nähe des Äquators befinden."

Eric strahlte:

„Ich freu' mich auf dieses Abenteuer. Ich werde Euch begleiten. Kälte mag ich auch nicht, aber zusammen können wir uns wärmen. Doch was kann ich meiner Frau sagen? Ich habe sie noch nie belogen?"

„Sag' ihr, du begleitest mich auf dem Weg zu den abgelegenen Frauen, die sich der Spiritualität und Enthaltsamkeit verschrieben haben. Wir werden sehen, was wir auf dem Boot vorfinden und in welchem Zustand das Boot ist. Es bleibt ja auch die Frage, was ist, wenn wir da wichtige Dinge finden? Wie schaffen wir sie hier her? Ich denke, du wirst deine kleine Lüge dann richtigstellen können. Deine Beziehung zu Nasrin ist in keinem Fall in Gefahr!"

„Und wann soll die Expedition stattfinden?"

„Nun, das ist es ja! Die Sterne stehen im wahrsten Sinn des Wortes ausgezeichnet. Wie wär's mit übermorgen, nach der Mittagshitze?"

„Von mir aus gern! Werden wir Hilfsmittel brauchen?"

„Schwer zu sagen! Für den Auf- und Abstieg benötigen wir nichts; wir können nur hoffen und darauf achten, dass wir uns nicht verletzen. Nur was ist, und ich rechne sehr stark damit, dass wir etwas Wertvolles finden. Wir können es unmöglich auf dem gleichen Weg zurückschleppen."

Eric half aus:

„Lass uns einfach abwarten und urteilen dann, wenn wir wissen, was wir vorfinden! Ohne Information ist alles Grübeln sinnlos!"

Sie wirkte erlöst:

„Danke Eric, für all deine Zustimmung und fürs Mutmachen! Kann ich dir denn einen Wusch erfüllen?"

Eric lachte:

„Ihr werdet Euch wundern! Ich habe einen abartigen Wunsch!"

Sie sah alarmiert aus:

„Und?"

„Ich wünsche mir eine Schere. Auf meinem Seminar mit den zwanzig Mädchen, war eine mit kurzen Haaren. Sie schien wie eine Rebellin zu sein, war meist dagegen, wollte anders sein, oder wollte ganz einfach nur auffallen!"

„Frag sie! Ich habe keinen Zugang zu einer Schere!"

Sie trennten sich lachend.

Auf seinem Weg nach Hause winkte ihm Lilith zu. Er folgte ihr in ihren kleinen bunten Garten hinter ihrer Behausung. Sie küsst ihn warm:

„Es ist schön einen Freund zu haben, der mein Herz höherschlagen lässt, weil er nackt ist! Aber ich will nicht flirten, nur die Stimmung etwas auflockern. Ich möchte etwas mit dir besprechen... Hast du etwas Zeit?"

„Gewiss, wenn dadurch meine Beliebtheit bei dir steigt! Und meiner Freundin möchte ich nichts ausschlagen! Also, nur zu!"

„Dabei geht es nicht einmal um mich, obwohl ich ein Appetithäppchen wohl niemals zurückweisen würde. Aber du weißt, manchmal suchen mich Frauen auf, um auf meinen reichen Erfahrungsschatz zuzugreifen. Ich spreche von einer, die du sicher von Sehen kennst. Ich kenne ihre Geschichte. Sie erzählte sie mir noch einmal und äußerte die Bitte, sie dir zu erzählen!"

„Ich bin gespannt!"

„Sie war eine der weiblichen Angestellten eines sehr wohlhabenden Industriellen, der eine kinderlose Ehe führte. Sie schildert diesen Mann als sehr gütig und liebevoll. Obwohl sie noch nicht einmal zwanzig war, begann sie mit ihm eine Affäre, die sie als sehr harmonisch empfand und für beide trotz ihrer Unerfahrenheit sehr glücklich verlief. Die Ehefrau soll eine sehr provokante, verletzende Person gewesen sein, die sich nicht scheute, Angestellte vor allen auf die gemeinste Weise bloßzustellen. Sie selbst, die Geliebte, habe miterlebt, wie die Ehefrau ihren Mann grundlos aus purer Freude beleidigte und demütigte und er wehrte sich nicht einmal. Eines Tages, die Ehefrau war leidenschaftliche Turnierreiterin und war auf einem Turnier außer Haus. Sie kam früher zurück und fand ihren Mann nackt in einer Hängematte liegen und auf ihm, ebenfalls splitternackt, seine junge Geliebte. Ohne auch nur ein Wort zu wechseln nahm die Ehefrau ihre Reitgerte, die noch an ihrem Handgelenk baumelte, und drosch mit aller Kraft auf die bloße Haut des Mädchens ein. Ich will nicht ausmalen, was die junge Geliebte durchmachte. Sie verlangte, das Mädchen sofort aus dem Haus zu jagen und jeden weiteren Kontakt zu unterbinden. Andernfalls drohte sie, das Industrieimperium ihres Mannes und dessen Ruf zu ruinieren. Mit Hilfe eines versierten Anwalts kam sie vor Gericht mit einer winzigen, symbolischen Geldstrafe davon.

„Ist es die junge Frau mit den Narben auf dem Rücken?" fragte Eric entsetzt.

Lilith nickte:

„Sie selbst sieht die Narben nicht oder kaum; sie befinden sich auf Rücken, Po und Oberschenkel. Sie bat uns auch, sie nie darauf anzusprechen. Die Wunden heilten, nicht aber die inneren. Ihr Glaubenssatz lautet: wenn ich so glückvolle Wonnen erlebe, wie mit diesem Mann, dann werde ich auf unvorstellbar grausame Weise bestraft."

Eric schwieg betroffen. Er kannte dieses Folteropfer und erinnerte sich jetzt genauer, diese Frau nickte ihm stets freundlich zu und sie hatte sich seinerzeit nie an den Erniedrigungen ihm gegenüber beteiligt. Er hob den Kopf:

„Aber warum hat sie jetzt aktuell dich um Rat gefragt?"

„Das ist der entscheidende Punkt. Du hast durch deine Anwesenheit alte Konflikte und Schmerz reaktiviert. Sie mag das Männliche, ihr Geliebter war wohl herzensgut zu ihr und hat ihr stets wohlgetan; er war ihr Himmel auf Erden. Sie sieht dich gerne, ganz besonders deine Art von Männlichkeit und ist begeistert und erregt, wenn sie dich sieht. Ich würde sagen, sie ist in dich verliebt. Sie wagt aber nicht, initiativ zu werden, nun rate mal, nicht etwa wegen ihrem Verlangen, oder weil du sie abweisen könntest, sondern weil sie befürchtet, dass sich das Trauma wiederholen würde, sobald sie sich dir hingibt."

„Sicher, natürlich werden diese Narben in mir Vorstellungen von entsetzlichen Grausamkeiten heraufbeschwören. Diese Vorstellungen wecken Bedauern und Mitgefühl aber keine sexuellen Begehrlichkeiten. Ich fürchte, eine brauchbare Erektion bleit aus."

„Ich kann dich verstehen; ich ahne, was in dir vorgeht, du willst ihr Freude bereiten aber dein Körper sagt nein!"

„Lilith du weißt, ich bin zu Sex unter Freunden fähig. Aber das Bild ihrer Misshandlung verschwindet nicht aus meinem Kopf."

„Wie gesagt Eric, ich verstehe dich. Elli hat mich auch um nichts gebeten. Sie schilderte nur ihren Konflikt und fragte, ob ich Rat wüsste" Lilith legte besänftigend ihre Hand auf seinen Oberschenkel. Sie tat gut. Aber sie half nicht, seine innere Zerrissenheit zu glätten. Sie fragte:

„Eric, möchtest du meinen Vorschlag hören?"

Eric zuckte ratlos mit den Schultern, schüttelte den Kopf, nickte.

„Also gut! Ich habe' da so ein Bild vor Augen... Du erinnerst dich? Zumindest ich erinnere mich, dass wir beide vor nicht allzu langer Zeit ein paar zauberhafte Stunden zusammen verbrachten. Ich weiß, ich bin keine besondere sexy Attraktion, aber es hat doch alles ganz wunderbar geklappt...!"

„Ja, das stimmt! Ich erinnere mich natürlich daran an deine Virtuosität und als Folge dessen meine Dauerfestigkeit!" Eric lächelte in sich hinein.

„Eric, es war etwas anderes! Sicher erinnerst du dich nicht mehr; ich gab dir eine Schale mit Orangensaft und Kokosmilch. In diesem Getränk war auch bereits zermahlenes *Marinda*. Du hast das Mittel auf deinem Seminar bewusst schätzen gelernt. Ich hatte es zuvor bei dir ausprobiert. Ich hoffe, du bist mir deswegen nicht böse. Aber wenn du es nimmst, musst du dir keine Sorgen mehr machen. Selbst wenn Elli bei dir kein Begehren auslöst, wirst du in der Lage sein, mit ihr ein paar zärtliche Stunden zu verbringen. Wähle eine bestimmte Position, damit du nicht ihre Narben auf dem Rücken und Po siehst. Oder lass sie sich vor dir niederlegen und du küsst nur ihre Vorderseite, bevor du sie aufsitzen lässt. Das wichtigste geschieht ohnehin erst danach, wenn sie erlebt, dass sie nicht für ihre Freuden betraft wird. Das wird ihre inneren Wunden schließen."

Eric dachte nach:

„So könnte es funktionieren! Und wenn ich ihre Tür zur grausigen Vergangenheit schließen kann, will ich es tun! Sie soll aber wissen und begreifen, dass sie nur meine Freundin sein kann und dass Sex unter Freunden nicht ausgeschlossen wird, wenn sie es wünscht und es ihr guttut und ihr hilft zu genesen."

Eric machte eine Pause:

„Nein Lilith, ich bin nicht böse! Im Gegenteil, deine Hilfestellung entspannt mich und hilft mir meine Partnerin zu genießen. Das beflügelt beide!

Bitte arrangiere ein Treffen mit Elli; dir wird schon was einfallen. Ich bin nur die nächsten zwei, drei Tage unterwegs mit unserer Erwählten bei den verlorenen Schwestern, wie ihr sie nennt."

Sie verabschiedeten sich herzlich. Etwas wehmütig sagte sie:

„Komm' immer, wenn du magst! Du bist stets ein willkommener Gast, südlich und nördlich des Äquators!"

Er musste eine Weil nachdenken, was sie meinte und lachte.

Er belog Nasrin und Jo, er werde gemeinsam mit der Erwählten die verborgenen Schwestern aufsuchen. Sie nahmen es kommentarlos auf. Jo drängte sich an ihn und wollte Zärtlichkeiten, doch es endete auf der Sandbank im Abendrot.

Am etwas späteren Nachmittag des übernächsten Tages machte er sich mit Sonja auf den Weg zu ihrem Geheimnis. Sie hatte auch für ihn eine Fußbekleidung anfertigen lassen, die sie ihm persönlich um die Füße band.

„Es wird felsig werden und wir wollen uns nicht verletzen!" erklärte sie.

Der Aufstieg zum Gebirgskamm war anstrengend und sie brauchten alle Kraft, um tief durch zu atmen. Sie sprachen kaum. Auf einem serpentinenartigen, kaum ausgetretenen Pfad, erklommen sie die Wand. Sonja ging voran und Eric bewunderte ihren sportlich durchtrainierten Körper in Aktion direkt vor sich. Erstaunlich die Energie und Disziplin, mit der sie die Anstrengungen des Aufstiegs meisterte. Eric hatte Mühe, ihr zu folgen. Es wurde merklich kühler und der Wind nahm zu, was den Aufstieg erleichterte. Der Ausblick entlohnte sie dann über alle Erwartungen. Auf der einen Seite die bewohnte Siedlung, von der sie kamen und auf der anderen Seite vollkommen unberührte Natur, ein schmales Hochtal, der friedliche Bach, der gemächlich gen Osten dem Meer entgegenplätscherte. Echsen und Seevögel schienen den Menschen nicht zu kennen, denn sie verweilten neugierig oder unentschlossen, bevor sie sich gelassen davonmachten. Der Abstieg hinab auf die Hochebene verlief mühelos, fast tänzerisch. Die Luft roch frisch und würzig, belebte die Lebensgeister und sorgte für eine gute Stimmung. Der Rastplatz, den sie wählten, glich einer Obstschale, denn Bäume mit reichlich Früchten unterschiedlicher Art hatte ihnen das Mitschleppen von Verpflegung erspart. Es hatte tatsächlich den Anschein, dass diese Insel einst bewohnt war, denn auch Nutzpflanzen fanden sich, wenn auch verwildert, überall.

„Wir sollten ein Bad im Bach nehmen! Wir sind verschwitzt. Das Wasser wird kühl sein!" schlug Sonja vor.

Eric hatte keine Einwände und folgte ihr. Sie zogen ihre Schuhe von den Füßen. Sie hatten hervorragende Dienste geleistet und überstanden trotz starker Beanspruchung. Das Wasser war wirklich kalt aber belebend.

„Ich habe von deiner Anordnung zu erhöhter Hygiene gehört. Normalerweise gebe ich die Anordnungen, aber ich finde sie gut. Auch die Ärztinnen bestätigten mir, dass die Frauen hier unbewusst Anordnungen seitens des Mannes eher annehmen und befolgen. Wir sollten deine Anordnung auch hier befolgen."

„Ihr meint...?" fragte Eric,

„Natürlich, warum nicht? Ich bin doch kein trotziges Mädel, das sich dem vernünftigen Gebot der Stunde entgegenstellt! Also nur zu, auf Gegenseitigkeit!"

Eric war sprachlos, aber er war ein gehorsames Mitglied dieser außergewöhnlichen Gemeinschaft und dachte, es sei ja auch ganz sinnvoll, nicht nach zweierlei Maß zu messen.

„Das ist angenehm!" bestätigte Sonja. „Früher haben wir in der Gegend, wo ich herkomme, freche Lieder mit doppeldeutigen Texten gesungen, um die Jungs am Ort auf uns aufmerksam zu machen. Das ist schon sehr lange her und ich hätte nie gedacht, dass ich in meinem Alter noch einmal so etwas in den Händen halte."

Eric war deutlich sprachlos; was waren das für Geständnisse, die da aus einem Mund kamen, wo er vor nicht allzu langer Zeit, nur Feindseligkeit oder zumindest Disziplinierendes zu hören bekam.

„Eric, glaubst du etwa, ich hätte nicht bemerkt, wie du pausenlos meine Kehrseite gescannt hast, als ich vor dir lief? Ich bin sicher, du hast auch keine Neuigkeiten entdeckt, als ich mich bückte, um dies Schuhwerk festzubinden. Die Anatomie des Weibes ist weltweit dieselbe. Mir waren allerdings die Kenntnisse über die Anatomie des Mannes und seine Funktionsweise etwas aus dem Fokus gerückt. Daher teste ich im Augenblick meine Empfänglichkeit für derartige Reize. Findest du mich zu alt für weibliche Ambitionen?"

„Nein, keinesfalls!" beeilte sich Eric zu antworten. „Ich fühle und fühlte mich besonders stark von der reiferen Frau angezogen!"

„Gut zu hören! Da kann ich wohl auf einen reichen Erfahrungsschatz zugreifen! Aber Eric, lass das jetzt bitte, mit dem ‚Ihr und Euch und Sie'; ich bin Sonja und diese Korrektur besiegelt man mit einem Kuss!"

Sie griff nach ihm, der schon so dicht vor ihr stand und krallte sich in seine Schultern. Dieser Kuss hastete sehr schnell über alle Vorstufen hinweg und landete bei weit jenseits von Freundschaft. Nachdem Eric diesen Kuss keuchend überlebt hatte, sagte sie:

„Bitte überprüfe, ob ich auf dieser erotischen Ebene noch ansprechbar und voll funktionstüchtig bin. Deine Überprüfung sollte sich nicht auf das Boot dort unten beschränken. Das Gras ist weich und..."

Beherzt unterbrach er ihren Redefluss mit einem Kuss, den sie sogleich vertiefte. Sie sanken ins Gras und sie taten, was sie seit undenklicher Zeit vermisste und nicht wusste, wie sehr sie es brauchte. Dennoch hatte sie nicht vergessen, was in den einzelnen Phasen zu tun sei. Er ahnte nichts von ihrer Lebensgeschichte.

Nach der Rückkehr aus dem Reich der Wonnen keuchten sie die frische Bergluft in die Lungen. Sie sah ihn an, etwas verwundert aber durchaus gefasst:

„Das war ein gelungener Probelauf! Ich glaube, ich kann mich an diese Paargymnastik gewöhnen. Jedenfalls hast du mich quietschvergnügt hinterlassen! Ich bin beruhigt, Alter schützt vor Liebe nicht!"

Eric fand die Fassung wieder und als er wieder zu Kräften kam, sagte er:

„Das hier hat so was vom Paradies, wir beide als Adam und Eva... und all die Früchte...!"

„Dann lass uns mal gemeinsam Früchte sammeln! Du wirst sehen, wir werden nicht vertrieben!"

Sie aßen mit großem Appetit so manche unbekannte Frucht und bewunderten die üppige Farbenpracht der untergehenden Sonne. Obwohl der kühle Wind sich legte, kuschelte sich Sonja Wärme suchend an ihren aktuellen Glücksbringer:

„Meinst du, wir sollten das noch mal wiederholen? Reibung soll bekanntlich Wärme erzeugen!"

„Das sollten wir auf alle Fälle tun! Schließlich führen wir alles mit, was wir dazu benötigen!"

Sie lösten sich auch nicht, nachdem sie sich zweimal geliebt hatten. Das war nicht nur ein Gebot mangelnder Außentemperatur, eher eine nicht enden wollende Begrüßung nach langer Abwesenheit.

Sie brachen am nächsten Morgen sehr früh auf und halfen einander beim Abstieg. Das Restlicht des Sternenhimmels und des abnehmenden Mondes bot genügend Licht, um gefahrlos dem Bach zum bergseitigen Eingang zur Grotte zu folgen. Die Augen waren an die Dunkelheit im Innern der Grotte adaptiert. Leises Glucksen und Tuscheln drang mehrfach reflektiert aus der Tiefe. Fahles Dämmerlicht kennzeichnete den riesigen domhaften Eingang von der Meerseite zur Grotte. Die beiden orientierten sich; sie spürten weichen Sand unter ihren Füssen. Wie ein riesiges schlafendes Ungeheuer lag das Boot mit dem Bug auf dem winzigen Strand. Es roch etwas nach Treibstoff. Sie hockten sich in den Sand, denn es war noch nicht hell genug.

„Möchtest du, dass unser intimer Kontakt unter uns bleibt?" fragte Eric.

„Ich habe in der Vergangenheit nie über meine Liebesgeschichten gesprochen! Sarah werde ich es wohl erzählen, als Geste des Vertrauens. Die Absicht, es zu verheimlichen habe ich auch nicht. Ich weiß, du hattest mit vielen Frauen und Mädchen hier intime Kontakte. Das finde ich auch gut, wenn möglichst viele emotional korrigierende Erfahrungen machen können. An die große Glocke werde ich es jedenfalls auch nicht hängen, gewissermaßen als neue Direktive oder gar Aufruf. Ich habe keine Klagen über dich gehört; Streitigkeiten sind ausgeblieben. An diesem aktuellen Status will ich nichts ändern! Und du, möchtest du daraus unser Geheimnis machen?"

„Nein, ich seh' es so wie du; es soll weder Tratsch noch Gerüchte geben. Ich sprech' nicht darüber, mit Ausnahme zu meiner Frau, wenn es sich ergibt. Du weißt, ich werde sie nie belügen. Vielleicht werden wir unsere Intimitäten wiederholen. Du weißt, ich schätze die reife Frau jenseits von fünfzig."

„Das wünsche ich mir auch! Ich werde auch nicht mehr so geräuschvoll sein wie gestern, das verspreche ich. Aber ich habe schon reichlich Liebesgesang hier gehört; wenn da eine Sängerin dazu kommt, müssen sich die anderen daran gewöhnen." lachte sie.

Das Licht vom Eingang der Grotte verstärkte sich. Einzelheiten vom Boot wurden sichtbar. Es schien schon etwas betagt aber solide. Es lag mit dem Bug auf dem Sand, etwas zur Seite geneigt, vermutlich von hohen Tiden dort hinaufgehoben. Es war nicht mehr vertäut, die Taue waren durchgescheuert und hingen im Wasser. Beide Schrauben schienen unbeschädigt. Ein Belag aus Salz und Algen bedeckte die Flanken. Vermutlich war der Rumpf unten stark von Muscheln bewachsen. Eric stieg ins Wasser und schwamm zum Heck. Über das dort herabhängende Seil kletterte er ins Boot. Er untersuchte das Beiboot, das über dem Heck hing. Über einen Motor konnte man es zu Wasser lassen, aber dazu brauchte man Strom. Es musste aber bei Stromausfall auch mit Hilfe einer Kurbel gehen. Er fand sie nicht. Sonja bat, ihr ins Boot zu helfen. Als er sie hochzog, nutzte sie den Augenblick größter Nähe, um ihm einen langen Kuss zu rauben. Er gab ihr einen Klaps; sie mochte das; er fragte:

„Erinnerst du dich? Willst du das Innere durchsuchen?"

Sie nickte, aber die Tür klemmte; er warf sich dagegen und beide stolperten ins Innere. Modergeruch schlug ihnen entgegen. Sie fanden eine Menge noch brauchbarer und hilfreicher Dinge wie Werkzeug, zwei Sanitätsboxen, Besteck und Geschirr in der Kombüse, Körperpflegemittel und zwei Scheren, Planen und sehr viel Tauwerk. Alles war mit einem eigenartigen Belag aus Salz und einer Art Schimmel überzogen. Textilien, wie Kleidung, Bettwäsche...

„Wie sollen wir das nur alles wegschaffen?" fragte Sonja.

„Vielleicht kann ich das Beiboot flottmachen! Seh' dich bitte nach einer Handkurbel um. Ich geh nach unten und seh' nach der Maschine und dem Generator."

Eric blieb eine Weile weg. Sie hörte ihn im Halbdunkel poltern und fluchen. Nach einer guten Weile tauchte er ganz verschmiert wieder auf:

„Treibstoff ist noch reichlich vorhanden. Der Motor, ein Diesel, ist möglicherweise noch brauchbar, eben unverwüstlich; aber um ihn zu starten, ist Strom notwendig! Die Bilge ist bis oben hin mit Wasser gefüllt, entweder Ballastwasser oder durch Leck oder Haarrisse eingedrungenes Seewasser. Wer hat das Schiff hierhin gefahren und hier hineinmanövriert?"

„Die Eigentümerin! Sie war für Hochseefahrten ausgebildet!" antwortete Sonja.

„Wenn wir wiederkommen, soll sie uns begleiten!" schlug er vor.

„Das geht nicht, sie ist in die Zivilisation zurückgekehrt! Sie fuhr mit einem der Boote, das weitere Frauen zu uns brachte, zurückgefahren!"

„Hm, na gut! Das ist nicht zu ändern... Da sind Solar-Kollektoren auf dem Kajütdach. Ob das alles noch funktioniert, wissen wir nicht. Eine Funkanlage ist auch vorhanden und auch Navigationsinstrumente; aber alles braucht Strom. Doch wer funkt, kann auch geortet werden. Ich kenne unser aller Slogan: *Kein Schiff soll kommen!* Sonnenlicht dringt nicht in genügender Intensität ein, um Batterien zu laden. Aber weiteres Tauwerk ist unter Deck - und auch Planen. Hast du noch was gefunden?"

Sonja nickte:

„Wichtig wohl zwei gut verschlossene Erste-Hilfe-Boxen, Flaggen, Textilien, Bettzeug, Handtücher, die aber bei der geringsten Beanspruchung zerreißen. Besteck, unzerbrechliches Geschirr und Töpfe in der Kombüse..."

„Die Ebbe hat eingesetzt; das Heck des Schiffes wird sinken. Ich werde versuchen, das Bilgewasser abzulassen und um unter den Unterwasserteil des Rumpfes zu tauchen und Schäden zu finden. Das Wichtigste sollte aber das Beiboot sein; damit könnten wir zurückfahren und Sachen transportieren. Hast du die Kurbel gefunden?"

„Nein, ich habe aber noch nicht gesucht! Sie muss in der Nähe des Beiboots sein!"

„Das denke ich auch!" sagte er und hangelte sich zur Sitzbank. Sie war aufklappbar. Darin lag die Kurbel; Eric fand sofort den Adapter; aber die Kurbel ließ sich nicht bewegen. Er untersuchte den Mechanismus:

„Ein Sicherheitssystem wird das Herablassen blockieren, damit kein Unglück passiert! Hier ist die Sperrvorrichtung. Sie lässt sich nur öffnen, wenn ich zur Sicherheit die Handbremse anziehe."

Er löste hernach sacht die Handbremse und mit einem penetranten jaulenden Quietschen sank das Boot über das Heck ins Wasser. Er entlastete das Seil:

„Ich will sehen, ob der Rumpf dicht ist! Es hat sogar einen Motor; aber ob der starten wird, wage ich zu bezweifeln. Zu allem braucht man Strom! Zwei Ruder sind vorhanden. Wir haben nicht mehr viel Zeit. Die Sonne steigt und wird bald nicht mehr hereinscheinen. Was ich nicht verstehe ist, dass hier keine Rettungsboote vorhanden sind. Wie viele wart ihr und wie seid ihr von Bord gegangen?"

„Wir waren die ersten dreißig oder dreiunddreißig, die mit diesem Boot ankamen. Alle gingen in Strandnähe von Bord, außer Silvia und ich. Wir suchten ein Versteck für dieses Boot. Silvia manövrierte es geschickt in diese Grotte. Wir wanderten über den Gebirgskamm, den wir gestern von der anderen Seite überquerten und verkündeten, wir hätten das Boot versenkt. Es sollte keinen Weg zurückgeben. Es gab Proteste, aber die legten sich bald. Zwei- oder dreimal kehrten wir zu diesem Versteck zurück und setzten Funksprüche mit unseren Koordinaten an vertrauenswürdige Kontaktpersonen ab. Es entstand ein internationales geheimes Netzwerk und weitere Personen fanden zu uns. Sicher, Frauen konnten jetzt in etlichen Ländern vor Gericht gehen, wenn sie misshandelt wurden, aber nicht überall. Bei Aussage gegen Aussage zog sich das Gericht meist zurück und die Frauen waren den Rachefeldzügen ihrer Peiniger ausgeliefert. Viele schafften es nicht mehr hier her.

Wir benutzten keine Rettungsboote! Falls vorhanden, müssen sie noch hier sein!"

Sie fanden zwei Rettungsboote, wohl und sicher verpackt, inklusive zusammensteckbare Paddel. Der automatische Inflationsmechanismus funktionierte einwandfrei, so wie es sein sollte. Eric ruderte probeweise vor die Grotte. Sie befanden sich an einer Steilküste mit mäßiger Brandung. Ein Gewitter zog von Südost auf. Eric berichtete seiner Gefährtin:

„Schwer zu sagen, wie sich das Gewitter entwickeln wird; wir wissen nicht, ob starker Sturm aufkommt. Aber wir können beobachten, was das Boot bei solchen Wetterereignissen hat aushalten müssen. Sicher wird es regnen; der Bach wird anschwellen; wenn wir hieraus wollen, sollten wir es jetzt tun. Aber ich denke, hier sind wir sicherer. Wir bleiben über Nacht; wir haben zwar nichts zu essen, aber sauberes Trinkwasser gibt es genug. Ich kann mich jetzt um das Beiboot kümmern und angeleint vor die Grotte rudern. Dort habe ich Licht, kann das Boot inspizieren und den Motor testen. Und wenn das Unwetter da ist, ziehst du mich einfach wieder rein…"

„…und dann habe ich dich eine weitere Nacht ganz ohne Unterbrechung!" ergänzte Sonja.

„Ich hoffe, ich bekomme all den schmierigen Dreck dann von meiner Haut!"

„Mit der Reinigung soll ja alles beginnen! Ich werde dir behilflich sein, bevor du Segel setzt!"

Eric hatte es sich einfacher vorgestellt. Das Boot schaukelte im leichten Wellengang und er musste das Boot von den Felsen fernhalten. Er konnte die Abdeckung von der Schraubenwelle entfernen. Die Welle ließ sich nicht drehen. Erst vom Wasser aus gelang es ihm, über die Schraube die Schraubenwelle etwas zu drehen. Er ruderte zurück und holte Schmieröl. Der Motor sah gut aus, sogar Sprit war im fest verschlossenen Tank vorhanden. Als er den Flansch Welle-Motor bemerkte, hatte er eine Idee. Wie sollte er einen Diesel kalt starten? Er brauchte modernes Werkzeug, damit er die Welle vom Motor trennen konnte. Doch das ließ das heraufziehende Unwetter nicht mehr zu. Noch bevor es anlandete, nahm der Wellengang dramatisch zu. Er suchte mit Sonjas Hilfe Schutz in der Höhle und zog das Beiboot an Land. Es wurde rasch finster und grelle Blitze zuckten ohne Unterlass vor dem Grottentor. Wellen schwappten abgeschwächt herein an den kleinen Strand. Das Boot stand unbeeindruckt und bewegungslos wie ein Fels. Eric erklärte seiner Begleiterin, warum das Boot so fest und tief im Sand eingesunken war. Es wird ihnen wohl nicht gelingen, es jemals frei zu bekommen, es sei denn, sie graben es aus.

Sonja schmiegte sich an Eric:

„Ohne dich, wäre ich vor Angst gestorben!"

„Unterschätze dich nicht, Sonja, du bist eine starke Frau! Mir ist oft aufgefallen, dass Frauen in Gegenwart eines Mannes die Rolle der Schutzbedürftigen einnehmen. Das signalisiert, wie sehr sie ihn brauchen. Letzteres schmeichelt mir! Ich möchte gerne gebraucht werden!"

„Seit gestern gibt es da keinen Zweifel, wie sehr und wofür ich dich brauche. Ich hoffe, dass du die Achtung vor mir nicht verlierst, wenn du siehst, wie ich mich unter der Regie des Mannes verhalte!"

„Kokettierst du jetzt – oder wie soll ich das verstehen? Wie kann ich meinen Respekt vor dir verlieren, wenn du in einer Ausnahmesituation deine Lust wiederfindest? Unser Dialog ist nicht einseitig; wir jubeln uns doch gegenseitig ins Nirwana...

„Du meinst, wenn wir schon intim miteinander sind, dann sollten wir es richtig sein?"

„So ist es!"

Das Wetter zog gegen die Berge; über der See schien wieder die Sonne. Eric fand einen Satz Gabelschlüssel. Allerdings schwoll jetzt der sanfte Bach zum tobenden Fluss an und rauschte in die Tiefe dem Meer entgegen. Gefahr bestand nicht, aber durch den Widerhall von den Wänden glaubten sie sich im Zentrum von Strudeln inmitten eines reißenden Wasserfalls. Doch auch der Fluss beruhigte sich und spielte bald wieder die sanft vertrauten Hintergrundakkorde. Die Sonne versank und hinterließ ein glühendes Portal. Das Meer glühte, ihre Körper glühten – romantischer konnte es nicht sein.

Sonja wand sich in seine Arme und riet ihm:

„Präge dir meinen Körper gut ein, so wie ich mir deinen einpräge! Denn bald wird es stockfinster sein und dann werde ich über dich kommen. Erinnerst du dich an das Phantom der Oper? Es bekannte: *nachts erwachen alle meine Träume...*!"

Sie küsste ihn zur Generalprobe:

„Hast du Angst vor der aktiven Frau? Ich bin gern initiativ, ohne dich zu beschädigen!"

Eric lachte:

„Nein, ganz im Gegenteil! Genau das schätze ich persönlich so sehr an der wieder erwachten Frau auch und gerade, wenn sie schon um die fünfzig ist. Es wird mir ein Vergnügen sein, mich mit dir zu duellieren. Wenn du mich nicht dauerhaft beschädigst, bist du herzlich willkommen! Und bedenke, es wird stockdunkel sein; niemand wird unser Treiben beobachten können und die Fische, die wir vielleicht anlocken oder verscheuchen, werden auch das Maul halten!"

Sonja nickte nachdenklich:

„Das beruhigt mich! Nur ein kurzer Test, wenn ich dich bevormunden oder zweckentfremden möchte und du weißt nicht, was ich damit meine, wirst du es zulassen?"

„Huch, was soll das denn sein?"

„Wenn ich's dir verrate, ist die Überraschung hin! Und meine Fantasien gehen dich nichts an, bis ich sie an dir auslasse!"

Eric sagte nach etwas Überlegung tapfer:

„Gut alsdann! Ich gehe davon aus, dass du mich nicht dauerhaft verschrecken oder unbrauchbar machen willst! Ich lasse es zu!"

Sonja lachte:

„Dann warte bis es dunkel ist! Ich schlage vor, wir verlegen unseren Tummelplatz in die Kajüte; dort können wir Polster und Kissen auslegen! Das verringert die Zahl der blauen Flecken!"

„Das ist eine gute Idee und wir entkommen den Tücken des Sandes!" ergänzte er.

„Dann gib mir jetzt die Gelegenheit, dich noch etwas herauszuputzen und die Spuren der Arbeit zu beseitigen."

Als sie beide etwa hüfttief im Wasser standen und Hand anlegten, fragte Sonja:

„Es scheint wohl eine Tatsache zu sein, dass Männer ihre Partnerinnen nach dem Aussehen aussuchen. Sie wollen zum einen wegen ihrer Eroberung beneidet werden. Frauen tun das auch, aber entscheidend sind innere Werte des potentiellen Partners, soziales Auftreten und gewisse Tugenden. Zu körperlicher Erregung stimulieren ihn aber zum anderen erst die sexuellen Unterschiede und deren Ausgestaltung des weiblichen Gegenübers. Ist das so? Es wird dunkel sein…!"

„Dem kann ich zustimmen; aber auch Männer setzen unterschiedliche Prioritäten, meist als Folge des Alterns." bestätigte Eric.

„Sprich' über dich! Oder fällt dir das schwer? Bei der Paarung wird der Kopf ausgeschaltet, der Verstand auf biologischen Trieb-Modus geschaltet, das heißt optische, körperliche Reize übernehmen das Kommando. Wie ist das bei dir?" insistierte Sonja.

„Ja, da ist das nicht anders! Eine großzügig sexy ausgestaltete Erscheinung ist ungemein stimulierend und meist unwiderstehlich." gab er zu.

„Eric, ich urteile nicht, und ich verurteile schon gar nicht, ich bin nur neugierig! Denn auf unserer Insel wirst du ja ständig mit weiblichen Reizen überhäuft. Nichts bleibt deinen Augen verborgen. Führt das nicht zu einer Überreizung und damit zu Ermüdung, einer Desensibilisierung, einem Abstumpfen? Gehen da nicht die Botenstoffe aus?"

„Gut gesehen, Sonja! Du hast unbestritten Recht. Das ist vergleichbar mit einstigen Saunagängen, das Außergewöhnliche wird zur Gewohnheit. Aber hier wie einst gibt es Signale, Blicke, meist mehrdeutig, aber mit der eindeutigen Aufforderung zu näherem Kontakt mit der Option eines sofortigen Rückzugs. Ich würde es einen Vorflirtversuch nennen, von dem es unzählige Varianten gibt. Frauen sind darin wahre Meisterinnen; sie wählen sogar Worte, die eine genau entgegengesetzte Reaktion provozieren sollen. Dann gibt es die rätselhafte Rolle der Pheromone, die keiner riecht aber dennoch wahrnimmt."

„Interessant und erstaunlich diese korrekte analytische Wahrnehmung deiner selbst! Du glaubst, nur Frauen beherrschen, meist unbewusst, diese Kunst?"

„Das Spiel mit den optischen Reizen und Signalen auf alle Fälle; schließlich wählt die Frau, wen sie zulässt! Schließlich hat ein Mann nicht allzu viel an optisch Reizvollem zu bieten!"

„Da bin ich anderer Ansicht! Ich schätze dein Stimmungsbarometer sehr! Das wird interessant heute; wenn es stockdunkel ist um uns, sind eine Reihe von Signale und Reize verschwunden; mal sehen, ob das Restkontingent, Sprache,

Laute, Geruch und Berührung ausreicht, um in Stimmung zu kommen."

„Sonja, lass es bitte Spiel und Vergnügen bleiben, auch wenn es voller Überraschungen sein darf. Denn, wenn dominante Sinne ausgeschaltet sind, werden andere verstärkt, und vergiss nicht die Macht der Fantasie... Du hast doch Fantasie?"

„Aber gewiss doch und ich freue mich ganz besonders, dass dieser Knopf trotz meines Alters wieder gedrückt wurde. Da finde ich mich beim *Phantom der Oper* gut aufgehoben, denn ‚*Nachts erwachen alle meine Träume...*' Darf ich einfach, oder möchtest du, dass ich dich um Erlaubnis frage? Meine Güte, was war das noch für eine Zeit, als sexuelle Fantasien noch verboten waren!" schwärmte Sonja.

Sonja umrundete ihn auf allen Vieren wie eine Raubkatze ihre Beute. Sie steigere ihren Appetit, meinte sie und hoffe, ihn recht schmackhaft vorzubereiten. Im fahlen Licht der Dämmerung waren ihre Konturen nur noch schemenhaft zu erkennen. Eric gefiel ihre Einstimmung. Auf allen Vieren krabbelte sie sich über ihn, indem sie sein Bein zwischen ihre nahm:

„Bleib' da, wo du bist!"

Mit sanftem Druck verhinderte sie, dass Eric sich aufrichtete. Stattdessen beugte sie sich ihm entgegen. Ihr langes Haar umrahmte ihre beiden Gesichter und schuf eine erste Vorahnung von totaler Dunkelheit. Er atmete ihren Duft. Sie küssten sich lange, bis sie die vollkommene Dunkelheit umfing. Er zog sein Bein an. Sie lobte:

„Na siehst du, es geht doch! Ich wünsche mir jetzt eine Choreographie in Finsternis; entweder du oder ich zuerst bietet sich in fantasievollen Positionen an und der oder die andere versucht, sie herauszufinden und ihr im Sinne einer Paarung zu entsprechen. Misslingt es, muss nachgebessert werden. Es gibt keine Verlierer, nur Gewinner!"

Nun lieber Leser, da es mir bei dieser Finsternis unmöglich ist, auch nur das Geringste zu erkennen, kann ich auch nicht wahrheitsgemäß berichten. Selbst bei Licht besehen, wäre es äußerst schwierig, all diese Umschlingungen und Verknotungen zweier sich liebender Menschen in Worte zu fassen. Nur ein diffuses, archaisch anmutendes, auf- und abschwellendes Klangmuster lässt auf ein wechselseitiges Wohlergehen schließen. Daher möchte ich es Ihrer eigenen Fantasie überlassen, sich den Ablauf der Geschehnisse auszumalen. Lassen Sie sich Zeit; das Ganze dauerte ohnehin mehrere Stunden. Vergeben Sie mir bitte, dass mein Wortschatz und mein Fabulierungsgeschick nicht ausreichen, um Ihnen nachzuhelfen. Fühlen Sie sich bitte deswegen nicht im Stich gelassen! Jedenfalls, nachdem bei beiden deutliche Ermattung einsetzte, kann ich den Faden wieder aufnehmen und berichten: sie schliefen in enger Umarmung bis zum Morgengrauen.

Wolkenloser Sonnenschein holte sie in den neuen Tag. Nach kurzer Inspektion bestätigten sie sich, es habe keine ernsthaften Beschädigungen beim nächtlichen Reigen gegeben.

„Ich habe da immer die Sorge, dir weh zu tun! Immerhin trägst du empfindlich verletzbare Dinge an deinem Körper!" sagte Sonja.

„Du bist auf intuitive Weise achtsam, auch im Dunkeln!" lobte Eric.

Saftige Küsse waren das Einzige, was es zum Frühstück gab. Die Konserven, die sie gefunden hatten, wollte keiner trotz des Hungers nach all den Jahren anrühren. Eric machte sich sogleich daran, das Beiboot vorzubereiten und den Motorflansch von der Schraubenwelle zu lösen. Er ruderte hinaus ins Licht aufs spiegelglatte Meer. Zur Sicherheit war das Boot angeleint. Flugzeugmotoren hatte man vor langer Zeit auch über den Propeller angeworfen. Er selbst hatte in seiner Jugend ein Modellflugzeug, dessen Motor auf diese Weise gestartet wurde. Eric wickelte ein Seil um die Antriebswelle und riss sie unzählige Male kraftvoll an sich. Er war der Erschöpfung nahe und kühlte sich im Wasser ab. Er gab nicht auf und plötzlich gab der Motor ein erstes, zaghaftes eigenständiges Tuck-tuck von sich.

„Ja!" schrie er gen Himmel. „Ich wusste es!"

Die Tuck-tuck-Phasen wurden länger. Doch ein Verbrennungsmotor musste sich auch kühlen. Endlich pieselte ein heißer Wasserstrahl ins Meer. Eric versuchte den Motor hochzufahren, doch er soff ab. Er warf ihn wieder an, was ganz leicht ging, und ließ ihn laufen. In größeren Zeitintervallen gab er in winzigen Dosen Gas; der Motor reagierte. Eric stand zwar in den stinkenden Abgaswolken, aber er freute sich wie ein kleiner Junge. Der heiße Kühlwasserstrahl wuchs ebenfalls mit der Drehzahl. Der Motor lief immer runder und gleichmäßiger. Er schien aus seinem Dornröschenschlaf erwacht. Eric stellte ihn ab und beeilte sich, die Welle anzuflanschen. Jetzt sollte der Motor unter Last laufen. Er war schwerer wieder anzuwerfen, aber er lief und er ließ sich regulieren. Das Boot zog an der Leine. Erics Glücksgefühl war unermesslich. Er löste die Leine und fuhr im großen Bogen auf die Grotte zu. Noch vor der Einfahrt stellte er den Motor ab; es sollten keine giftigen Abgase in die Höhle gelangen. Sanft glitt er auf den Strand. Sonja umarmte ihn:

„Was ihr Männer alles könnt! Am Tag Motor reparieren und nachts Frauen reparieren – universell einsetzbar!"

„Nun muss er uns nur noch sicher nach Hause bringen. Wir sollten auf alle Fälle einen Kanister Sprit mitnehmen. Lass' uns rasch den Kahn beladen; das Meer ist ruhig und gut geeignet für seine Jungfernfahrt. Jetzt rudern zu müssen, wäre eine Niederlage!"

„Und sowas könnt ihr nur schwer ertragen! Aber du hast recht, lass uns das Boot beladen!"

Sie reichte ihm die ausgewählten Dinge herunter und er verstaute sie im Lastkahn. Wegen der ruhigen See durfte es etwas mehr sein.

Während sie mit langsamer Geschwindigkeit nachhause tuckerten, schmiegte sich Sonja an ihn:

„Du bist ein richtiger Held, mein Held! Schade, dass ich nicht mehr schwanger werden kann, ich würde liebend gern mit Hilfe deines kleinen Helden einen kleinen Helden zur Welt bringen!"

Das Tuckern musste auf der Insel vernommen worden sein, denn angstvoll liefen etliche Frauen zusammen. Sie befürchteten eine Invasion von Fremden. Doch als sie Sonja und Eric erkannten, war die Freude groß. Die beiden überließen die Ladung den anderen. Eric nahm sich nur eine der Scheren; er bat, Leinen und Taue sicher zu lagern, damit sie nicht verrotten.

Er eilte zu Nasrin, seiner Frau! Er fragte sich selbst nach der Ursache seiner Sehnsucht nach ihr, hatte er doch gerade eine seiner heftigsten Nächte hinter sich. Er kam nicht drauf. Bevor er aus der dichten Blätterwand heraustrat, spähte er hindurch. Er sah Nasrin, wie sie ihrem Sohn Rumi im Schatten der Palmen half, erste aufrechte Schritte zu tun. Jo lief den

Strand entlang und suchte bei Ebbe nach eingegrabenen Muscheln. Ein machtvolles Gefühl von Frieden drängte nach oben. Er war zutiefst gerührt; nie zuvor empfand er es so deutlich wie jetzt, er war zuhause! Er trat heraus. Rumi sah ihn zuerst; er zeigte mit ausgestrecktem Arm und Zeigefinger auf ihn. Nasrin folgte seinem Hinweis. Sie ließ ihn auf der Stelle auf seinen wackligen Beinchen stehen und ging auf Eric zu. Eric ging auf sie zu. Sie schlossen sich in die Arme, dazu war kein Wort notwendig. Eric wusste, was sein zuhause ist; es hieß Nasrin. Sein Glückserlebnis ließ ihn beben. Nasrin bemerkte es; sie sah ihn an und nickte zustimmend. Jo bemerkte die beiden; sie ließ auf der Stelle ihren Korb mit Muscheln fallen. Ohne Nasrin loszulassen, umarmte er auch Jo. Er wusste jetzt auch, wer sie war. Sie ist seine hübsche, erwachsene Tochter, die ihr sexuelles Erwachen mit ihm, der nicht ihr Vater war, auszuleben. Da hatte nicht einmal die Natur Bedenken. Alle drei sahen zu Rumi. Er stand immer noch aufrecht auf schwankenden Beinen, wie ein betrunkener Seemann auf wankender Planke. Erst als die drei auf ihn zueilten, ließ er sich in den weichen Sand fallen. Eric hob ihn hoch. Das Kind fremdelte nicht – offenbar war ihm die Angst noch fremd. Rumi griff in Erics Bart und zerrte, als wolle er ihn wegziehen. Er sprach in einer Sprache, die Eric nicht verstand.

„Er wächst dreisprachig auf. Er lernt iranisch und englisch und vietnamesisch und spricht fließend seine eigene Kindersprache."

„Wir waren in Sorge!" sagte Jo. Eric fiel auf, dass sie bereits glühte.

„Ich war doch nur drei Tage fort!" wandte Eric ein.

„Aber wir kannten die Gründe nicht. Die Gewählte war auch fort. Niemand wusste etwas. Das war ein guter Nährboden für Gerüchte!" sagte Nasrin.

„Du hast recht! Ihr habt beide recht. Ich habe diesmal nicht
die Wahrheit gesagt, weil wir, Sonja und ich, nicht wussten,
was uns erwartet! Im Interesse aller, war diese Notlüge gerechtfertigt!"

„Kannst du jetzt sprechen?" fragte Nasrin. „Ungewissheit
macht mehr Angst als alles andere!"

„Gut! Ja ich denke, was wir vorfanden, wird unsere Gemeinschaft hier nicht spalten!" Eric machte eine kurze Pause, bevor er fortfuhr:

„Auf dieser Insel gibt es ein hochseetüchtiges Boot, versteckt in einer Grotte. Die ersten Siedlerinnen sind damit gekommen. Das Boot ist aber so stark beschädigt, dass wir es
wohl nicht wieder flottmachen können, zumindest nicht mit
den Mitteln, die uns hier zur Verfügung stehen. Das Beiboot
konnte ich reaktivieren, was eine längere Zeit in Anspruch
nahm. Es befinden sich noch brauchbare und nützliche Dinge
dort. Bei ruhiger See können wir mit dem Beiboot hinfahren,
zumindest solange uns der Sprit nicht ausgeht!"

„Was hattet ihr denn befürchtet?" fragte Nasrin

„Wenn das Boot noch seetauglich wäre, hätten vielleicht einige die Insel verlassen wollen. Andere wollen bleiben. Die,
die in die Zivilisation mit all ihren Tücken und Gefahren zu-
rückwollen, hätten die Existenz dieser Insel und ihre Koordinaten womöglich verraten. Uns würde eine Invasion drohen
– womöglich ein Sex-Tourismus... Es soll so bleiben, wie es ist:
kein Schiff soll kommen...!"

„Du sprichst jetzt so wie wir! Erinnere dich, du warst die
einzige Person, die kam. Du warst ein Segen!" sagte Jo.

„Nein, ihr seid ein Segen! Ihr lebt, wonach sich alle sehnen. Ihr seid Vorbild. Ich möchte, dass das hier zum lebenden Vorbild wird und dass es sich verfestigt! Ihr lebt es vor!" antwortete Eric mit großer Leidenschaft.

Niemand widersprach; in das sanfte Schweigen fragte Jo:

„Eric, schwimmst du mit mir hinaus?"

Eric sah zu Nasrin. Diese nickte verständnisvoll:

„Na geht schon!"

Jo ergriff Erics Hand und sie liefen hinab zum Meer. Sie wollte aber nur bis zur Sandbank, wo man den Boden unter den Füßen hat und herrlich spielen konnte. Eric mochte ihr Drängen und bremste sie nicht; er sprach anders als er sie berührte. Sie reagierte wie überhitzt und war sehr ungeduldig, als Eric sie und sie ihn vom Sand säuberte.

Erich fragte sie scherzhaft, ob er ein Depot bei ihr anlegen solle. Sie war den Tränen nahe:

„Bitte Erik, mach dich nicht über mich lustig! Ich weiß nicht einmal, ob ich noch normal bin; aber, wenn ich mir das, was du mit mir tust, ins Gedächtnis rufe, dann wird mir manchmal ganz schwindelig vor Erregung."

„Du bist jung, Jo, und du bist wie du bist; es gibt kein normal oder nicht normal. In deinem Verlangen bist du mitreißend. Mir gefällt das! Was könnte dich denn beruhigen?"

Sie sah ihn an; etwas Sorge schwang in ihrer Stimme:

„Wenn du ständig verfügbar wärst und mich mehrmals am Tag zu dir rufen würdest. Ich hoffe nur, ich habe dich nicht verschreckt. Nur bitte fliehe nicht vor mir!"

„Nein Jo, du hast mich nicht verschreckt! Du weißt, wie sehr du mich anziehst und wenn du nicht da wärst, würde ich dich und deine Art sehr, sehr vermissen. Ich will mir überlegen, was ich für dich tun kann. Ich habe nicht vor, euch in der nächsten Zeit wieder zu verlassen. Aber lass uns jetzt einander lieben, denn das Gerede macht es kaum besser!"

Selig gaben sie sich einander hin und kehrten erst zum Sonnenuntergang zurück. Es gab Muschelsuppe in Kokosmilch. Rumi aß das mit großem Appetit.

„Ich stille ihn nicht mehr!" erklärte Nasrin. „Er ist jetzt schon ein großer Junge!"

Alle begaben sich früh zur Ruhe. Nasrin wollte bei Eric liegen und verzichtete auf ihre Liege. Sie schmiegte sich fraulich weich an ihn. Sie küsste ihn und knabberte an seinem Ohr:

„Ich habe aufgehört zu stillen, weißt du, was das heißt?"

„Ich denke schon! Deine Hormone werden sich verändern. Aber ich weiß nicht, was du mir sagen willst." flüsterte er.

„Nun, das ist ganz einfach, ich werde wieder verstärkt auf dich zukommen. Ich hoffe, ich gefalle dir noch nach Rumis Geburt und ich bin in der Lage, dich für mich zu gewinnen."

„Du bist attraktiver als je zuvor!" bestätigte er und er meinte es ernst. „Aber wir sollten morgen länger reden und jetzt niemanden wecken!"

„Du hast recht!" sagte sie. „Jetzt genieße ich das Schweigen in deinen Armen mehr als alles andere!"

Die Sonne vertrieb bereits den Morgendunst. In den Bergen hingen noch längere Wolkenfetzen, vielleicht wird es dort regnen. Es war windstill und etwas schwül, dennoch alle vier waren guter Dinge.

„Ich geh mit Rumi schwimmen!" kündigte Jo an und nahm den Kleinen auf den Arm. Er quietschte vor Vergnügen. Eric und Nasrin saßen allein im Schatten ihrer Palmen.

„Ich genieße den Frieden hier, den in mir und den um mich herum!" sagte Nasrin sanft.

„Ich denke viel an dich und frage mich oft, was so in dir vorgeht. Du bist eine kluge, gebildete und wache Frau. Du hast studiert; fehlt dir nicht etwas die akademische Herausforderung?"

„Ja manchmal schon! Mir geht viel durch den Kopf, aber selbst wenn ich frei wählen könnte, ich würde das hier vorziehen. Das hier mit dir ist mir mehr wert als alles andere!"

„Das freut mich, zu hören! Als ich auf dem Schiff war, da sah ich natürlich auch ein Logbuch. Sofort dachte ich an dich und ob du wohl gerne schreiben möchtest."

„Oh ja, das wäre schön! Gedanken, Erkenntnisse, Geschichten aufschreiben, das wäre schön!" gestand sie verträumt.

„Wenn ich das nächste Mal dorthin fahre, um Nützliches zu holen, dann denke ich dran, oder du kommst einfach mit!"

„Jemand muss auf Rumi aufpassen; er wird immer neugieriger und büxt auch gerne aus. Er soll sich nicht verletzen!" wandte sie ein.

„Aber Jo ist doch da!" sagte er.

„Jo ist gewiss eine gute Freundin. Aber ich habe Rumi noch nie allein gelassen; als Mutter bin ich vorsichtiger, vielleicht auch ängstlicher!"

„Du entscheidest, wie du dich wohler fühlst!" meinte er.

„Du magst Jo!" sagte Nasrin. „Was ist sie für dich?"

„Sie ist so etwas wie meine erwachsene Tochter; sie ist wie ihre Schwestern auf eine natürliche Weise wissbegierig und sie ist vital, attraktiv und sexy." gestand Eric. „Und was ist sie für dich?"

„Sie ist mir auch sehr nah. Ich fand es eine großartige Geste, dass sie sich an mich gewandt hat, bevor sie sich intim mit dir einließ und auch immer wieder nachfragt, wie es mir geht. Sie ist mir wie eine Schwester, mit der ich mich gut verstehe. Ich teile gern mit ihr. Es scheint uns allen dreien gut zu bekommen. Nur wenn du mit mir oder ihr intim sein willst, sollten wir es im Verborgenen tun. Es war auch für mich entlastend, während der Schwangerschaft und eine gewisse Zeit danach, deinen eventuellen Wünschen und Verlangen nicht entsprechen zu müssen."

„Nasrin, hier muss ich dich unterbrechen! Du hast stets das Recht auch ohne Schwangerschaft, mich jederzeit zurückzuweisen, genauso wie du das Recht hast, mich aufzufordern, wenn immer dir danach ist. Ich wünsche mir eine Frau, die neben mir achtsam mit sich umgeht und auf gesunde Weise egoistisch handelt und für ihr Wohlergehen sorgt. Alles andere erzeugt Bitternis. Ich hoffe, dass wir in Zukunft nie wieder über diesen Punkt sprechen müssen."

„Eric ich weiß das! Niemand ist mir so nah wie du! Es soll dir auch gut mit uns ergehen, jedenfalls wünsche ich mir das! Ich bin zudem in einem Umfeld aufgewachsen, in dem den Männern alles gestattet ist; doch, wenn Frauen das Gleiche taten, werden sie gesteinigt. Es kränkt mich nicht im Geringsten, wenn du mit Jo aber auch mit ihren Schwestern experimentierst und ihnen die Liebe erschließt. Du schadest niemand. Nur bedenke, in nicht allzu ferner Zeit, werde auch ich wieder mit meinem Verlangen zu dir kommen. Und bitte, sei ehrlich, es gefällt dir, von so vielen Frauen zu Liebesdiensten aufgefordert zu werden."

„Ja es gefällt mir! Es schmeichelt mir! Aber ich bin auch der einzige Mann hier! Ganz ehrlich, Konkurrenz könnte ich auf den Tod nicht ausstehen!"

„Gut gekräht, Gockel! Es sei dir gegönnt, solange du kein Schaden nimmst. Sieh, dort wächst dein Nachfolger heran; er greift schon dreist nach der nichtmütterlichen Brust und mault, wenn sie ihm nicht gibt, was er erwartet. Aber wie heißt es so schön in deinem Land: *Use it, or loose it!* Meine Empfehlung an dich, mach' weiter so!"

Beide lachten! Auch das ist ein wunderbares Geschenk, wenn ein Paar gemeinsam herzhaft lachen kann. Doch eine Bitte hatte er noch, sie möge ihn doch von seinem vielen überflüssigen Haar befreien. Ihr, seiner Nasrin, würde dagegen ihr langes Haar sehr gut stehen, wenn sie es offen trägt, als sei sie wie in ein elegantes Abendkleid gekleidet. Es gelang ihr, ihn zu einem sexy Shorty zu überreden.

„Bitte Eric, baue noch zwei Liegen. Die Regenzeit ist nicht mehr fern. Rumi schläft bei einem von uns dreien. Wenn er dann früher oder später bei den anderen Kindern ist, können wir Erwachsenen ja auch zu dritt miteinander spielen; das wäre neu für mich."

„Für mich auch Nasrin! Aber andere Spielgefährten sind für Rumi noch fern!" antwortete Eric.

„Ach, du weißt noch nicht? Acht Mädchen sind bisher schwanger und alle sagen, du wirst es kaum glauben, du seist der Vater. Neunfacher Vater auf einen Schlag – das sind orientalische Verhältnisse. Osama bin Laden hatte auch dreiundfünfzig Geschwister. Da musst du dich noch sehr anstrengen!" erzählte Nasrin und lachte.

„Nein, das wusste ich nicht! Aber unter meinen Nachkommen soll sich kein einziger Terrorist befinden! Ich werde noch heute oder morgen bei ihnen vorbeischauen! Es ist wichtig, sie jetzt nicht im Stich zu lassen!" entgegnete er. „Ich werde dann auch ein Tau mitbringen; das werden wir für die beiden Betten spleißen. Sie sind für die Verbindungen stabiler als die Lianen."

Eric war mit dem Lauf der Dinge sehr zufrieden. Ihm war es wichtig, dass all seine Mitbürgerinnen auf dieser Insel, ob aktiv oder passiv involviert, ebenfalls seine Zufriedenheit teilen.

Eric wurde herzlich empfangen. Die *Schwestern* lebten gemeinsam etwas abseits. Sie wollten nicht von Erwachsenen bevormundet werden. Nicht alle waren anwesend aber jene, die schwanger waren. Eigenartig, es waren genau die acht, an die er sich noch am deutlichsten erinnern konnte, weil der Kontakt mit ihnen besonders intensiv war. Auch Fabia war darunter. Mit ihr sprach er zuerst. Sie war guter Dinge:

„Schade, dass es so gleich passiert ist. Ich hatte mich so sehr darauf gefreut, dass du mich sehr oft vornimmst – wie eben die sogenannte Problemschülerin, die Nachhilfe braucht."

Er sprach mit allen. Niemand schien Probleme zu haben. Manche hatten etwas Angst, andere waren geradezu euphorisiert. Er sagte allen uneingeschränkte Hilfe und regelmäßige Untersuchungen zu. Er sei zwar kein Gynäkologe, aber er werde die anderen Ärztinnen und Hebammen informieren. Es bestünde für niemanden der geringste Grund, Angst zu haben. Er empfahl jeder, eine Art Protokoll zu führen. Da es weder Papier noch Schreibzeug gab, sollten sie für jeden Tag ihrer

Schwangerschaft eine Muschel in einen Korb legen, um den zeitlichen Verlauf zu dokumentieren.

Auch jeweils eine von zwei Paaren war bereits schwanger, darunter auch die dunkel-schwarze sinnliche Schönheit. Sie strahlte eine tiefe verinnerlichte Zufriedenheit aus.

Der Abschied war herzzerreißend. Viele baten um ein verspieltes Treffen zu zweit oder zu dritt. Es regnete Küsse. Er versprach, bald wiederzukommen.

Doch es gab nicht nur fröhliche und heitere Tage. Eines Tages, Eric war in der Hauptsiedlung, als er durch einen markerschütternden Schrei aufgeschreckt wurde. Er kam von der Lagune innerhalb des Korallengürtels. Eine dunkelhäutige Frau schwamm, wild um sich schlagend, auf das Ufer zu. Es war nicht gleich der Grund zu erkennen. Sie warf sich in den Sand und schrie vor Schmerz. Es war eine der vietnamesischen Schwammtaucherinnen, die täglich zu den Reusen und Fallen hinabtauchte. Eine Muräne hatte sie in einem Moment der Unachtsamkeit in den Oberarm gebissen. Ihr Schreien hatte auch andere herbeigerufen, darunter auch vier schwarze Afrikanerinnen, deren Sprache kaum jemand verstand. Die eine lief sofort wieder davon und kehrte mit einem kleinen Beutel wieder. Sie rief ihrer Vertrauten etwas zu, das wohl Wasser war, denn sie kehrte mit einer Schale Wasser zurück. Sie hob den Kopf des Opfers, griff ihren Kiefer, so dass der Mund nicht geschlossen werden konnte und schüttete etwas hellbraunes Pulver in ihren Mund und anschließend reichlich Wasser. Das Opfer musste alles schlucken. Plötzlich entspannte sich ihr verkrampfter Körper; ihre Arme sanken in den Sand, das Schreien verstummte. Sie schloss die Augen und atmete ruhig. Eric besah die Bisswunde. Sie war blauviolett verfärbt.

„Ob sie davonkommt, ist schwer zu sagen. Ich hoffe, wir müssen nicht amputieren. Die Wunde blutet nicht genügend, um das Gift aus dem Körper zu spülen." sagte eine Ärztin.

Die drei Afrikanerinnen gestikulierten. Eine sprang auf, biss in den Arm der Verletzten und begann, nach allen Kräften zu saugen. Sie tat es bis fast zur Erschöpfung, dann sprang die andere ein. Sie spukten das Blut und das Gift in den Sand. Die Taucherin hatte nicht gerettet werden können, aber sie starb ohne Schmerz. Durch ihr heftiges Schwimmen hatte sich das Gift bereits im ganzen Körper verteilt.

Tagelang herrschte eine bedrückte Stimmung über der paradiesischen Insel. In der Zivilisation hätte man ihr Leben vermutlich retten können. Eric verstärkte seine Appelle nach mehr Achtsamkeit und Vorsicht, damit keine Verletzungen und Infektionen ausbrechen. Einige Frauen griffen die Idee auf, Schuhwerk, wenn auch einfaches, zu fertigen.

Eines Tages ließ ihn die Gewählte zu sich rufen; es war eher eine Einladung zum Gedankenaustausch. Eric wurde sehr freundlich empfangen und bewirtet. Sie kam sogleich zur Sache:

„Ich weiß, du bist in viele Projekte eingebunden. Ich möchte ein weiteres vorschlagen und diskutieren. Die Idee stammt nicht von mir; ich will mich also nicht mit fremden Federn schmücken; sie kommt von einer der *Schwestern*, Fabia; du

188

kennst sie. Wir haben früher versucht, an die Eier der Seevögel heranzukommen. Verständlicherweise haben die Tiere sich heftig gewehrt. Hitchcock hätte seine wahre Freude gehabt. Für uns war es letztendlich zu gefährlich. Diese Seevögel sind aber nur für eine begrenzte Zeit des Jahres hier und fliegen dann sonst wohin. Sie lassen aber ihre fluguntauglichen Jungen zurück. Wir sehen sie manchmal am Strand. Sie sind nicht scheu. Vielleicht lassen sie sich einfangen und wie Hühner halten und ihre Eier zu unserem Speiseplan hinzufügen. Wir füttern sie und nehmen uns ihre Eier. Was hältst du davon?"

„Ich erinnere mich, Fabia hatte die Idee, richtig! Mein Einwand war, dass diese Vögel vielleicht Infektionskeime auf Menschen übertragen könnten. Denk' an die Vogelgrippe! Sollen wir das riskieren? Bauen sie Nester? Legen sie Eier? Brüten sie? Sicher, es ist umständlich und gefährlich auf den Vogelfelsen zu steigen. Aber sollten wir es versuchen? Wer will das tun?"

„Du hast recht, es ist riskant! Aber ich höre immer wieder heraus, dass du dir Sorge um unser Wohlergehen machst! Das gefällt mir! Ich hatte damals, als du angeschwemmt wurdest, nicht gedacht, dass sich unsere Zusammenarbeit so positiv entwickeln wird! Danke!

Dann noch was! Ich möchte dich an unser letztes gemeinsames Erlebnis in der Grotte des Bootes erinnern. Ist dir alles gut bekommen?"

„Oh ja, Ich erinnere mich gern daran! Es ist mir unvergesslich!" antwortete Eric aufrichtig.

„Dann hast du auch nichts gegen eine Wiederholung einzuwenden – vielleicht nicht so ausufernd aber dennoch auf Dauer aufrechterhaltend? Ich bin für alle hier die Erwählte, aber du bist für mich der Auserwählte. Was hältst du jetzt von ein bis zwei entspannende Schäferstündchen hinten im Garten, jetzt? Die Mittagshitze lädt doch geradezu dazu ein! Ich habe einen privaten kleinen Wasserfall zur gegenseitigen Reinigung."

Eric willigte ein und überließ sich ihr. Sie hatte eine Heidenfreude daran, ausgiebig mit ihm zu spielen. Sie hatte tatsächlich alle Qualitäten einer Führungspersönlichkeit. So fiel es ihnen beiden schwer, sich dann doch irgendwann zu verabschieden.

Rumi wurde älter und konnte inzwischen sicher aufrecht laufen. Manchmal schien er sich zu langweilen. Jo schlug vor, ihn einmal mitzunehmen, wenn sie ihren Schwestern einen Besuch abstattete. Er sollte andere Menschen kennenlernen. Das war ganz im Sinn seiner Eltern. Kinder sollten auch Kinder aller sein. Von der Vielzahl und Unterschiedlichkeit von Begegnungen werden sie profitieren.

Seit langer Zeit waren Nasrin und Eric wieder einmal allein. Nasrin war etwas unruhig, plötzlich ohne ihr Kind Rumi zu sein. Er nahm sie in den Arm, um sie zu beruhigen:

„Er ist in guten Händen! Er wird immer dein Sohn bleiben; aber andere Menschen helfen ihm, eigenständig zu werden. Wir beide wollen doch, dass er wird, was er ist. Wir bieten ihm einen sicheren Halt und werden zusehen, wie er wächst. Er ist auf einem guten Weg. Jo ist ein Teil von uns. Ihre Schwestern hatten sie so sehr gebeten, Rumi einmal mitzubringen. Ein Junge ist für sie etwas ganz Neues. Wir müssen jetzt achtsam sein, damit er nicht vom Weg abkommt. Mütter verhalten sich ihren Söhnen gegenüber anders als gegenüber ihren Töchtern. Sie sind verwöhnender, nachsichtiger und überhöhen ihn. Rumi soll lernen, dass er keine Privilegien durch sein Attribut *männlich* hat. Er soll den Mädchen, wenn sie denn kommen, absolut gleichgestellt sein. Nur seine Neigungen sollen entscheiden, was aus ihm werden soll! Aber niemand wird dir deinen Sohn wegnehmen, niemals, das versprech' ich dir! Auf keinen Fall soll er die abstoßenden Manieren eines Machos entwickeln! Denn genau das wollen wir hier vermeiden; dazu brauchen wir die Achtsamkeit der Frauen! Denn jeder Macho hat eine Mutter!"

Nasrin glaubte ihm und kuschelte sich an ihn:

„Dann sollten wir beide jetzt unsere neue Zweisamkeit genießen. Lass' uns zu der Sandbank hinausschwimmen."

Es herrschte Ebbe; die Sandbank wurde nur gelegentlich überspült. Sie legten sich nieder, Eric über sie gebeugt. Er betrachtete sie von Kopf bis Fuß:

„Du bist schöner als je zuvor!"

„Ich war auch noch nie so glücklich in meinem ganzen Leben!" gestand sie. „Das habe ich meinen beiden Männern, Eric und Rumi, zu verdanken und daran wird sich auch nichts ändern. Zur Wiederbelebung unserer erneuten Annäherung bitte ich dich, dich jetzt aufrecht hinzuzusetzen."

Eric tat es; sie schwang sich auf seinen Schoß, legte ihre Arme um seinen Hals und rutschte ganz nah an ihn heran:

„Das ist schon ganz schön intim! Ich hoffe, du genießt unsere neue Innigkeit genauso wie ich. Ich genieße jedenfalls deine durch mich erwachte Männlichkeit; das erspart mir eine Menge Fragen!"

Sie küsste ihn – er küsste herzhaft zurück und griff nach ihrem Haar und legte es über seine Schultern. Sie sahen sich an...

„Es ist schön, sich so nah zu sein, deinen Atem im Gesicht zu spüren und zu sprechen!" sagte er.

„Es wächst eben zusammen, was immer zusammen gehört. Das ist gewissermaßen die Folge unserer Innigkeit. Wir sollten daran auch gar nichts groß verändern. Nur eins sollte uns beiden klar sein, ich bin jetzt vollständig wiederhergestellt, das heißt, jede unserer Vereinigungen kann Folgen haben. Eine dritte Schwangerschaft ist durchaus möglich! Ich bin dazu uneingeschränkt bereit, denn ich will keinesfalls auf dich verzichten oder Einschränkungen hinnehmen. Aber was denkst du?"

„Nasrin, in erster Linie hast du darüber zu entscheiden, denn du trägst die Folgen. Natürlich kannst du auch deine Meinung jederzeit wieder ändern. Unsere sexuellen Aktivitäten sind mir wichtiger als alles andere. Mit dir vereint, sind jede meiner Körperzellen und alle Bereiche meines Wesens restlos glücklich. Ich kann nicht einmal begründen, warum das so ist; es muss dieses Mysterium der Liebe sein, das einem wohl nur einmal im Leben widerfährt. Ohne dich kann und will ich nicht sein! Ich bin unendlich dankbar, dass ich dir begegnet bin und dass du meine Gefühle erwiderst."

Sie strich das Haar aus seinem Gesicht, das der Wind ihm zerzaust hatte:

„Eric, ich glaube dir jedes Wort, auch weil ich es glauben will. Ich will dich als meinen Mann. Dass du von vielen Frauen hier auf unserer Insel zu Schäferstündchen und Liebesdiensten eingeladen wirst, weiß ich natürlich. Aber irgendwie irritiert mich das nicht; es ist diese besondere Situation hier auf dieser Insel. Ich habe nur minimalste Erfahrung mit Männern, aber wenn du bei mir bist, sind wir eine vollkommene Einheit.

Es ist diese unerschütterliche Gewissheit über die Qualität unserer Bindung. Diese reiche Intimität ist unteilbar. Ich habe gar kein Verlangen nach Intimität mit jemand anderem. Nur während meiner Schwangerschaft war ich durch Rumi von dir abgelenkt. Ich war richtiggehend erleichtert, dass du und Jo auch ein gutes sexuelles Verhältnis hattet. Du warst ausgeglichen, stets freundlich und fürsorglich zu mir. Alles war und ist gut! Ich fand mich sogar bestätigt, als ich bemerkte, dass sich an unserer Intensität nichts verändert hat. Ich erfreue mich an deiner körperlichen Gesundheit und deiner emotionalen Ausgeglichenheit. Daher will ich auch keine Maßnahme, die irgendetwas verhindert! Unseren Gipfel der Gefühle will ich gemeinsam mit dir erleben unabhängig von eventuellen Folgen. Dein Anklopfen ist überdeutlich spürbar! Daher bitte ich dich, jetzt mein vertrauter Gast zu sein!"

Sogleich ergriff sie die vertraute Woge dieser einzigartigen Vollkommenheit ihrer Glückseligkeit. Die Woge hob sie in schwindelnde Höhen und ließ sie herabrasen in Sinne raubende Tiefen. Sie jubelten und lachten wie einst – doch die Wiedervereinigung nach so langer Zeit ließ sie diesmal alles um ein Vielfaches empfinden. Sie erinnerten sich ein weiteres Mal, dass sie einander der Schlüssel zur unbeschreibbaren Verheißung sind.

Jo bemerkte sofort, dass die beiden wieder zusammengefunden hatten. Der kleine Rumi aber nicht; er war sehr aufgeregt und wollte in all seinen Sprachen erzählen, was er erlebt hatte. Jos Schwestern hatten offenbar sehr viel Spaß mit ihm und er mit ihnen. Jedenfalls war er sehr müde und schlief in seiner kleinen Hängematte sofort ein. Als sie zu dritt unterm Sternenhimmel saßen, schien Jo bedrückt. Nasrin spürte etwas in ihrem Schweigen.

„Jo, du solltest zu uns sprechen, wenn in dir etwas vorgeht, was uns alle betrifft!" sagte Nasrin liebevoll ihr. Jo nickte und sagte etwas kleinlaut:

„Ja richtig, es ist etwas Angst aufgestiegen! Ich sehe, dass ihr beide wieder innigen Kontakt aufgenommen habt und wie stark eure Liebe euch verbindet. Das ist schön, mit anzusehen, aber bin ich jetzt überflüssig, unerwünscht oder gar lästig? Braucht ihr mich jetzt nicht mehr?"

Nasrin nahm sie kräftig in den Arm:

„Angst entsteht in Augenblicken von Unsicherheit, wenn man nicht weiß, was sich verändert hat oder was auf einen zukommt. Du hast jedenfalls nicht den geringsten Grund, dich ausgegrenzt zu fühlen; du bist willkommen und du gehörst zu uns und nichts außer deinem eigenen Willen soll dich von uns trennen. Es stimmt, Eric und ich haben auf der intimen Ebene wieder zueinander gefunden und du hast recht, es war sehr intensiv. Während der Schwangerschaft und danach ist das Verlangen nach dem Mann wenig vorhanden. Das führt oft zu Spannungen, weil er durch die Zurückweisungen missgelaunt ist. Du hast dich um Eric gekümmert und mir eine Last von den Schultern genommen. Wir alle wussten davon und es war einvernehmlich und wir alle haben davon profitiert und wir alle sind dir dankbar. Wir werden uns unseren Eric teilen müssen und können nur hoffen, dass er unter unserer Lust nicht zusammenbricht. Er hat ja fleißig trainiert und wird auf Höchstform aufgelaufen sein."

Beide Augenpaare richteten sich synchron auf den, von dem die ganze Zeit die Rede war und erwarteten eine Antwort.

Eric hielt den Blicken stand und genoss die Erwartung:

„Ihr beide seid zwei attraktive Schönheiten und ich will gerne im Rahmen meiner Möglichkeiten euch beiden zu Diensten sein. Die Praxis soll zeigen, wie ich Ausgewogenheit bereitstellen kann. Noch genieße ich das Überangebot an Nachfragen. Noch bekommt's mir gut! Aber an euch beiden werde ich in Zeiten von Engpässen gewiss nicht sparen. Ich wünsche mir selbst, dass mich meine Kräfte nicht verlassen, denn ich habe selbst eine enorme Freude daran. Lasst mich eure Wünsche wissen und ich werde alles stehen und liegen lassen. Erzieht mich zu eurem Lieblingsspielzeug!"

Sie alberten sich in den Schlaf unter dem Sternenhimmel.

Am nächsten Morgen suchte er Lilith auf, um ihren Rat ein zu holen. Sie freute sich riesig, weil er sie als fachkundige Expertin anerkannte. Sie sei während ihrer Ausbildung schon in jungen Jahren in Sachen Männernot unterwiesen worden und habe schon bei vielen Gelegenheiten dem Manne über seine momentane Einschränkung hinweggeholfen. Leider gäbe es hier auf der Insel zu wenig Kundschaft. Eric sei der einzige, aber auch Frauen kämen nun seinetwegen häufig zu ihr, um sich Rat zu holen oder um Vermittlung zu bitten.

„Ist denn noch genügend von diesem Wunderpulver vorhanden?" wollte Eric wissen.

„Mach' dir deswegen keine Sorgen. Ich kann auch neues beschaffen. Ich beziehe es von den drei Afrikanerinnen. Sie kennen die Rinde und wo man sie findet, deren Zubereitung und deren Fermentierung. Es ist schwer, mit ihnen zu reden. Vermutlich wollen sie ihre Geheimnisse für sich behalten, um ihre Bedeutung für unsere Community herauszustellen. Sie wollen Wertschätzung und sie wissen natürlich, für wen dieses Mittel ist. Wenn du ihnen mal begegnest, verneige dich tief vor ihnen.

Dennoch rate ich dir, dich nicht zu sehr von diesem Mittel abhängig zu machen. Eine kluge Frau kennt ein paar wenige Fertigkeiten, um sich ihren Erwählten bereitzustellen. Dieses Organ ist ein Rätsel und voller Geheimnisse."

Lilith tätschelte zärtlich seine Wange und wandte sich ab. Sie öffnete eine Schatulle und entnahm mit einem kleinen Spatel das Pulver und füllte es in ein einseitig verschlossenes Bambusrohr. Dabei wandte sie Eric ihre Kehrseite zu und murmelte vor sich hin. Dann drehte sie sich um, verschloss das Rohr und trat dicht vor ihn:

„Na, hast du dich an diesem Prachtstück von Hintern satt gesehen. Ich habe deine Blicke gespürt, sie waren glühend! Gut so!"

Sie griff zielorientiert zu, nicht zu sanft, nicht zu hart.

„Siehst du, mein Lieber, und schon ist es passiert, ein Griff und du bist bereit für die große Schwelgerei. Wäre schön gewesen, wenn du mir ein verbales Kompliment zu meinem Prachtstück gemacht hättest. Es wäre genau der richtige Zeitpunkt gewesen, um mich für dich einzustimmen! Die Zugbrücke wäre heruntergefahren und du hättest in den Palast einfahren können. Aber ich habe jetzt sowieso gleich eine Beratung, ich sollte nicht abschweifen. Vielleicht beim nächsten Mal, dann aber mit Sahne!"

Sie küsste ihn freundschaftlich auf die Wange und entließ ihn. Es zog ihn nach Hause zu seiner Familie. Es standen Reparaturen an; außerdem sollte ein Bach mit sauberem Süßwasser näher zu ihrer Unterkunft umgeleitet werden. Jo begrüßte ihn besonders erwartungsvoll. Für ihren frechen Begrüßungskuss hatte sie einen zärtlichen Klaps verdient. Eric wusste, dass sie es mochte.

„Nasrin weiß, dass ich mit dir die Mittags-Siesta gern in der Grotte verbringen möchte. Nun fehlt nur noch deine Zustimmung!"

Eric zog sie enger zu sich, sah zu Nasrin – diese nickte. Dann sagte er:

„Ich glaube, wir haben uns beide verdient! Dann lass uns zusammen zu der Grotte schwimmen!"

Während der kleinen Mittagsmahlzeit bekam Jo kaum einen Bissen herunter. Sie hatte es eilig und schwamm ihrem Begleiter geschwind wie eine Delphinin davon. Auf dem kleinen von Lichtreflexen funkelnden Strand entwand sie ihr schwarzes Haar. Sie knieten im glasklaren Wasser und begannen ihre Reinigung. Sie taten es ausgiebig mit wachsendem Vergnügen.

„Endlich!" dachte der eine und sagte die andere.

„Eric", bat sie, „mach' mir die Freude, tu' und sprich' mit mir jetzt, was dir in den Sinn kommt! Bitte! Ich möchte dich bis in deine geheimen unerfüllten Träume kennen lernen. Ich möchte lernen, wie ich dir all das geben kann, wonach du dich sehnst! Ich wünsche mir so sehr, dass du immer an mich denkst und dich nach mir sehnst. Ich kann und will nicht ohne dich sein. Es macht mir Freude und gibt mir innere Zufriedenheit und Sicherheit, wenn ich deine Überbringerin von Glück und Jubel sein darf. Lass mich dein Spielzeug sein!"

Eric zog sie fest an seinen Körper:

„Jo, es macht genau deine Faszination aus, dass du immer etwas Neues versuchst, dass du mit mir experimentierst. Ich werde versuchen, dir auf zweideutige Weise meine Wünsche mitzuteilen und dich zu lenken. Der Sand unter uns schränkt uns in vielem ein. Draußen in der Zivilisation begegnen sich Paare in ihren Betten. Sie sind weich und man kann rasch Positionen wechseln und regelrecht Choreographien spielen. Dafür genießen wir hier im Wasser die Schwerelosigkeit. Begleite mich doch mal mit dem Beiboot zum Boot; dort können wir uns auf Polstern und Matratzen und fern vom Sand vergnügen. Du kannst sicher sein, dass mich dein Körper und deine bronzene Haut, dein Duft, deine Mandelaugen, deine vitale Jugend begeistern. Du bist so unverstellt und du gehst so unkompliziert mit deinem Verlangen und deinem natürlichen asiatischen Temperament um. Gut denn, die erste Runde geht an mich, die zweite an dich. Dann lehne dich bitte zurück, so dass du bis zu deinem süßen Hintern im Wasser liegst!"

Sie gehorchte. Er küsste sie auf die erste Erwartungsebene. Er griff ihre Handgelenke, streckte sie und presste sie in den weichen Sand. Sie hob ihren Oberkörper. Er küsste ihre charmanten Attribute.

„Du hast zauberhafte Beine! Vergiss ihren unverzichtbaren Beitrag nicht! " flüsterte er bei all seinen Liebkosungen.

„Du meinst, ich sollte...?" fragte sie.

„Ich weiß, du kanntest dieses Wort nicht! Du solltest mich jetzt umbeinen!" erklärte er.

„Jetzt versteh' ich...!" kicherte sie und tat es.

Er hob sie und sich selbst auf eine höhere Lustebene, dann auf eine noch höhere. Sie machte einem fantastischen Looping und kehrte beseelt zurück. Sie wechselten das Oben-unten. Er bot ihr einen Sitzplatz an. Sie wählte korrekt und setze fort, was so verheißungsvoll begann. Als nun Eric sein Looping vollzog, ließ sie ihn danach nicht entkommen.

„Langsam ausklingen lassen!" ermahnte sie. „Pause bis die Ermattung überwunden ist, und die zweite Runde geht an mich!"

Sie beugte sich herab, ließ ihr Haar seinen Körper kitzeln und murmelte in sein Ohr:

„Uns Asiatinnen sagt man eine natürliche Begabung im Umgang mit Männern nach! Ich weiß nicht, ob das stimmt. Meine Mutter erzählte es mir. Es interessiert mich auch nicht wirklich. Mein Eifer gilt ausschließlich dem Wohlbehagen meines Geliebten. Glaub' mir oder nicht, es macht mir Spaß!"

Sie küsste Erics Brust dann seine Lippen. Dann fuhr sie fort:

„Mit meiner Mutter sprach ich Vietnamesisch, damit ich meinen Wurzeln treu bleibe. Ich werde jetzt auch zu dir Vietnamesisch sprechen. Du wirst mich nicht verstehen; aber meine erotischen Anspielungen haben einen gewissen Klang und eine besondere Energie. Außerdem fällt es mir leichter, dir von meinen erotischen Absichten zu erzählen, wenn ich weiß, dass du mich nicht verstehst. Aber ich befreie und lockere mich. Ich werde begeistert von mir sein!"

Eric war erstaunt, welch magischen Klang Jos Sprache bekam. Es war eher ein melodischer Singsang mit suggestiver Kraft. Dabei ließ sie ihre Finger über seinen Körper gleiten, ließ ihn ab und zu den sanften Schmerz ihrer Fingernägel spüren, als sei sie eine siamesische Katze, die gemächlich über seine Haut läuft. Manchmal schloss sie länger ihre Augen, so als genieße sie gerade das, wovon sie sprach. Ihr Gesicht näherte sich seinem, während sich ihre Finger entfernteren Territorien zuwandten.

Eric erging es wie einem glühenden Kaminfeuer, dem man ein frisches Scheit nachlegt. Bald würde er zu lodern anfangen. Jo nahm seine Reaktion wahr und blies verstärkend ins Feuer. Er loderte auf. Sie schwang sich erneut in den Sattel und gab sich die Sporen. Leise plätscherten die Wellen an die Wände der Grotte. Ihr Geräusch wurde vom Fels reflektiert und überlagerte sich zu einen lüsternen Flüstern und Klicksen und Glucksen. Jo trieb ihr Ross zu größerer Eile an, überforderte es aber nicht. Es sollte durchhalten. Zum Galopp hob sie sich etwas aus dem Sattel, gab die Zügel frei und überließ sich dem Endspurt ihres willigen Pferdchens. Ross und Reiterin trabten aus und lauschten dem wilden Toben ihrer Herzen. Jo sank in seine Arme und bat um Ausklang.

Das Abendrot färbte das Licht des türkisfarbenen Wassers in der Grotte zu einem strahlenden Violett und mahnte die beiden, zurückzuschwimmen. Rumi lief ihnen lachend entgegen. Den Abend verbrachten alle vier unter dem herrlich imposanten Sternenhimmel. Sie sprachen über Mode und Kleidung, Jos Lieblingsthema, denn sie kannte Kleidung nicht und konnte sich nicht vorstellen, wozu man sie gebrauchen könnte. Rumi schlief in den Armen seiner Mutter ein. Jo wollte mit dem Jungen am nächsten Tag ihre Schwestern besuchen. Er sollte zum Schein allein gelassen werden, um herauszufinden, ob er Unbehagen oder gar Angst entwickelt. Die Eltern waren einverstanden, war es doch ihr Wunsch, ihren Sohn vielen wohlgesinnten Anderen auszusetzen, damit er selbst schon im frühen Kindesalter lernt, seinen realistischen Selbstwert zu erkennen und zu festigen.

Eric begleitete Jo auf dem Weg in die Hauptsiedlung zu deren *Schwestern*. Zufällig begegneten sie Sarah, der Vertrauten der Gewählten. Sie bat Eric, sie zu begleiten, sie wolle etwas mit Sonja besprechen, es ginge um seinen Sohn. Sonja begrüßte sie beide mit großer Freude, obwohl sie nicht angemeldet waren.

Sarah kam sofort zum Zweck ihres Besuches:

„Es geht um euren Sohn Rumi. Die meisten unserer Frauen haben ihn mit Freude begrüßt und wissen um die große Chance für unser Projekt. Eric und Rumi sind die einzigen männlichen Personen auf unserer Insel des Friedens und der Frauen. Wir können nicht in alle Köpfe unserer Frauen hineinsehen. Einige mussten unvorstellbare Dinge erleben. Wir wissen nicht, in wieweit ihr Blut noch durch Rachegedanken vergiftet ist. Wir haben zu Beginn unserer Ansiedlung männlich Geborene unterversorgt gelassen und sterben lassen. Warum ist das jetzt anders, werden sich die Mütter dieser Jungs fragen und möglicherweise ebenfalls planen, Unbedachtes zu tun.

Wir müssen lernen, ganz nüchtern und vorurteilsfrei denken, aber diese männlichen Nachkommen, die in wenigen Monaten geboren werden, können uns helfen, unser Pilotprojekt hier auf dieser Insel zu erhalten. Manche werden denken, was kümmert's mich, was nach meinem Ableben hier geschieht: Inschallah!

Wir wollen dich und deine Familie warnen und euch bitten, stets vorsichtig und wachsam zu sein. Rumi darf nichts geschehen!"

Eric war nachdenklich geworden. Diese Gefahren hatte er bisher nicht bedacht und er bedankte sich außerordentlich herzlich für diesen Hinweis. Er wird Nasrin und Jo informieren müssen.

Am Strand bemerkte er eine kleine Frauenansammlung; Jo war mit Rumi auch darunter. Die beiden Karate-Schwestern standen um einen angeschwemmten Baumstamm und diskutierten mit den Umstehenden. Er fragte Jo:

„Um was geht's?"

„Ein sehr gerade gewachsener Baumstamm sei angeschwemmt worden. Die Karate-Schwestern wollen daraus ein Boot bauen!"

Eric nickte. Mit den beiden Muskelpaketen hatte es bisher noch keine versöhnende Annäherung gegeben. Vielleicht war jetzt der Moment gekommen. Eine der beiden Frauen bemerkte ihn:

„Ach, der andere ist auch schon da!"

Immerhin keine derbe Spöttelei, dachte Eric. Er sagte:

„Gut gewachsenes Balsaholz!"

„Wir haben kein geeignetes Werkzeug, um ihn auszuhöhlen!" sagte die eine.

„Ist auch viel zu mühsam. Man kann mit kontrolliertem Feuer, durch Glut den Stamm gleichmäßig aushöhlen. Wenn's ein Segler werden soll, Stamm teilen und Katamaran oder Ausleger bauen. Die können nicht kentern. Wenn ihr wollt, ich helfe!"

Die beiden sahen sich an, grinsten und besiegelten die Abmachung:

„Klar doch, kurz und knapp! Du hilfst! Die Baustelle ist hier und jeder kann bauen. Da kommt Freude auf!"

Eric nickte, kurz und knapp und wandte sich Jo zu und bat sie, sich in ihrem Freundeskreis umzuhören, wie die Stimmungslage bei einigen Frauen ist:

„Du kennst doch die Frauen, die damals gemeinsam wie deine Mutter die ersten Kinder auf dieser Insel geboren hatten. Was denken jetzt die, die einst ihre Söhne verloren haben und jetzt Rumi sehen?"

Jo verstand und erschrak. Sie versprach, ihre Ohren offen zu halten:

„Es ist lange her! Man sagt, die Zeit heile alle Wunden!"

„Richtig! Aber vielleicht lässt der Anblick von Rumi alte Wunden wieder wehtun!" mahnte Eric.

Joe nickte und sie verabschiedeten sich mit einem Kuss. Eric begegnete Elli, die Frau mit den Narben vor Liliths Anwesen. Sie strahlte so gewinnend, dass Eric sie ansprach:

„Du bist so fröhlich! Ich kenne jetzt deinen Namen, Elli. Du bist wunderschön! Du hast prächtiges langes Haar, es ist goldbraun! Bist du keltisch?"

„Danke für deine anerkennenden Worte. Ich komme aus Irland, ja wohl keltisch... Es freut mich, dass ich dir gefalle. Ich war bei Lilith, deinetwegen. Sie prophezeite mir, dass du mir schon bald über den Weg laufen wirst; aber, dass es so rasch sein wird, hatte ich nicht für möglich gehalten."

„Dann lass uns doch noch einmal hineingehen zu Lilith und ihr von ihren prophetischen Gaben berichten!"

„Gern, Eric, aber geh du bitte vor! Du weißt warum!" sagte sie schüchtern.

„Du trägst dein Haar sehr geschickt wie ein sexy Sommerkleid, seitlich frei und vorne und hinten sehr sexy kurz. Das gefällt mir! Du bist was Besonderes auf dieser textilfreien Insel!"

„Danke Eric, ich möchte dir gefallen. Ich weiß, mit Kleidung kann man eine Menge Botschaften senden aber auch verbergen! Offenbar auch mit meinem noch etwas zu kurzem Haar!"

„Oh, da ging ja meine Prophezeiung sehr schnell in Erfüllung. Herzlich willkommen in meinem Haus der unbegrenzten Möglichkeiten. Braucht ihr meine Hilfe oder genügt es, wenn ich euch zum Kennenlernen in meinem Park alleine lasse?" freute sich Lilith.

„Ich denke, wenn du erlaubst, deine Matte im Park zur Kontaktaufnahme zu benutzen, würde das genügen! Danke Lilith!"

Lilith nickte und zwinkerte Eric zu:

„Möchtest du zuvor noch ein Glas Orangensaft trinken?"

„Danke, das wird nicht nötig sein!" antwortete er freundlich.

„Na schön, dann sei Kavalier und geh voraus! Wenn ihr Assistenz braucht, lasst es mich wissen!" ermunterte die Erfahrene.

Liliths Garten war ein Paradies im Paradies. Die Blumen warben mit ihrem Duft um einen Schwarm von Bienen. Die Vögel schwatzten über die Liebenden, die sie bei ihrem Spiel beobachten wollten. Der Brunnen mahnte beharrlich sprudelnd zur Reinigung. Elli strich geschickt das glatte Haar von ihrer Vorderseite auf den Rücken. Das hatte etwas an sich, als habe sie sich vor ihm entkleidet. Sie wollte sich ihrem Begleiter zeigen. Eric führte sie zum Brunnen:

„Wir wissen noch nicht, was mit uns passiert, aber wir sollten uns schon auf alles vorbereiten! Was meinst du?"

„Aber gern! Ich bin nicht ganz unerfahren – wenn auch nur mit einem Mann. Er berührte mich und ich ihn. Ich freue mich, wenn wir das tun werden. Sieh mich an! Ich habe es gern, wenn ein Mann mich ansieht. Vor einem Arzt hatte ich einst Hemmungen – vor dir schäme ich mich nicht!" gestand sie stets mit einem zauberhaften Lächeln.

„Elli, wie wär's zuerst mit einem Begrüßungskuss? Ein Kuss sagt mehr als tausend Worte!"

Sie jubelte ihn um den Hals:

„Ich fühle, dass sich einstellt, was ich brauche. Lass uns niedersetzen, damit ich dir von mir erzählen kann und du verstehst, was ich mir wünsche!"

Sie setzten sich sehr dicht voreinander, so dass es leichtfiel, zu reden und zu küssen. Sie begann:

„Ich kenne meinen Vater nicht. Vermutlich kam er aus der gehobenen Gesellschaftsschicht. Ich ahne, aber kann es nicht beweisen, daher will ich es auch nicht behaupten, denn meine Mutter wurde anonym unterstützt, damit sie schweigt. Dennoch war sie auf zusätzliche Einnahmen angewiesen und sie diente in einem hochherrschaftlichen, wohlhabenden Haushalt. Der Hausherr war ein gütiger, stets freundlicher und großzügiger Mann, der mit einer zwar hübschen aber garstigen Kratzbürste verheiratet war. Sie hatte nur eine große Leidenschaft, ihre Pferde. Er lachte in ihrer Gegenwart niemals, in ihrer Abwesenheit dagegen umso mehr. Sie scheute sich nicht, ihn oder Personen aus der Dienerschaft vor allen zu demütigen. Trotz häufigen ehelichen Interaktionen, stellte sich kein Nachwuchs ein. Zu mir war er besonders freundlich und zugewandt und wenn immer seine Frau abwesend war, lachten wir viel und alberten. Ich arbeitete sogar im Pferdestall, um zu erfahren, wann sie weg war. Ohne ihr Wissen bezahlte er mir eine gute Schulausbildung. Ich wurde älter, aber ich blieb sein Sonnenschein. An einem heißen Sommertag unterhielten wir uns bei einer Limonade im Schatten der Terrasse. Er erzählte Komisches, und ich musste oft laut lachen. Plötzlich und ohne Zusammenhang sagte er einen Satz, den ich nie mehr vergaß. Er sagte: „Ich brauche jemanden, den ich liebhaben kann, sonst gehe ich vor die Hunde!" Ich spürte seinen Ernst, aber schon bald lachte er wieder wie ein Bär. Es war heiß und der gepflegte Pool lag direkt vor uns. Ich bedauerte, nicht schwimmen gehen zu können. „Aber dann geh' doch einfach, dazu ist er da!" sagte er. Ich hatte keinen Badeanzug; meine Mutter kaufte mir mit Absicht keinen, weil sie befürchtete, ich würde im Meer schwimmen. Das sei zu gefährlich, immerhin sei das der Atlantik! „Ich erzähl's keinem und ich passe auf, dass du nicht ertrinkst und ich hol dir ein Handtuch!" sagte er und ich ließ es mir nicht zweimal sagen. Ich schwamm bis ich bibberte. Er reichte mir das Handtuch, das ich um meinen nackten Körper wickelte, bis ich mich aufgewärmt hatte und mich wieder anziehen konnte. Von nun an war alles anders. Mein Herr war schweigsam und ich wusste nicht warum. Eines Tages, es war noch immer ein warmer Sommer und ich schwamm sehr oft im Pool. Die Dienerschaft wusste davon aber schwieg. Er sagte, dass ich ein sehr hübsches, attraktives Mädchen sei und dass ich ihm sehr gefalle. Darüber freute ich mich und umarmte ihn. Er drückte mich an sich und küsste mich auf den Mund. Das gefiel mir anfangs nicht so sehr, aber mit der Häufigkeit, mit der es nun geschah, gefiel es mir doch, weil es so schön im Bauch krabbelte. Ich will's kurz machen, er erschloss mir Schritt für Schritt die

Welt der sexuellen Begegnungen. Beim ersten Mal war ich sehr erschrocken, und ich glaubte, er habe sich verletzt, als ich sah, wie seine Männlichkeit so angeschwollen war. Aber er beruhigte mich, war sehr behutsam; es tat aber dennoch etwas weh. Ich fand Gefallen daran, wollte mehr, er wollte seltener. So beließen wir es oft bei erotischem Schmusen – ich nackt in seinen Armen. Meine Mutter erfuhr davon und warnte mich, lass dich nicht erwischen und werde auf keinen Fall schwanger; hier in Irland sei das sehr problematisch. Ich wurde nicht schwanger aber erwischt – und den Rest kennst du ja. Mein Herr finanzierte mit dem Wissen meiner Mutter die Reise hierher, um mich zu schützen. Nun bin ich hier und ziemlich glücklich, mit dir in einer schönen Umgebung zu sitzen und voller froher Erwartungen zu sein."

„Eine schöne und eine grausame Geschichte! Aber sehen wir nach vorne; was sind deine Erwartungen?" fragte Eric.

„Nun, ich weiß, dass du vielen hier Gutes getan hast. Ich bin auch noch jung, zumindest jung genug, um auch noch jemanden zu bekommen, den ich sehr liebhaben kann, sonst gehe ich vor die Hunde. In mir ist so viel Liebe, dass ich glaube, zu platzen. Ich möchte von dir das, was ich brauche, um die Erfüllung meines Wunsches wahr werden zu lassen." sprach sie freimütig.

„Dazu sind erfahrungsgemäß mehrere Begegnungen notwendig!" erwiderte er.

„Auch das sollte mich freuen. Mir fehlt das zwischen Mann und Frau sehr. Ich hoffe nur, dass du auch das erlebst, was ich erlebe. Ich bin noch nicht sehr erfahren! Nach dem ersten Mal werde ich mit Lilith sprechen!"

Mit diesen Worten umschlang sie ihn mit einer unwiderstehlichen Weichheit und rückte noch näher:

„Ich werde mich jetzt zurücklegen und mich dir überlassen und dich bitten, mich nicht ohne dein Geschenk zu verlassen! Schade, dass ich dir nicht mein ganzes Repertoire vorführen kann; du sollst nur meine Vorderseite zu sehen bekommen, obwohl ich sicher bin, einen besonders süßen Po zu haben. Ich wünsche mir nur eins, dein Vergnügen mit mir. Das ist die beste Gewähr, dass du bald wiederkommst!"

Zum Zeichen ihrer Hingabe streckte sie ihre Armee weit über den Kopf, und betrachtete mit Wohlgefallen, was er tat.

„Es ist angenehm, wenn dein Atem auf meine Brust fließt, siehst du? Wenn du noch näherkommst, wird das Angenehme verheerend; und wenn du noch näherkommst, dann solltest du von mir kosten."

Sie sah ihm zu und ermunterte ihn, sich nicht zu bescheiden. Es gelang ihm, sie in mehrere Höhepunkte zu geleiten, bevor er sich zu ihr gesellte. Sie erschrak heftig, als die erste Welle auf sie zurollte, vermutlich war dies das erste Mal in ihrem Leben. Sie lagen noch eine geraume Zeit beieinander, flüsterten und turtelten, bevor sie sich verabschiedeten.

Sie trafen sich in der Folgezeit noch sehr oft in Liliths Garten, ohne dass Ellis Wunsch in Erfüllung ging. Einmal folgte er ihr, nach einer intensiven Begegnung und bemerkte, dass sie zum Strand ging und eine Runde schwamm. Das hatte sie auch bei ihrem Herrn in Irland getan. Vermutlich war sie deswegen nicht schwanger geworden. Eric sprach mit ihr darüber, und es geschah nun bald. Nun bedauerte sie, dass ihre Begegnungen ausklangen.

Obwohl sich niemand auf der Insel der Frauen die Mühe machte, die Zeit zu messen, verging sie wie überall auf der Welt. Der Wechsel der Jahreszeiten war kaum spürbar. Manchmal regnete es sehr selten, dann wieder sehr häufig. Man hätte den Stand der Sonne beobachten können, aber das tat keine. Die Eltern von Rumi und Jo bemerkten, wie rasch der Kleine heranwuchs und zunehmend selbstständiger sein wollte. Den Weg zu Jos Schwestern kannte er bereits; er war gern dort, weil die jungen Frauen hingebungsvoll mit ihm spielten und ihn unterrichteten. Die Vermutung, dass einige Frauen ihm wegen des Verlustes ihrer Söhne gefährlich werden könnten, erwies sich als unbegründet. Eric war nun oft mit seinen beiden Lieblingsfrauen allein. Sie leiteten gemeinsam den Bach mit Süßwasser in die Nähe ihrer Grotte. Sie ruhten gemeinsam im Schatten der Palme oder auf der Sandbank bei Ebbe. Er fragte sein beides Delphininnen, ob sie ihn zu der Grotte begleiten wollten. Sie wollten.

„Ist das hier nicht der beste Platz, um gemeinsam den einzigen Mann dieser Insel genussvoll zu verspeisen?" fragte Nasrin.

Die beiden Frauen mussten sich bereits schon irgendwie abgesprochen haben, denn sie führten eine beispiellos fantastische Choreographie vor, die allen ein lustvolles Miteinander und Agieren bescherte. Sie inszenierten Rituale, so dass niemand ausgegrenzt oder zum Zuschauer wurde. Die Frauen lachten viel, als sie sahen, wie überrascht er war über das, was sie mit ihm anstellten. Er war ihr Spielzeug und sie waren äußerst geschickt, denn er ging unbeschädigt aus dem Reigen hervor. Trotz all der Freude am Spaß, zogen sie alle drei letztendlich die Zweiervariante vor. Doch wenn sie ab und zu der Übermut zwickte, dann war das Trio das ultimative Naschwerk aller Sinne.

Lilith entwickelte sich als die geheim agierende Instanz im Hintergrund. Sie wusste Rat, arrangierte Treffen, beschaffte Elixiere zur Kräftigung, bot praktische Übungen und blieb doch meist außen vor. Die Lebensfreude in den Augen ihrer Schülerinnen war ihr einziger Lohn. Nur hin wieder unterzog sie Eric einer praktischen Überprüfung, ob er denn auch wirklich alles verstanden hatte. Er hatte und, wie sollte es anders sein, erst die Übung machte den Meister. Einmal forderte sie ihn auf, einfach einmal frei und ungefiltert von seinen Erfahrungen und Emotionen zu sprechen. Eric zögerte nicht lange:

„Jetzt nach all der Zeit kann ich nur mit unverhohlener Dankbarkeit an all die Ereignisse und die Vielfalt der Begegnungen zurückdenken. All die Demütigungen bei und nach meiner Ankunft sind vergessen. Durch die vielen intimen Erlebnisse habe ich sehr viel über mich selbst erfahren. Wie reagiere ich generell, wann wechsle ich zu Spontanem? Wann erwarte ich, wann fordere ich, wann werde ich aktiv, wann werde ich passiv? Was kommt an, was macht ihr Freude, ein permanenter Dialog ohne Worte? Wenn sich eine gegenseitige Bereitschaft anbahnt, beginnt eine Art Einschwingen. Durch nonverbale Gestik, Wortwahl, intensiveren Augenkontakt werden Rollenverteilungen vorgenommen; wer übernimmt die Führung? Sowohl bei ihr als auch bei mir übernahmen zum einen die Sozialisierung aber auch die aktuelle emotionale Tagesform die Regie. Während des Liebesspiels erwachten oft unbewusste Instinkte, wie Machtfantasien aber auch Unterwerfung aber niemals Gewalt oder siegen wollen. Ich kann keine Variante werten; nichts war gut oder schlecht.

Alles hatte seinen Platz im gemeinsamen Vergnügen. Jede Begegnung war bereichernd und ein unschätzbares Unikat. Was mich überraschte war, dass offenbar keine Rivalität unter den Frauen entstand. Als ich ankam war ich der Aufreger, der Störenfried, nun scheine ich der Befrieder, der, der Ausgleich schafft. Ich weiß, es gibt auch Frauen, die mich meiden und mich in Unwissenheit lassen."

Lilith unterbrach:

„Ich weiß, es sind die besonders krassen Fälle; denen unglaublich Übles angetan wurde, Genitalverstümmelung der hässlichsten Art!"

Eric erschrak:

„Ich habe von solchen abartigen, durch Religion legitimierte Perversionen gehört! Ich werde versuchen, besonders warmherzig zu diesen Gequälten sein. Vielleicht kehrt ein wenig Lebensfreude bei ihnen ein!"

„Tu das!" erwiderte Lilith und streichelte seine Schulter. „Doch erzähl weiter von dir! Es interessiert mich. Du bist ein Mann, der über sich nachdenkt!"

Eric sammelte sich wieder:

„Vieles ist und bleibt mir ein Rätsel. Diese Insel ist voll von sehr schön gewachsenen Frauengestalten jeden Alters. Ich schätze diese kosmopolitische Vielfalt an dieser weiblichen Bevölkerung. Am meisten fühle ich mich zu Nasrin, der Iranerin, hingezogen und zwar auf allen Ebenen. Sie hadert nicht mit ihrer Vergangenheit und lebt genau das, was ihr ihre Religion untersagt hatte, die selbstbewusste Frau, die auf Augenhöhe dem Mann gegenübertritt aber nie egoistisch ausschließlich auf ihr Wohlergehen bedacht ist. Das gefällt mir, die Anziehung durch Vielfalt und Unterschiede. Vielleicht hat gerade ihre kulturelle Unterdrückung ihren rebellischen Geist hervorgebracht und geschärft.

Aber auch die unerfahrenen aber neugierigen Mädchen haben mich regelrecht bezaubert. Ihr naiver, unverstellter, natürlicher Umgang mit einer neuen Lebensqualität hat mich begeistert.

Sicher, ich bin der einzige Mann hier. Aber die vielen Anträge zu näheren Kontakten haben mir sehr geschmeichelt. Ich habe keine Einladung ausgeschlagen. Fast alle reiferen Frauen waren sehr gut darin, mir souverän über eine momentane Schwäche hinweg zu helfen."

Lilith nickte:

„Vergiss nicht, viele von ihnen kommen aus dem gehobeneren Prostituiertenmilieu. Sie kennen die Männerschwäche und wissen, wie man sie behebt. Männer reagieren dann sehr dankbar und erweisen sich als besonders großzügig. Ich kenne auch eine ganze Reihe von Maßnahmen, die eine kluge Frau ergreifen kann. Wenn die jungen Mädchen zu mir kommen, werde ich sie darin unterweisen. Solche Geschichten passieren und man sollte kein Drama daraus machen. Wenn eine Frau im richtigen Augenblick das Richtige tut, ist der Mann meist ein Leben lang dankbar! Ich werde es dir beweisen, wenn du willst!"

Eric nickte.

„Dann knie dich hin!"

Lilith sah ihm fast hypnotisierend in die Augen, ihr Gesicht dicht vor seinem. Er spürte ihren Atem in seinem Gesicht. Ihr Mund war leicht geöffnet. Ihre Zunge befeuchtete ihre Lippen. Sie küsste ihn leidenschaftlich und schonungslos, ihr linker

Arm um seinen Nacken, die Hand in seine Schulter gekrallt. Ihre rechte Hand prüfte seine Verfügbarkeit und einige wenige präzise dosierte, packende, massierende Handgriffe reichten aus, um geschehen zu lassen, was geschehen sollte.

„Nun ich kenne dich bereits und kann mir vergebliche Versuche ersparen. Verfalle nur niemals in Panik! Alles ist gut!" erklärte sie.

Sie verabschiedeten sich lachend. Eric ging am Strand entlang. Der Balsaholzstamm war an Land gezogen worden. Sonst war noch nichts geschehen. Die Karate-Sister haben wohl ihm die Führung im Bootsbauprojekt überlassen. Da war zwar noch das motorisierte Beiboot. Es hatte gute Dienste geleistet, um weitere wertvolle Gegenstände, wie Polster, Werkzeug, Schreibzeug und Papier für Nasrin, Planen und Kraftstoff vom Mutterschiff zu holen. Aber der Motor ließ sich nur schwer anwerfen; es gelang auch nur ihm, und der Vorrat an Sprit ging zur Neige. Ein Segler wäre schon sehr komfortabel; schließlich besiedelten einst die Polynesier den gesamten Pazifik mit solchen Booten. Er machte sich seine Gedanken, wie er seinen Traum umsetzen konnte.

Jo ließ ihn wissen, dass sie ein erhöhtes Bedürfnis nach Vitamin M hatte. Eric wünschte sich Vitamin F. Nasrin nickte und sie schwammen zu ihrer Grotte, denn klein Rumi sollte noch nicht Zeuge sein, wenn sich Erwachsene der Liebe aussetzen. Jo hatte sich schon unzählige Male mit Eric vereint, doch nie hatte sich auch nur andeutungsweise eine Schwangerschaft eingestellt. Sie befürchtete, unfruchtbar zu sein. Sie rätselten. Jo freute sich einerseits auf ihre Spiele mehrmals pro Woche; das würde sie gewiss sehr vermissen, aber andererseits? Eric war sich durchaus nicht sicher mit seiner Hypothese, die er auch Elli gegenüber äußerte:

„Jo, wir treffen uns fast ausschließlich hier in dieser Grotte. Unsere Begegnungen sind sehr intensiv und nur selten ist uns einmal genug. Wir schwimmen nach einer Pause zurück... könnte das der Grund sein? Wir könnten uns künftig an Fabias Versteck treffen. Aber die fantasievollen Spiele würden mir sehr fehlen, wenn sich dein Körper hormonell umstellt und du andere Prioritäten setzt. Das klingt zwar egoistisch, möchte ich aber nicht sein, aber ich denke, du solltest es wissen, dass es mit dir am aufregendsten ist!"

„Schon wenn du darüber sprichst, braut sich bei mir ein mächtiger Druck auf! Lass mich den bitte sogleich entladen, damit ich klarer denken kann! Du willst mich doch nicht auf dem Gewissen haben, wenn ich platze?" sagte sie mit belegter Stimme und drückte ihn sanft zurück in den Sand.

Ihre Initiative war überzeugend, denn rasch hatte sie Eric bestiegen und schwelgte sich unaufhaltsam in rauschhafte Sphären. Eric sah ihr begeistert zu. Ihre Wohllaute hallten durchs Grottengewölbe. Die Fledermäuse zogen es vor, auszuziehen. Jos außergewöhnliche Gelenkigkeit glich an überirdische   Schwerelosigkeit. Wie ein Geigenbogen huschte sie über Erics Saiten und ließ auch ihn auf wundersam inszenierte, virtuose Weise sonor erklingen. Akzentuiert setzte sie winzige Schmerzensschreie, wenn ihre Krallen zu unbedacht zugriffen. Wenn sie ihren Kopf in den Nacken warf, flog ihr pechschwarzes Haar wie ein Kranz um ihr Haupt und regnete alsdann herab auf ihren vor Schweiß glänzenden Körper. Sie beugte sich vor und überließ Eric flinke Intermezzi, bevor sie wieder übernahm. Als sie ausklangen, gönnten sie sich eine Pause, bis Jo es gelang, ihren Partner ein weiteres Mal auf sich einzustimmen, allerdings in einer verspielten, zärtlichen Variante.

Nach einer weiteren Rast schwammen sie gemächlich Seite an Seite zu ihrer Familie.

Nach der Mahlzeit erzählte Eric seinen beiden Frauen von seinen Plänen, ein Segelboot zu bauen, das man zumindest in der Nähe der Insel zu Transportzwecken nutzen konnte. Rumi verstand, worum es ging und wollte seinem Vater helfen. Doch als er am nächsten Morgen seinen Vater begleitete und sah, wie sein Vater schuftete und eine Menge Schweiß vergoss, weil das Werkzeug nicht für solche Großprojekte geeignet war, meldete er sich ab und suchte die *Schwestern* auf, weil sie immer mit ihm spielten. Einige der Schwestern hatten bereits deutlich sichtbar runde Bäuche. Rumi wollte wissen warum. Sie erzählten es ihm. Das war sehr aufregend.

Immer wieder musste Eric sich im Wasser herunterkühlen, aber er ließ nicht locker. Sehr häufig blieben Zuschauerinnen stehen und ließen ermutigende Kommentare zurück wie, nichts sei erotischer als ein Mann bei schweißtreibender Arbeit. Auch Sonja war darunter; sie schwieg, aber sie hatte Freude am hart arbeitenden männlichen Körper und dem Geruch, der von ihm ausging. Sie atmete tief durch, als wolle sie ihn inhalieren.

Eine kleinwüchsige, hübsche Philippina erschien kurz darauf und überbrachte freundlich eine Einladung zu Übermorgen bei Sonja, der Gewählten. Es soll ein Vorgespräch stattfinden. Um was es gehen sollte, konnte sie nicht sagen. Schade, so hätte sich Eric etwas vorbereiten können.

Nachdem beide Bootsrümpfe einigermaßen identisch behauen waren, ging der Weiterbau flott voran. Die Querstreben, die beide Rümpfe stabil und verwindungsfrei verbanden, fertigte er aus robusten Bambusrohren. Etwas nach vorne versetzt von der Mitte, sollte der Mast stehen. Er bat ein paar Frauen, eine Plane zwischen zwei Querbäumen einzubinden.

Die Plane deckte einst das Beiboot ab und war schon etwas ramponiert. Sie würde wohl kaum stärkere Windböen ertragen. Das Ruder am Heck bereitete ihn Sorgen; woraus sollte er es herstellen? Woher sollte er ein größeres Brett beschaffen? Schließlich gelang ihm, das des Beibootes abzubauen und am Balsa-Katamaran sicher und beweglich einzusetzen. Es musste jetzt beiden Booten dienen. Während anspruchsloseren Routinearbeiten, rätselte er über das, was Sonja wohl besprechen wollte. Vermutlich wird Sarah, die große Denkerin, auch anwesend sein.

„Hier gibt's kein Telefon, aber alles Wichtige spricht sich blitzschnell herum!" begrüßte ihn Lilith am nächsten Morgen, bevor er mit dem Bootsbau fortfahren wollte, denn noch roch er gut und schwitzte nicht. Sie setzten sich in den hübschen Garten, geschützt vor neugierigen Blicken.

„Ich komme gern zu dir, Lilith, weil du das Zentrum aller Neuigkeiten bist. Hier bei dir laufen alle Drähte zusammen. Ich bin sicher, dass du verschwiegen bist, wenn das jemand verlangt. Das respektiere ich. Ich bin hier, um dich zu fragen, ob es etwas Neues gibt und das ich wissen sollte."

Lilith lachte und goss ihm ihren frischen Früchtesaft ein:

„Gut gesehen, mein Lieber, ich verhehle auch nicht, dass ich gerne mit dir spreche. Wohlwollende Gespräche zwischen Mann und Frau haben eine gewisse, besser noch, pikante Würze, selbst wenn es nur die männliche Stimme ist oder die Anwesenheit deines Körpers. Aber lassen wir den kleinen

Flirt. Natürlich gibt es täglich Neues. Viele Frauen suchen mich auf. Meist geht's um Frauengeschichten, körperliche Befindlichkeiten. Aber, obwohl es nur einen einzigen Mann auf dieser Insel gibt, geht es erstaunlich häufig um dich. Du hast, ohne dein Wissen, viele Wunden geheilt, allein durch deine Art und dein Auftreten. Das weckt natürlich längst vergangen geglaubte Begehrlichkeiten. Die allgegenwärtige Nacktheit von uns allen verstärkt diesen Prozess. Wenn du wüsstest, welche Fantasien und Instinkte du reaktiviert hast. Aber das soll nicht für deine Ohren bestimmt sein, wenn die Enthüllende es so wünscht."

Lilith machte eine Pause, bevor sie fortfuhr:

„Aber es gibt da eine Grauzone. Manchmal erfahre ich Dinge über die tiefer sitzende Befindlichkeit einer Person mit der Bitte um strikte Geheimhaltung, aber mit dem unausgesprochenen Zusatz, ich solle mich nicht daranhalten. Frauen können das! Sie sagen ihrem Mann, ach lass mich in Ruhe und wollen genau das Gegenteil. Sie wollen nur die Beharrlichkeit des Werbenden testen."

„Und solch einen Fall hattest du?"

Sie nickte:

„Mehrfach floss die Bemerkung ‚Erzähl' *das bloß niemandem!* in das Gespräch ein. Ich bin nicht autorisiert, und ich überlege, ob ich Schaden anrichte, wenn ich zu dir darüber spreche!"

„Geht es dabei um mich? Du könntest deinen Bericht anonymisieren!" schlug Eric neugierig geworden vor.

„Das ist ein brauchbarer Vorschlag! Ja, es geht um dich, sonst hätte ich es dir nicht erzählt. Du kennst die Person; du hattest schon mit ihr intime Begegnungen!"

„Hat sie sich über mich beklagt?" fragte er.

„Nein im Gegenteil! Du hast Erinnerungen an frühere Episoden und Eskapaden geweckt. Sie gehört schon zu den älteren Ladies. Aber in ihr schlummert ein alter Dämon, der sich lange Zeit nicht entfalten konnte. Durch dich wurde er reaktiviert. Sie hatte schon in jungen Jahren ein überdurchschnittlich starkes Verlangen nach Begegnungen mit Männern. Ihre Sucht nach deren Beachtung und Berührung war so stark, dass sie alles unternahm und sich allem unterzog, um an das Vitamin *Mann* zu kommen, das ihr zur Droge wurde. Manche Männer nutzten ihre Schwäche schamlos aus. Sie stammt aus gutem Hause. Die Regenbogenpresse wurde auf sie aufmerksam. Sie wurde zur Skandalnudel, die diesen Blättern traumhafte Auflagen bescherte. Die Eltern schalteten Anwälte ein. Schließlich gelang es ihnen über eine Freundin, sie zum Exodus zu uns zu überreden. Sie wollte selbst von ihrer Neigung loskommen und lebte hier unauffällig und half, unser kleines Paradies mit aufzubauen. Mit dir trat wieder die deutlich sichtbare Männlichkeit in ihr Leben. Du bist nicht der Typ von Mann, der Frauen ausnutzt oder erniedrigt. So blieb alles unter Kontrolle. Vielleicht bist du sogar heilsam für sie, weil du ihr die Droge verweigerst aber das Vergnügen mit dem Mann zulässt. Daher erzähle ich dir das, auch wenn ich nicht autorisiert bin, damit du auf eventuelle erneute Eruptionen vorbereitet bist.

Ich hoffe, du hast bemerkt, dass ich nicht moralisierend bin. Frau und Mann sollen ihre Freude aneinander haben so oft und so lange sie wollen, solange keine Persönlichkeit dabei zerstört wird.“

Eric ahnte, um wen es sich handelt, nannte aber nicht den Namen. Er hatte lange nachgedacht, bevor er sprach:

„Ich bin zwar kein Psychologe aber Arzt und meine, gelernt oder gelesen zu haben, dass niemand etwas tut, ohne einen wie auch immer gearteten Gewinn daraus zu ziehen. Der Begriff *Gewinn* ist hierbei äußerst dehnbar! Welchen Gewinn soll sie gehabt haben, wenn sie benutzt und psychisch ausgeplündert wurde?"

„Das ist gut formuliert, Eric! Ich bin auch keine Psychologin, aber du kannst mir glauben, ich habe eine riesige Menge an Erfahrung durch all die Gespräche, die ich im Laufe meines Lebens mit Frauen und Männern geführt habe. Mir ist nichts fremd! Aber es macht mir immer wieder Freude, mit dir, einem Mann zu sprechen. Wir verstehen uns und sind dennoch in unserer emotionalen Komponente grundverschieden. Nirgendwo treten so rasch und unübersehbar die verborgenen Instinkte ans Tageslicht wie bei Liebe und Sex. Ich stellte mir die gleiche Frage, als diese Person bei mir ihre Beichte ablegte. Ein intelligenter Mann erklärte mir einst, dass wir süchtig nach unseren körpereignen Drogen seien, den Endorphinen. Doch nicht nur angenehme Ereignisse verursachen die Ausschüttung dieser Endorphine; es können auch lebensbedrohliche, sogar grausame, schmerzhafte und perverse Erlebnisse sein. Die Endorphine sollen das Grauen, die Angst, den Schrecken nehmen."

Eric nickte:

„Ich kenne dieses Phänomen; es sind Substanzen, die das Grauen, sogar das Sterben erträglich oder sogar euphorisch erscheinen lassen."

Lilith fuhr fort:

„Vermutlich hast du eine Ahnung, wer diese Frau sein könnte. Daher meine Frage, war dir etwas Besonderes aufgefallen, als du mit ihr zusammen warst?"

Eric überlegte und schüttelte den Kopf:

„Es war außerordentlich intensiv, gleich beim ersten Mal. Normalerweise ist das erste Mal eine wechselseitige Orientierung oder Sondierung. Wir waren auch nur zweimal zusammen."

Lilith streichelte über seinen Rücken:

„Du weißt, du wirst in mir keine Moralisierende finden, aber das Wohl von ihr und ihm im Liebesreigen liegt mir generell am Herzen! Denn Sex kann heilen! Ich bin sicher, dass es zu weiteren Begegnungen kommen wird, aber du bist vorgewarnt, wenn absonderliche Dinge aufflammen sollten."

Sie verabschiedeten sich. Lilith küsste ihn:

„Ich habe bemerkt, dass dich dieses Gespräch erregt hat. Jeder hat seine Abgründe und Fantasien; sie unterliegen nicht unserer Kontrolle – er verrät alles!"

Sie lachten und er ging zum Boot. Der Rumpf, beziehungsweise beide Rümpfe des Katamarans sollten im Wasser liegen, damit das Holz quillt und damit sich die Verbindungen festigen.

Er war pünktlich und Sonja begrüßte ihn deutlich intimer als sonst.

„Ich habe heute Nacht von dir geträumt, daher erwarte ich, dass du mir meinen sanften Fehlgriff verzeihst!" kicherte sie.

Sarah wird gleich hier sein. Sie weiß von uns! Wir können in jedem Augenblick offen sprechen. Es war übrigens sie, die um diese Unterredung bat. Genau weiß ich also auch nicht worum es ihr geht!"

Sarah erschien:

„Na ihr beiden? Sieht schön aus, wenn ein Paar eng beiei-
nandersteht. Aber der Mann ist grundsätzlich nichts für mich.
Setzen wir uns in den Garten? Die süße Philippina wird uns
gewiss einen großartigen Fruchtsaft bringen."

Nachdem sie auf den Matten Platz genommen hatte, richtete
sie sich an Eric:

„Eric, ich wollte dich von Anfang an dabeihaben, weil du der
Auslöser bist für diese ungewöhnliche Situation, die nun auf
uns zukommt. Ich erinnere mich, mehr oder weniger die Ini-
tiatorin gewesen zu sein. Es geht mir aber nicht um Schuld o-
der Moral! Mir geht's um Fakten und wie wir damit umgehen
sollen. Wir wollten es alle so, daher gibt es auch keine Schul-
digen. Wir wollten, dass unser Experiment auf diesem Fleckchen Erde erhalten bleibt, auch über unser Ableben hinaus,
und womöglich Vorbild für neue Gesellschaftsformen sein
könnte. Dieser grundsätzliche Ansatz, verbesserte Gesell-
schaften zu schaffen, ist nicht neu, dass sich etwas verändern
muss, ist der sehnlichste Wunsch von vielen; aber alle bishe-
rigen Versuche scheiterten. Es gab minimale Fortschritte und
wachsende Einsichten, aber immer wieder fand Rückbau
statt. Konkret zu uns:

Eric, du hattest mit einer ganzen Reihe von Frauen auf dieser Insel hier Sex und eine ganze Reihe dieser Frauen sind
jetzt schwanger. Keine von ihnen beklagt sich darüber. In wenigen Monaten wird geliefert. Du bist der Vater von all diesen
Jungen und Mädchen. Sie sind untereinander Halbgeschwister. Wir wollen sie alle entsprechend unseren Werten zu so-
zialen, kooperativen, gleichberechtigten und gleichgestellten
Individuen erziehen. Die männliche Dominanz soll verschwinden und wird nicht durch eine weibliche Dominanz er-
setzt. Es ist meine persönliche Überzeugung, dass eine

Paarbeziehung der Kristallisationspunkt einer ganzen Gesellschaft sein wird; ein glückliches Paar lebt Kindern und Freunden vor, wie's geht!

Zurück zu den biologischen Folgen. Es werden aller Voraussicht nach etwa gleich viel Mädchen wie Jungen geboren. Medizinisch sind wir hier, zumindest was das Personal anbetrifft, darauf vorbereitet. Mir sind keine Komplikationen während der Schwangerschaften gemeldet worden. Doch wie wird die genetische Diversität sein? Nach etwa fünfzehn bis zwanzig Jahren werden diese Jugendlichen geschlechtsreif sein. Für die Jungs sehe ich keine Probleme. Sie können bei unseren älteren Ladies wertvollen Unterricht erhalten. Sicher werden die üblichen praktischen Übungen Folgen haben. Aber unsere jungen Mädchen haben das Nachsehen. Ihnen stehen für die Befriedigung ihrer natürlich sexuellen Wünsche nur ihre Halbbrüder zur Verfügung und ihrer aller Vater. All das haben wir seinerzeit nicht genügend bedacht, als wir zuließen, dass bei den schwangeren Zuwanderinnen die männlich Geborenen nicht überlebten."

„Doch Sarah, ich habe seinerzeit beim „Aufforsten" darüber nachgedacht, aber Konsequenzen nicht realistisch genug eingeschätzt. Ich hätte euch über meine Überlegungen informieren sollen. Inzest ist ein Problem, muss aber nicht zwangsläufig auftreten, schon gar nicht bei der ersten Generation. In der gesamten Menschheitsgeschichte haben in kleinen Populationen immer wieder inzestuöse Begegnungen stattgefunden, sei es aus geographischen Gründen, aus religiösen oder elitären Gründen oder bei der Besiedlung neu erschlossener Lebensräume wie zum Beispiel Polynesien, wo kleine Bootsbesatzungen dauerhaft sesshaft wurden. Das galt und gilt für

Mensch und Tier! Dennoch war Inzest ein Problem und weithin bekannt, wenn auch nicht die genetischen Hintergründe. In Regionen des Himalaya hatte aus Frauenmangel eine Frau häufig zwei Ehemänner, meist Brüder. Marco Polo berichtete, dass winzige Gemeinden ihm oft ihre Töchter anboten, damit er ihnen beiwohne. In den dünn besiedelten Gebieten der Inuit verfuhr man ebenso, um fremdes Blut – besser Erbgut – einzubringen. Auch wir hier laufen Gefahr, dass sich künftig Degenerationen ereignen. Wir haben ohnehin keine Wahl, als abzuwarten und genau hinzusehen, inwieweit das Erbgut der Mütter dominant in die Gene eingebaut wurde."

„Da hast du recht, Eric! Für mich als die Vorsitzende stellt sich die Frage, inwieweit wir die werdenden Mütter und natürlich unsere gesamte Bevölkerung schon jetzt vorbereiten und damit eine Verängstigung auslösen. Die Kinder sollen ja die Kinder aller werden."

„Auf alle Fälle sollten wir den Rat der Zwölf einberufen! Wir sollten vorsorglich informieren aber noch Stillschweigen vereinbaren!" schlug Sarah vor.

Diesem Vorschlag konnten sie gemeinsam nur zustimmen. Eine Anspannung löste sich und man besprach weniger brisante Angelegenheiten. Schließlich bekräftigte man das gemeinsame Bekenntnis zur minimalistischen Lebensweise. Sarah verabschiedete sich mit den Worten:

„Wie ein einziger Mann den Gang der Ereignisse beeinflussen kann!"

„Aber das taten sie schon immer!" ergänzte Sonja.

„Bleibst du noch zum Plaudern?" fragte sie Eric.

„Wenn du magst?"

„Ja, ich mag!" sagte sie und küsste ihn auf die Wange. „Die Gegenwart und der Anblick des Männlichen erzeugt schwer zu ertragendes Wohlbehagen."

Sie fuhr ihm durch sein wirres Haar und schnurrte.

„Kannst du etwas weniger sibyllisch sprechen, damit ein dummer Mann wie ich die Chance hat, dich zu verstehen?"

„Nein, das kann ich nicht!" sagte sie bestimmt. „Es macht Spaß, unverstanden oder missverstanden zu bleiben! Ich denke, du kannst es nicht ertragen, wenn ich unverhohlen sprechen würde!"

„Bitte Sonja, kokettiere nicht und stell' dich nicht als unerträglich hin. Du bist eine attraktive, begehrenswerte Frau! Mit welchen Sünden willst du mich erschrecken oder gar vertreiben?" gab Eric zurück.

„Mit meiner Vergangenheit! Dein Auftritt hat Erinnerungen aufleben lassen!"

„Falls dies düstere Erinnerungen sind, die dich emotional belasten werden, warum willst du sie vor mir ausbreiten? Lass die Truhe zu! Die Vergangenheit sagt es doch ganz deutlich, es ist vergangen! Oder willst du dich entlasten?" fragte Eric.

„Gute Frage, mein lieber Mann, ich bin da ambivalent! Ich verspüre einen Drang, mich vor dir zu öffnen. Ich möchte, so wie einst provozierend auftreten. Mein psychischer Gewinn? Es erregt mich wie einst. Als du seinerzeit hier zu mir hergeschleppt wurdest, ich seit langem wieder einen Mann mit allem drum und dran sah, wurde ein Schalter umgekippt. Mein Lebenselixier war einst die Provokation."

„Das klingt unterhaltsam! Lass' hören! Dann haben wir gemeinsam ein Geheimnis – ich werde niemanden davon erzählen!"

„Ich wurde als zweites Kind in eine sehr, sehr reichen Familie in den Niederlanden geboren. Mein Vater, ein Großindustrieller, war ein freundlicher, lebensfroher Mann, der mit einer außergewöhnlich schönen Frau verheiratet war, die allerdings ihre Schönheit als eine Art Prüfung Gottes empfand. Sie war eine streng gläubige Calvinistin, die jedes Kompliment und Bewunderung als Versuchung und damit als Sünde empfand. Mein Vater glaubte, sie umstimmen zu können und sie in seinen lebensfrohen Alltag einbeziehen zu können. Er scheiterte. Ich erbte die aparte Schönheit meiner Mutter und den Frohsinn und die Leichtigkeit des Seins von meinem Vater. Mein Vater war ganz vernarrt in mich und erfüllte mir jeden Wunsch. Ich war sein Engel, sein Juwel, der Innbegriff all seiner Lebensfreude. Schon mit jungen Jahren bereitete er mich vor, ihn auf erlesene Empfänge zu begleiten und kaufte mir wunderschöne Abendkleider. Er stellte mich als seine Prinzessin vor. Ich wurde mit Komplimenten und Schmeicheleien überschüttet. Auf weniger altersgerechte Anspielungen reagierte ich mit intelligent provokanten Retouren in einem immer schärfer werdenden Schlagabtausch. Selbst Ehefrauen kapitulierten vor meiner zweideutig frechen Spitzzüngigkeit. Mein Vater lachte mit hochrotem Gesicht, um meine Attacken zu entschärfen. Niemals erteilte er mir einen Verweis.

Die Schule war meine erste wichtige Arena. Ich nutzte sie wie die Römer das Kolosseum, zum Gemetzel. Ich war eine sehr gute Schülerin und konnte mir einiges erlauben, besonders für viel Aufregung sorgen. Die gesellschaftliche Position meines Vaters verhinderte, dass ich von der Schule flog. Seine großzügigen Spenden wurden dankbar entgegengenommen. So lief ich mehrmals in die Umkleideräume und Duschen der

Jungs und behauptete, ich habe mich verlaufen. Trotzdem grölendes Gejohle; der Sportlehrer trat auf und meldete das Vorkommnis nach oben, nichts geschah.

Es gab in der Schule eine Kleiderordnung: dezente Kleidung, die Lehrer oder Schüler nicht irritieren sollte. Ich hielt mich nicht dran. Zu einer Mathearbeit erschien ich in engen Hotpants. Ich wurde zur Frau Direktor bestellt. Ich erklärte, ich wollte mich nicht der Kontrolle auf Spickzettel unterziehen, die ich eventuell im Rocksaum versteckt haben könnte. Es gab eine mündliche Verwarnung. Ich hatte mir die unverständlichen Formeln von unserem Matheass in der Klasse auf meinen Busen schreiben lassen, den ich während des Tests geschickt im Auge behalten konnte. Der Arme hatte dabei so sehr gezittert, dass er alles noch einmal abwischen und neu schreiben musste.

Auf einer Party gewann ich eine Wette, als ich splitterfasernackt eine Kreuzung mit vier Ampeln verkehrsgerecht überquerte. Es gab Blechschäden!"

Sonja machte eine Pause und sah ihn an. Eric schwieg. Sie fuhr fort:

„Ich könnte noch etliche solcher Episoden aufzählen. Ich weidete mich an den Schockwellen, die ich auslöste. Es geschah mir nichts. In fortgeschrittenem Alter wurde ich Papas ständige Begleiterin auf Bällen und gesellschaftlichen Ereignissen jeglicher Art. Ich erntete viel Aufmerksamkeit und Bewunderung für mein Aussehen und meine harmonische und dennoch reiche weibliche Ausgestaltung. Papa war stolz. Meine Rhetorik verfeinerte sich. Mir gelang es, das Gesprächsklima zu beeinflussen. Für meinen Vater provozierte ich unbedachte Äußerungen der Konkurrenz, die meinem Vater geschäftlich nutzten. In den feinsten Hotels inszenierte ich brisante Fauxpas! Ich säte Verunsicherung, verursachte und rettete Peinlichkeiten. Ich hatte meinen Spaß daran, mich immer wieder in den Vordergrund zu spielen. Man verzieh mir gern!

Im Grenzland zu meiner Volljährigkeit wurde ich dreister. Ich flirtete gerne, testete Gefühle der anderen, legte mit großer Lust Feuer und ließ es mit noch größerer Lust verlöschen. Es sei alles nur ein bedauerliches Missverständnis gewesen. Wie weit kann man einen Mann überdrehen, bis er kapituliert? Mehr Haut und weniger Textil kann eine Menge aus- und anrichten. Je kürzer der Rock, umso länger die Verweildauer der Blicke. Je tiefer das Dekolleté umso wertvoller das Geschenk ungeteilter Aufmerksamkeit. Doch auch das Gegenteil ist richtig! Manches scheue oder feige Opfer gestand, dass es sich nicht eine solche Frau wie mich zutraut. Ich beruhigte, ich sei auch nur eine Frau, die von Liebe träumt und sich nach nichts mehr als nach der männlichen Berührung sehnt! Oder wollen Sie mich zurückweisen, weil ich so blendend aussehe? Ratlose Konfusion, bis ich entschied: Nun kommen Sie schon! Gönnen wir uns was! Mal sehen, wie weit wir kommen!

Gern tappte ich in die Herrentoilette, versehentlich natürlich! Ich war auf alles vorbereitet. Meist sprach man mich mit den Worten an: Fräulein, Sie haben sich in der Tür geirrt! Das hier ist die Herrentoilette! Ich mochte, *Fräulein* genannt zu werden. Ich mochte einen väterlich, fürsorglichen Tonfall. Falls kein Funke übersprang, nannte ich nur die Dringlichkeit meiner Absicht und drüben sei alles besetzt. Er möge nicht zulassen, dass ein Unglück geschieht und wenn er so freundlich wäre, vor der Tür zu stehen, damit kein weniger verständnisvoller Mann mich belästigt... Ich ließ mir Zeit, mein Make-up im Herrenwaschraum zu korrigieren. Falls der

Mann zu meiner Beute auserwählt werden sollte, sprach ich anders: Nein, ich habe mich nicht geirrt! Ich wusste mir nicht mehr anders zu helfen. Ich musste im Ballsaal andauernd zu Ihnen hinübersehen; haben Sie es nicht bemerkt? Ich verstehe, Ihre Frau! Ich fühle mich unwiderstehlich zu Ihnen hingezogen. Ich würde mir ewig Vorwürfe machen, wenn ich es nicht wenigstens versucht hätte, Sie anzusprechen. Sie haben so etwas Männliches an sich, dem ich mich nicht entziehen kann. Ich möchte mich Ihnen anvertrauen. Ach, was rede ich da; ich bin nicht mehr Herr meiner selbst. Ich bin mir sicher, bei Ihnen kann ich eine Menge lernen!

Meist korrigierten mich die Herren an dieser Stelle in nicht *Herr*, Sie sind nicht mehr *Frau* Ihrer selbst.

Ich zog vor: Sie sind nicht mehr *Mädchen* Ihrer selbst. Man billigte mir Hilflosigkeit zu. Zu seiner Männlichkeit gesellten sich Beschützerinstinkte. Meist fielen ihnen Lösungen ein, wie zum Beispiel morgen um zehn Uhr zum Frühstück in meinem Hotel oder zum Lunch da oder dort erscheinen. Von nun an erhielt ich entweder Schweigegeschenke oder Schweigegeld, obwohl ich mir alles selbst hätte leisten können. Beliebt war auch die Variante, als attraktive Begleitperson auf einer Geschäftsreise zu dienen.

Ich wurde selbstständiger, studierte, trieb mich aber vorwiegend in Bars herum und eskalierte mit meinem mittlerweile reichen Erfahrungsschatz die Spielregeln. Ich ergötzte mich an Hahnenkämpfe von zwei rivalisierenden Gockeln. Eifersucht diente als Brandbeschleuniger. Ich verhöhnte die, die sich tatsächlich in mich verliebten. Romanzen explodierten, eine nach der anderen. Durch einen Rachefeldzug eines Abgeblitzten geriet ich in die Regenbogenpresse. Die Schilderungen über mich waren nichts als erstunken und erlogen und maßlos übertrieben. Ich geriet in den Fokus der Öffentlichkeit. Mein Vater schickte ein Heer geschickter Anwälte ins Feld und erzwang Widerrufungen, Schadensersatz und Entschuldigungen. Aber es blieb etwas an mir hängen. Ich suchte mir ernstere Opfer, kam mit geringen Blessuren davon. Doch dann geriet ich an einen Südeuropäer, blendendes Aussehen, Charme, Verstand aber Macho, durch und durch! Ich beschimpfte ihn als miserablen Liebhaber, nannte ihn einen Gockel, der allenfalls ein paar Hühner beeindrucken könne. Er knallte mir wortlos eine solche Ohrfeige, dass ich glaubte, mein Kopf fliegt vom Hals. Ich wollte aufschreien, aber im Bruchteil einer Sekunde rauschte ein solch mächtiger Orgasmus durch meinen Körper. Der Mann sah mich ratlos an, schüttelte den Kopf und verschwand. Das, was mir widerfuhr, beeindruckte mich so stark, dass ich es immer wieder haben wollte. Ich geriet immer mehr auf die schiefe Bahn. Wieder wurde über Skandale berichtet, in denen ich die Hauptperson war. Das Haus meiner Eltern wurde von einer üblen Journaille belagert. Meine Eltern wollten sich meiner entledigen. Meine Mutter erfuhr von diesem Projekt hier. Die Initiatoren wurden weltweit mit Spendengeldern versorgt, um mich mit ins Boot hierher zu nehmen. Den Rest kennst du ja. Meine Dämonen kehrten zurück in die fest verschlossene Flasche."

Sonja schwieg. Eric schwieg, fragte alsdann:

„Sonja, warum erzählst du mir von deinen Untaten? Warum erniedrigst du dich? Ich verehre und bewundere dich! Du bist offenbar durch eine Katharsis gegangen! So, und nun? Was ist dein Gewinn?"

„Es sind zwei Dinge! Zum einen: Mich plagte nie Reue! Ich bewunderte mich selbst und meinen Mut. Ich hatte eine große Fangemeinde. Ich erhielt Aufmerksamkeit wie ein Filmstar! Zum anderen, als du am Tag deiner Ankunft nackt vor mir hocktest, begann es zu glimmen. Ich mochte dich vom ersten

Augenblick an, auch wenn ich mich meinen Frauen hier gegenüber solidarisch zeigen musste! Die beiden Nächte oben in den Bergen und in der Grotte beim Boot, verdeutlichten mir, auf welchem Pulverfass ich saß. Auf keinen Fall will ich abstinent sein! Ich hoffe, von dir Intuition, Einfühlungsvermögen und Wachsamkeit erwarten zu dürfen, wenn sich dieses wunderbar Männliche mir wieder zuwendet. Ich habe diese beiden Momente als wertvoll und erfüllend erlebt! Liebe, auch Begierde sind legitim, aber sie sind kein Spielzeug! Es sind mächtige Emotionen, mächtige Energien; sie sollten dauerhaftes Wohlbehagen hinterlassen und kein Trümmerfeld! "

„Da stimme ich dir vollkommen zu, Sonja. Es ist mein uneingeschränkter, fester Wunsch, dir dieses Wohlbehagen zu verschaffen. Ich werde wachsam sein, falls unerwartet Nebenkrater aufbrechen sollten. Unter diesem Gesichtspunkt, bin ich dir dankbar für deine Geständnisse. Ich gestehe dir, ich habe seinerzeit mit dir in den Bergen, deine Intensität und Leidenschaft in der Bootsgrotte sehr genossen. Auf gutes Gelingen!"

Sie umarmten sich und tauschten einen feurigen Abschiedskuss. Eric war auf Jo eingestellt. Sie war mit Rumi bei ihren Schwestern. Jo und er wollten sich zum ersten Mal in Fabias amourösem Versteck treffen. Sie erwartete ihn schon, nur mit einem prächtigen Blumenkranz um den Hals geschmückt. Sie legte ihre Arme um seine Schultern:

„Es ist ein alter Brauch in unserem Lande, dass sie bereit ist von ihrem Mann seine Gabe zu empfangen. Während sie den Kranz flicht, kann sie lange darüber nachdenken, ob sie dazu wirklich bereit ist."

„Ein schöner Brauch!" bestätigte Eric und küsste seine Braut. „Er entbindet uns nicht von unserem neuen Brauch, zur Reinigung!"

Er war ihr behilflich, in den kleinen Teich mit dem steilen Ufer zu steigen. Wie immer ging von Jo schon bei der geringsten Berührung eine magisch hypnotisierende Energie aus. Er sprach sie einmal darauf an. Sie lächelte nur asiatisch vieldeutig und geheimnisvoll:

„Es ist eine wunderbare Aufgabe, meinen Mann zu reinigen, bevor er mich aufsucht. Es löst ein Gefühl des Erwählt- seins aus. Ich mag es, von dir gewollt zu werden. Die Frauen Südostasiens haben sehr natürliche und unkomplizierte Umgangsformen mit Männern, zumindest ich!"

Sie setzten sich auf den weichen moosbedeckten Boden. Jo kuschelte sich in seinen Arm, kaute sein Ohr und raunte:

„Von heute an werde ich mich dir weniger heftig aber häufiger hingeben, obwohl ich viel erregter bin als je zuvor. Ich wünsche mir von dir ein bleibendes Geschenk. Bin ich hübsch und kräftig genug, deinen Beitrag zum Leben in mir reifen zu lassen? Ich erwarte dich!"

Eric erhob sich und schöpfte mit seinen Händen Wasser, um als Zeichen seiner Verehrung Jos Füße zu waschen. Er hob sie an, küsste sie, jeden Zeh einzeln, was ihr half zu entspannen. Er rückte ihr näher und legte ihre Beine an seine Brust. Sie sah ihn an und überprüfte seine Bereitschaft und wies ihm den Weg. Von nun an schloss sie die Augen, streckte beide Arme weit kopfwärts von sich und überließ sich ihm. Er spürte ihre verlangende Hingabe.

„Wir werden das häufig wiederholen müssen;" erklärte sie sanft in der langen Ruhephase. „wenn ich auch jetzt schon bedaure, dass es irgendwann zu Ende sein wird! Es wird mir sehr schwer fallen, auf dich und solche Begegnungen verzichten zu müssen."

Sie trennten sich und verabredeten sich auf ein nächstes Mal für übermorgen. Jo freute sich, dass es doch länger dauerte, bis sie schwanger wurde. Sie wollte aber dennoch auch nicht in den ersten Monaten danach ihren Geliebten aufgeben und so trafen sie sich zu ihren zarten Stunden in der Grotte. Doch Erics Aufgaben blieben die gleichen, wenn auch mit etwas mehr Teilnehmerinnen. Besonders erfreute er sich an den erotischen Turbulenzen mit Sonja, die sich gerne bis in ihre rauschhaften Grenzbereiche vorwagte. Doch sie entglitt ihm niemals.

Nach einer Zeit von etwa fünfzehn bis achtzehn Jahre blicken wir zurück und fassen die bedeutendsten Ereignisse während dieser Zeitspanne zusammen. Wie ein sanfter Tsunami kündigten sich unter den Schwestern die ersten Babys, die es eilig hatten, an; es folgten die in der Zeit, dann die etwas zu Späten. Jo bildete das Schlusslicht. Überall meldete sich mehr oder weniger lautstark Nachwuchs, in einem Fall sogar Zwillinge. Alle Geburten fanden im Meer statt. Es gab nirgendwo Komplikationen. Das medizinische Personal hatte viel zu tun. Überall sah man trotz der vielen Überraschungen und Improvisationen lachende Gesichter. Zahlreiche Tanten und Großmütter meldeten sich zu allerlei Hilfsdiensten. Erich war fast überall dabei, wurde aber kaum beachtet, stand zuweilen geradezu im Weg herum. Auch Nasrin gebar ein weiteres Mal und nannte ihren zweiten Sohn Arpak, der Zauberer. Elli, die Entstellte, gebar eine besonders hübsche Tochter, die sie pausenlos anstarrte und murmelte, was bist du schön! Jos Baby ließ sich Zeit; es war ein kräftiger Junge mit blauen Mandelaugen. Sie nannte ihn Bao, der Kostbare. Alle Kinder waren gesund. Was alle erstaunte, waren die Vielzahl an unterschiedlichen Temperamente und die herrlich abgestuften Schattierungen an Hautfarben. Niemand, ob groß oder klein, jung oder alt, verwendete ein Kleidungsstück.

Wie verabredet, wurde keines der Kinder bevorzugt oder benachteiligt; alle Tanten oder Großmütter fühlten sich verantwortlich. Dennoch kristallisierten sich beim jeweiligen Geschlecht vielfach männliche beziehungsweise weibliche Wesenszüge heraus. Sie spielten unterschiedlich und zeigten geschlechtsspezifische Neigungen. Aber es gab auch Grenzgänger. Sie wechselten auf ihrer Suche mehrfach die Seiten zu verschiedenen Gruppen. Die meisten Jungs orientierten sich unbewusst an Eric, wollten mit zum Fischen oder interessierten sich für den Bootsbau. Er war immer für alle da.

Die jungen Mütter kümmerten sich hauptsächlich um ihre Kleinen und zeigten wenig Interesse an der einzigen zeugungsfähigen Person auf der Insel. Eric war nun für diejenigen da, die aufgrund ihrer Misshandlungen nie mehr Kinder haben werden. Es waren meist ehemalige Prostituierte, die ihm noch so manche Virtuosität beibrachten. Auch und gerade Sonja vitalisierte ihre charmant verführerischen Rezepturen und freute sich, wie sie bei Eric noch wirkten. Jedes Mal geriet er völlig aus dem Häuschen, nachdem so manche letzten Hemmnisse fielen. Ihr gefiel es, wie er sie bei jedem Lockruf ansprang und sich ihr zum Fraß vorwarf. Zum Abschluss segnete sie ihn mit einem kräftigen aber freundlichen Klaps auf den Hintern und verpflichtete ihn auf einen neuen Termin, auf den sie sich sogleich zu freuen begann. Schließlich musste der Mann ja auch mal regenerieren.

Aber eine neue Bedrohung, die niemand bedacht hatte, zog herauf. Es war ein scheinbares harmloses Virus, ein sogenannter Mind Virus, ein Virus, das sich im Gehirn festsetzt und von dort aus verbreitet. Es entstand durch eine Verhaltensweise der Großmütter, die, wie wohl überall auf der Welt, den Kleinen Geschichten von früher erzählten. Es waren Geschichten, die sie einst erlebten, jetzt glorifiziert wiedergaben und in der Fantasie ihrer Zuhörer eine Welt jenseits des Ozeans entstehen ließ. Insbesondere in den Jungs entstanden Abenteuerlust und Expansionsdrang. Sie wollten die große Welt entdecken. Der Ozean zeigte hin und wieder, mit welch gewaltigen Mitteln er das zu verhindern wusste. Kein Boot, das auf dieser Insel gebaut werden konnte, würde den Belastungen standhalten. Eric allein wusste, dass niemand, würde er denn je die Zivilisation erreichen, dort eine Existenz aufbauen könnte und den Herausforderungen dieser aus den Fugen geratenen Welt würde standhalten können. Er verschwieg den Erfolg der Polynesier. Die Großmütter kannten die Polynesier nicht.

Auf einer der letzten „Plünderfahrten" zum Boot in der Grotte hatten Sonja und Eric im Bug ein noch gut erhaltenes Vorsegel entdeckt. Es diente dem Boot einst bei konstanter Fahrt zur Spritersparnis. Jetzt sollte es den selbst gebauten Katamaran seetüchtig und manövrierfähig machen. Es funktionierte sehr gut und eine Inselumrundung gelang. Der Nordosten bestand aus steilabfallenden Berghängen, die bis in große Meerestiefen hinabreichten. Der Südwesten war sanft abfallend, an denen einst Reisterrassen angelegt worden waren.

All die Jahre blieb Eric trotz zahlreicher Abschweifungen seiner Nasrin treu. Sie war sein zuhause und das ihrer beider Söhne. In ruhigen Momenten versank Eric mit zunehmendem Alter ins Grübeln. Er wunderte sich, dass all die Jahre ihre Insel nie entdeckt oder gar von Fremden besucht worden war. Sind sie und ihr Paradies wirklich übersehen worden? Nützliche und unnütze Fragmente, meist Müll, wurden immer wieder reichlich an den Stränden angespült. Auch hochfliegende Flugzeuge wurden an ihren Kondensstreifen erkannt. Irgendwer behauptete, sogar Geschützdonner gehört zu haben. Die Zivilisation, wie sie sich nannte, existierte also noch, gab sich aber nicht persönlich zu erkennen. Oder war alles ganz anders? Hatte man sie entdeckt, aber man ließ sie in Ruhe und beobachtete sie sogar wie unter einem Mikroskop aus dem Weltall und hatte sie längst zum Kulturerbe erklärt?

Oder waren sie unwissentlich Teil eines Experiments? War dieses Territorium offiziell als Sperrgebiet ausgewiesen, weil hier einst Kernwaffen getestet wurden? Irgendwann schienen hier Menschen gelebt zu haben. Warum haben sie dieses Paradies verlassen? Hinweise auf Strahlungsschäden fanden sie nirgendwo.

Er machte sich auch Sorgen um den männlichen Nachwuchs. Eine kleine Klicke ernannte sich zu den Entdeckern der Welt. Sie planten Erkundungsfahrten in die nähere und fernere Umgebung. Selbst wenn sie nur bis zur nächsten Insel kämen, wäre das fatal; denn sie wurden hier gebraucht. Ihre fast gleichaltrigen Schwestern waren auffallend frühreif und spielten gern mit den wohl gestalteten Knaben, indem sie sie anlockten aber kaum Interesse wecken konnten. Sie waren und blieben Halbgeschwister.

Wieder einmal hatte Eric eine Idee: er suchte die älteren Bewohnerinnen auf, die über vertiefte Kenntnisse und gewisse Kunstgriffe verfügten, einen Mann, sei er noch so jung, bei der

Stange zu halten. Das vertraute Bleiben musste süßer sein als der ungewisse Blick in die Ferne.

Die meisten dieser weisen Frauen hatten schon seit langem ihre Erinnerungen an ihre traumatischen Erlebnisse überwunden. Eric versammelte sie und schlug ihnen vor, in den heranwachsenden Knaben süße Fantasien zu wecken und sie in der Kunst der Umgangsformen mit den begehrenswerten weiblichen Geschöpfen zu unterweisen. Sie sollten lernen, wie sie dem Genuss ihrer Gespielin gewisse Kostbarkeiten beimischen und damit selbst zu verfeinerten Empfindungen gelangen. In Einzel- oder Gruppenunterricht erteilten die Wissenden den Wissbegierigen Flirtunterricht, die Taktik zarter Eroberungsfeldzüge, spontane Grenzüberschreitungen, den souveränen Umgang mit ihren physischen Möglichkeiten, wachsame Beherrschung ihrer männlichen Energien, und vor allem die Besonderheiten der weiblichen Anatomie. Die Knaben sollten wahre Meisterköche in der Zubereitung raffinierter Liebesdelikatessen werden. Die Lehrerinnen boten sich selbst zu praxisnahen Übungen an. Der Unterricht war sehr gut besucht; auch Erics Sohn Rumi nahm an ihm teil. Es ging heiß und hoch her und es wurde viel gelacht. Wenn Lernen keinen Spaß macht, hat es seinen Sinn verfehlt. Die Frauen hatten sehr viel Geduld und bemühten sich gewissenhaft, wahre Gourmets heranzubilden, bis alle bestanden. Von nun an hatten sie Zutritt zu ihren Gemächern. Es hagelte Verabredungen. Auch die eifrigen Lehrerinnen griffen immer wieder mutig Schüler heraus und vollzogen Nachbesserungen.

So mancher Jugendlicher entsagte den Absichten, in die ungewisse Ferne hinaus zu segeln, wenn das Gute und das Angenehme so nah beieinanderlagen. Man brauchte doch deswegen nicht auf Abenteuer verzichten. Die jungen Mädchen ernteten die Früchte dieser hochwertigen Ausbildung zum talentierten Spielgefährten in zahlreichen Schäferstündchen.

Das half Eric zwar, seine Schar zusammenzuhalten, nahm ihm aber nicht den wohl altersbedingten Hang zum Grübeln. Hatte er alles richtig gemacht? Musste er nicht vor einer Reihe ganz banaler Realitäten kapitulieren? Waren seine Visionen, seine Pläne zu idealistisch, zu realitätsfern? Hätte er nicht besser seine Gedanken, in einem natürlich logischen Kontext der menschlichen Natur stellen und abgleichen müssen? War es denn überhaupt möglich, dem Menschen seine Veranlagung zur sinnlosen Destruktivität abzutrainieren?

Musste der Mensch nicht zuvor zwangsläufig durch ein Tal der Tränen und der Schmerzen waten, um letztendlich das zu schätzen, was hier schon Realität war? Gewiss, die Zivilisation hielt positive Errungenschaften und Verlockungen bereit. Muss man sich aber nicht hüten, diesen Dingen einen solch hohen Stellenwert beizumessen? Gedeiht der Mensch besser im Mangel oder unter einer Schutzglocke von Erleichterungen und Sorglosigkeit? Warum werden so viele angebliche Fortschritte nicht zu Ende gedacht? Warum entwickelt man nicht ein Wachstumskonzept mit Orientierungshilfen, das allen Fassetten der menschlichen Entwicklung gerecht wird? Warum leben wir nicht ein Sozialverhalten, das Sozialhilfebezieher vermeidet? Muss es Reibung, Konflikt und Spannung tatsächlich geben? Eric regte die Schaffung von Debattierzirkeln an. Nur wenige beteiligten sich, um ihr Gehirn wach zu halten. Noch Wenigere glühten während solcher Diskussionen.

In Versammlungen mahnte er, die Geburtenrate im Gleichgewicht mit der Sterberate zu halten. Der Lebensraum war begrenzt. Die Natur durfte nicht überfordert werden, nicht bei dem, was sie ihr entnahmen und nicht bei dem, was ihr zur Wiederverwertung eintrugen. Das war leicht zu vermitteln; wurde es aber auch verstanden und beherzigt? Was würde mit ihrer kleinen Population geschehen, wenn sie trotz hoher lokaler Wachsamkeit in den Strudel des Untergangs des gesamten Planeten gerät?

Als Eric Abschied nahm, blickte er für sich auf ein erfülltes Leben zurück. Aber ob das andere genauso sehen?

Unbestritten:

Die Zukunft ist nicht mehr so, wie sie früher einmal war!